संत ज्ञानेश्वर
समाधि रहस्य और जीवन चरित्र

सरश्री द्वारा रचित श्रेष्ठ पुस्तकें

१. इन पुस्तकों द्वारा आध्यात्मिक विकास करें

- विचार नियम – आपकी कामयाबी का रहस्य
- विश्वास नियम – सर्वोच्च शक्ति के सात नियम
- आध्यात्मिक उपनिषद्
- शिष्य उपनिषद्
- संपूर्ण भगवद्गीता – जीवन की अठारह युक्तियाँ
- २ महान अवतार – श्रीराम और श्रीकृष्ण
- जीवन–जन्म के उद्देश्य की तलाश – खाली होने का महासुख कैसे प्राप्त करें
- सत् चित्त आनंद – आपके 60 सवाल और 24 घंटे
- निराकार – कुल–मूल लक्ष्य

२. इन पुस्तकों द्वारा स्वमदद करें

- स्वास्थ्य के लिए विचार नियम – मनः शक्ति द्वारा तंदुरुस्ती कैसे पाएँ
- टीम वर्क – संघ की शक्ति
- नींव नाइन्टी – नैतिक मूल्यों की संपत्ति
- वर्तमान का जादू – उज्ज्वल भविष्य का निर्माण और हर समस्या का समाधान
- नास्तिकता से मुक्ति – उलटा विश्वास सीधा कैसे करें
- इमोशन्स पर जीत – दुःखद भावनाओं से मुलाकात कैसे करें
- मन का विज्ञान – मन के बुद्ध कैसे बनें
- तनाव से मुक्ति
- रहस्य नियम – प्रेम, आनंद, ध्यान,समृद्धि और परमेश्वर प्राप्ति का मार्ग
- डर नाम की कोई चीज़ नहीं – अपने मस्तिष्क में विकास के नए रास्ते कैसे बनाएँ

३. इन पुस्तकों द्वारा हर समस्या का समाधान पाएँ

- पैसा – रास्ता है मंज़िल नहीं
- खुशी का रहस्य – सुख पाएँ, दुःख भगाएँ : ३० दिन में
- विकास नियम – आत्मविकास द्वारा संतुष्टि पाने का राज़
- समग्र लोकव्यवहार – मित्रता और रिश्ते निभाने की कला

४. इन आध्यात्मिक उपन्यासों द्वारा जीवन के गहरे सत्य जानें

- मृत्यु पर विजय – मृत्युंजय
- स्वयं का सामना – हरक्युलिस की आंतरिक खोज
- बड़ों के लिए गर्भ संस्कार – १० अवतार का जन्म आपके अंदर
- सूखी लहरों का रहस्य

संत ज्ञानेश्वर

समाधि रहस्य और जीवन चरित्र

सरश्री

संत ज्ञानेश्वर

समाधि रहस्य और जीवन चरित्र

By **Sirshree** Tejparkhi

प्रथम संस्करण : जुलाई 2015

रीप्रिंट : अगस्त 2019

प्रकाशक : वॉव पब्लिशिंग्ज् प्रा. लि., पुणे

ISBN : 978-93-87696-78-5

© Tejgyan Global Foundation
All Rights Reserved 2015.
Tejgyan Global Foundation is a charitable organization with its headquarters in Pune, India.

© सर्वाधिकार सुरक्षित

वॉव पब्लिशिंग्ज् प्रा. लि. द्वारा प्रकाशित यह पुस्तक इस शर्त पर विक्रय की जा रही है कि प्रकाशक की लिखित पूर्वानुमति के बिना इसे व्यावसायिक अथवा अन्य किसी भी रूप में उपयोग नहीं किया जा सकता। इसे पुनः प्रकाशित कर बेचा या किराए पर नहीं दिया जा सकता तथा जिल्दबंद या खुले किसी भी अन्य रूप में पाठकों के मध्य इसका परिचालन नहीं किया जा सकता। ये सभी शर्तें पुस्तक के खरीददार पर भी लागू होंगी। इस संदर्भ में सभी प्रकाशनाधिकार सुरक्षित हैं। इस पुस्तक का आंशिक रूप में पुनः प्रकाशन या पुनः प्रकाशनार्थ अपने रिकॉर्ड में सुरक्षित रखने, इसे पुनः प्रस्तुत करने की प्रति अपनाने, इसका अनूदित रूप तैयार करने अथवा इलेक्ट्रॉनिक, मैकेनिकल, फोटोकॉपी और रिकॉर्डिंग आदि किसी भी पद्धति से इसका उपयोग करने हेतु समस्त प्रकाशनाधिकार रखनेवाले अधिकारी तथा पुस्तक के प्रकाशक की पूर्वानुमति लेना अनिवार्य है।

Sant Gnyaneshwar
Samadhi Rahasya aur Jeevan Charitra
By **Sirshree** Tejparkhi

यह पुस्तक समर्पित है
महागुरु निवृत्तिनाथ को
जिन्होंने बालक ज्ञानदेव को स्वबोध प्राप्त
संत ज्ञानेश्वर में रूपांतरित किया।
साथ ही उनसे निःस्वार्थ जीवन की ऐसी
उच्चतम अभिव्यक्ति कराई जिससे तत्कालीन समाज में
ज्ञान और भक्ति की लहर दौड़ गई।
यह लहर आज भी बरकरार है और
अनगिनत लोगों का लगातार उद्धार कर रही है।

पुस्तक का लाभ कैसे लें

प्रस्तुत पुस्तक में संत ज्ञानेश्वर के जीवन चरित्र को पढ़ते-पढ़ते आपको अपने लिए भी ऐसे कई ज़रूरी सवाल और उनके जवाब मिलेंगे, जो आपके जीवन को एक नया सकारात्मक मोड़ देंगे। साथ ही पुस्तक की विषय वस्तु का लाभ आप इस प्रकार ले सकते हैं।

1. संत ज्ञानेश्वर और उनके संघ का संपूर्ण जीवन चरित्र जानने के लिए पुस्तक का पहला खण्ड पढ़ें।
2. संत ज्ञानेश्वर की मुख्य रचनाओं जैसे ज्ञानेश्वरी, अमृतानुभव, चाँगदेव पासष्ठी आदि के कुछ महत्त्वपूर्ण भाग उनके सरल भावार्थ के साथ पुस्तक के दूसरे खण्ड में दिए गए हैं।
3. अपने जीवन का सही अर्थ खोजने और उसे सफल बनाने में अध्याय 3 और 4 आपकी सहायता करेंगे।
4. संत ज्ञानेश्वर ने निःस्वार्थ जीवन क्यों और कैसे जीया, उन्होंने कौन-कौन से महान अव्यक्तिगत कार्य किए, जानने के लिए पढ़ें अध्याय-8, 9, 10, 11। इन अध्यायों से आपको भी निःस्वार्थ जीवन का महत्त्व पता चलेगा और ऐसा जीवन जीने की प्रेरणा मिलेगी।
5. वारकरी यात्रा का वास्तविक तात्पर्य जानने के लिए पढ़ें अध्याय-12। इसमें आपको सही तरीक़े से पूरी वारकरी यात्रा करने की समझ मिलेगी।
6. 'समाधि' क्या है, यह कितने तरह की होती है, संत ज्ञानेश्वर ने क्यों और कैसे समाधि ली, जानने के लिए पढ़ें अध्याय-14 'मृत्यु का मनन उत्सव।'
7. खण्ड-2 के अध्याय 15, 16, 17, 18 और 19 में गीता के भाष्य 'ज्ञानेश्वरी' की कुछ महत्त्वपूर्ण ओवियाँ उनकी व्याख्या सहित संकलित की गई हैं। इनमें कर्मयोग, भक्तियोग, ज्ञानयोग, जन्म और मृत्यु का अर्थ जैसे विषयों पर संत ज्ञानेश्वर का मार्गदर्शन है।
8. संत ज्ञानेश्वर ने अपनी साधना के अनुभवों का वर्णन 'अमृतानुभव' ग्रंथ में किया है। अध्याय 20, 21, 22 में इसी ग्रंथ के कुछ भागों को सरल भाषा में प्रस्तुत किया गया है।
9. अध्याय-23 में संत ज्ञानेश्वर द्वारा चाँगदेव को भिजवाए पत्र में 'चाँगदेव पासष्ठी' की उच्चतम ज्ञान से भरी कुछ ओवियों का उनके अर्थ सहित संकलन है।

- विषय सूची -

प्रस्तावना	जीवन का पहला सवाल	09
खण्ड 1	**संत ज्ञानेश्वर की जीवनी**	**13**
अध्याय 1	सत्य और हौसले का खेल .... ज्ञानदेव का संघ अवतार	15
अध्याय 2	पात्रता और कपट .... गुरु से कपट-महाकपट	23
अध्याय 3	मेरे जीवन का अर्थ .... संत-संतान का ज्ञान	28
अध्याय 4	सफल जीवन क्या है? .... पृथ्वी-भूमिका की पहचान	33
अध्याय 5	दुःख से बाहर आने की कला .... सही समय पर सही सवाल	40
अध्याय 6	आग और कपूर का संगम .... गुरु-शिष्य मिलन	45
अध्याय 7	निःस्वार्थ जीवन के भाव-बीज .... देहांत प्रायश्चित	51
अध्याय 8	निःस्वार्थ जीवन की शुरुआत .... बोधिसत्व अवस्था	56
अध्याय 9	निःस्वार्थ जीवन की समझ .... हर मूरत की एक ही सूरत	63
अध्याय 10	निःस्वार्थ जीवन का औज़ार .... क्षमा साधना	70
अध्याय 11	निःस्वार्थ जीवन की अभिव्यक्ति .... ज्ञानेश्वरी की रचना	77
अध्याय 12	'ए से ज़ेड' की वारकरी यात्रा .... स्वयं पर लौटने का उत्सव	84
अध्याय 13	शक्ति से भक्ति की ओर .... चांगदेव का समर्पण	89

अध्याय 14	मृत्यु का मनन उत्सव	97
	संजीवनी महासमाधि	
खण्ड 2	**संत ज्ञानेश्वर की शिक्षाएँ और रचनाएँ**	**105**
	ज्ञान सागर	107
	उच्च चेतना का संचार	
अध्याय 15	किसका जन्म, मृत्यु किसकी	109
	अविनाशी कौन	
अध्याय 16	हीरे को कौड़ी में मत तोल	111
	ईश्वर पाने की शुभेच्छा	
अध्याय 17	निष्काम कर्मयोग	113
	अकर्म योग रहस्य	
अध्याय 18	भक्तियोग	119
	सरल समर्पित मार्ग	
अध्याय 19	ज्ञान योग	123
	ज्ञान युक्त कर्म भक्ति है	
खण्ड 3	**अंतिम सत्य का अनुभव**	**129**
अध्याय 20	वह 'एक' ही है	131
	अमृतानुभव - 1	
अध्याय 21	अप्रकट-प्रकट	135
	अमृतानुभव - 2	
अध्याय 22	गुरु वंदना	138
	अमृतानुभव - 3	
अध्याय 23	चाँगदेव पासष्ठी	143
	सेल्फ़ की सेल्फ़ से मुलाक़ात	
अध्याय 24	भक्तिरस से भीगे अभंग	148
	गुरु और नाम सिमरन	
अध्याय 25	स्वअनुभव के साक्षी अभंग	151
	अपनी मूल पहचान	
	परिशिष्ट	**153-164**

प्रस्तावना

जीवन का पहला सवाल

प्यारे सत्य के खोजियों!

आपके लिए एक सवाल है, 'क्या आप 'सवालों' की शक्ति से वाकिफ़ हैं?' आप सवाल पूछने की क्रिया को मामूली न समझें। यह आपको जगानेवाली क्रिया है। सवाल पूछने के बाद अंदर क्या होता है? सोच का पूरा ढाँचा ही बदल जाता है। उसकी पूरी दिशा बदल जाती है, दायरा बदल जाता है। यदि सही समय, सही जगह पर, सही तरीक़े से, सही सवाल पूछा जाए तो आप न केवल हल बल्कि पूर्ण मुक्ति की अवस्था भी पा सकते हैं। यह सवाल की शक्ति है। पृथ्वी पर जिन्होंने सही सवाल पूछे हैं, वे मुक्त हुए हैं।

मगर नासमझी में लोगों से ग़लती क्या होती है? वे ग़लत जगह पर सही सवाल पूछते हैं या सही जगह पर ग़लत सवाल पूछते हैं। फलतः दोनों ही तरीक़ों से वे पिटकर ही आते हैं। जैसे, एक पार्टी में एक व्यक्ति ने एक महिला से सवाल पूछा, 'आपकी शादी हुई है?' उसने कहा, 'नहीं।' फिर उस व्यक्ति ने बेहोशी में पूछ लिया, 'आपके कितने बच्चे हैं?'

कहने का तात्पर्य यह है कि आपके जीवन में जब प्रतिकूल घटनाएँ आती हैं, दुःख आता है और आप सही के बजाय ग़लत सवाल पूछ बैठते हैं तो आपकी कुदरत

द्वारा पिटाई होती है यानी दुःख और बढ़ता है। कुदरत तब तक दुःख देते रहेगी, जब तक आप सही सवाल पूछना सीख नहीं जाते।

मानो, कोई कठिन परिस्थिति सामने आ गई और आप पूछ रहे हैं– 'मेरे साथ ही ऐसा क्यों होता है, अब मैं क्या करूँगा...' ये सही सवाल नहीं हैं। बजाय इसके यदि आप सही सवाल पूछेंगे कि 'जो आया है वह स्वीकार है, अब इससे निपटने का सही तरीक़ा क्या है?' तब आपकी भावना सकारात्मक होकर, आपका ध्यान 'समस्या' से हटकर उससे निपटने पर जाएगा और कुदरत आपका मार्गदर्शन करेगी।

यदि यूँ कहा जाए कि आपके पूछे गए सवाल ही आपके भाग्य निर्माता हैं तो ग़लत नहीं होगा। वे जीवन की दिशा बदल देते हैं। मानो, आपके सामने कोई काम आया और आपके मन ने मुँह बनाकर कहा, 'अभी नहीं' तो मन के साथ-साथ शरीर भी ढीला हो जाता है। मगर जैसे ही आपने सही सवाल पूछा, 'अभी क्यों नहीं और कैसे...?' तो दिमाग़ चलने लगेगा... मनन शुरू होगा और शरीर भी सक्रीय हो जाएगा...।

पहला सही सवाल क्या है?

एक शिष्य अपने गुरु के पास गया और पूछने लगा, 'मैं दुःखों से कैसे मुक्त हो सकता हूँ?' जवाब में गुरु ने कहा, 'सही सवाल' क्या है, पहले वह ढूँढ़कर लाओ।' शिष्य को कुछ समझ में नहीं आया मगर गुरु की आज्ञा थी अतः वह 'सही सवाल' की खोज में निकल गया। वह बहुत घूमा, अलग-अलग लोगों से मिला मगर कहीं भी उसे इस सावल का जवाब नहीं मिला। अंत में वह थक-हारकर वापस गुरु के पास आया और कहने लगा, 'मुझे जवाब नहीं मिला।'

इस पर गुरुजी ने मुस्कराते हुए पूछा, 'तुम्हारी क्या खोज थी?' शिष्य ने कहा, 'यही कि सही सवाल क्या है?' गुरुजी हँसते हुए बोले, 'बस! यही सही सवाल है कि 'सही सवाल क्या है?' हर घटना में तुम्हें सबसे पहले यही पूछना है कि 'सही सवाल क्या है?' उसके बाद जवाब में जो सही सवाल आए उसे पूछना है। इतना करने मात्र से तुम दुःखों से मुक्त हो जाओगे। अब तक जिन्होंने सही सवाल पूछे हैं, वे मुक्त हुए हैं।'

गुरुजी ने शिष्य को पहला सही सवाल बताने के लिए इतना इसलिए घुमवाया ताकि उसे इसका मूल्य समझ में आए और वह उस पर प्रयोग करे, वरना आसानी से मिली चीज़ की लोग कद्र नहीं करते।

आपका सवाल ऐसा होना चाहिए कि वह आपकी आँख (ज्ञान पाने का कारण) बन जाए। सवाल पूछते ही आँख खुल जाए। सारी धुँध समाप्त हो जाए, सामने का रास्ता स्पष्ट दिखने लगे। जब आप ऐसे सवाल पूछते हैं तो जवाब अंदर से, स्रोत (सेल्फ) से आते हैं। सवाल पूछने के बाद शांत होकर उसे सुनें, जवाब ज़रूर मिलेगा, आगे का मार्ग खुलेगा।

सवा लाखी सवाल

ऐसे सवाल जो आपको पूर्ण मुक्ति दिलाने में संभव हैं वे 'सवा लाखी सवाल' हैं। सवा लाखी इसलिए कहा ताकि आप उनके मूल्य को जान सकें, उन्हें बाक़ी आम सवालों से अलग कर पाएँ। ग़लत सवाल, सही सवाल और सवा लाखी सवाल में फ़र्क है।

- गलत सवाल हमें कुदरत द्वारा पिटवाते हैं यानी हमारे जीवन में दुःख का निर्माण करते हैं।
- सही सवाल हमारे जीवन में सुख-सुविधा लाते हैं, हमें कठिनाइयों से बाहर निकालते हैं।
- सवा लाखी सवाल वे हैं, जो हमें सही राह दिखाते हैं। हमसे उच्चतम चुनाव करवाते हैं। हमें आत्मसाक्षात्कार (स्वअनुभव) की ओर ले जाते हैं। ये सबसे कीमती और शक्तिशाली सवाल होते हैं।

'अब मैं कौन हूँ... (Who am I now)' ऐसा ही सवा लाखी सवाल है जो आपको आत्मसाक्षात्कार करवाने की क्षमता रखता है। दुनिया के दुःख देखकर व्याकुल हुए बुद्ध ने सवा लाखी सवाल किया था, 'क्या दुःख मुक्ति की अवस्था है?' इस सवाल से उनकी आध्यात्मिक खोज शुरू हुई। नारद ने डाकू रत्नाकर से सवाल, किया, 'क्या तेरे घरवाले तेरे पापों का बोझ बाँटेंगे?' इस सवाल ने डाकू रत्नाकर से महर्षि वाल्मीकि बनने तक की यात्रा करवा डाली। बालक नचिकेत ने यमराज से सवा लाखी सवाल पूछकर ब्रह्मज्ञान (स्वअनुभव) प्राप्त किया। संत ज्ञानेश्वर ने अपने बड़े भाई से सवाल पूछकर उन्हें अपना गुरु बनाया।

संत ज्ञानेश्वर महाराष्ट्र के प्रसिद्ध संत हैं। वे कम उम्र के ऐसे आध्यात्मिक योद्धा हैं, जिन्होंने सदियों तक उच्चतम ज्ञान से दूर रखे गए साधारण जन में ज्ञान और भक्ति से भरे आंदोलन चलाए, उनकी चेतना को बढ़ाया। समाज में आध्यात्मिकता को

पुनः प्रतिष्ठित किया। उन्होंने इंसानों के बीच फैले भेद-भाव, ग़लत मान्यताओं का खण्डन करते हुए सभी के कल्याण पर ज़ोर दिया।

संत ज्ञानेश्वर का जीवन विपत्तियों से भरा रहा, जिस कारण उनके जीवन में भी अनेक सवा लाखी सवाल उठे। इन सवालों के कारण उन्होंने न केवल स्वयं ज्ञान प्राप्त कर आत्मसाक्षात्कार प्राप्त किया बल्कि वे अन्य लाखों-लाखों लोगों के लिए भी निमित्त बने। उनके द्वारा लिखे गए ग्रंथ आज भी लाखों लोगों को ज्ञान और भक्ति के मार्ग पर चलने हेतु प्रेरित कर रहे हैं।

इस पुस्तक में आप संत ज्ञानेश्वर और उनके संघ अवतार को समझने जा रहे हैं। उनको जानने की इस यात्रा में आपके सामने उनके जीवन से निकले कुछ सवा लाखी सवाल आएँगे। इन सवालों पर मनन करके आप अपने जीवन को सही दिशा दे सकते हैं, अपना आध्यात्मिक विकास कर सकते हैं, यहाँ तक कि आत्मसाक्षात्कार तक पहुँच सकते हैं।

तो चलिए, संत ज्ञानेश्वर के साथ उन सवा लाखी सवालों के जवाब खोजने का कार्य आरंभ करें।

...सरश्री

खण्ड 1
संत ज्ञानेश्वर की जीवनी

अध्याय 1

सत्य और हौसले का खेल

ज्ञानदेव का संघ अवतार

आपके लिए एक सवाल है - **क्या आप सबसे बड़ी डेयरिंग (हौसले का काम) कर सकते हैं?**

आप समाचारों, टी.वी., डिस्कवरी चैनल या इंटरनेट पर देखते होंगे कि कुछ लोग ऐसी बड़ी-बड़ी चीज़ें (हौसला) कर जाते हैं, जो आम आदमी के बस की बात नहीं होती। जैसे दो पहाड़ों के बीच रस्सी बाँधकर चलना, जलते कोयलों पर चलना, साँप, बिच्छुओं को निगलना... आदि। यदि आपसे कहा जाए कि 'क्या आप ज़िंदा मेंढक खा सकते हैं' या 'शेर के मुँह में हाथ डालने की हिम्मत कर सकते हैं?' तो आपका जवाब क्या होगा? ऐसा करना मुश्किल है।

यदि आपसे कहा जाए कि 'क्या आप नारियल के पेड़ पर चढ़ सकते हैं?' तो कुछ लोग ऐसा करने की हिम्मत कर सकते हैं। अब ज़रा ईमानदारी से मनन करके बताएँ कि **क्या आप सदा ख़ुश रहने की हिम्मत कर सकते हैं ?** ज़रा सोच-समझकर जवाब दें क्योंकि यह कोई मामूली डेयरिंग नहीं है। हर हाल में सदा ख़ुश रहना सबसे बड़ी डेयरिंग है।

ज़रा सोचें, इससे बढ़कर डेयरिंग क्या हो सकती है और वह किसने की होगी? जवाब है - सबसे बड़ी डेयरिंग संत ज्ञानेश्वर ने की थी, उन्होंने जीवित समाधि ली

थी, जिसे संजीवनी समाधि कहा गया। वे पूरी जाग्रति के साथ ध्यान में बैठे और फिर उनका शरीर वापस नहीं उठा। वह ध्यान अखण्ड ध्यान बन गया, समाधि बन गया। कुछ लोग उनकी समाधि अवस्था का बुद्धि से विश्लेषण कर कह सकते हैं कि 'यह तो सुसायडल स्टेप था यानी एक तरह से आत्महत्या थी, मगर ऐसा नहीं था। संत ज्ञानेश्वर की समाधि में ट्रुथ (सत्य) भी था और डेयरिंग (हौसला) भी। अर्थात दुनिया के दुःख-दर्दों से परेशान होकर, पलायन करना समाधि लेना नहीं है। समाधि अवस्था बुद्धि और मन के परे की बात है। अतः इसे बुद्धि से समझा ही नहीं जा सकता। आइए, ट्रुथ और डेयरिंग से जुड़ा एक उदाहरण देखते हैं।

चार मित्र एक जंगल में जाते हैं। जिनकी उम्र क्रमशः इक्कीस, बाईस, तेईस और चौबीस साल की है। उनको एक ख़ज़ाने की तलाश है। ख़ज़ाना खोजते-खोजते वे रास्ता भटक जाते हैं। थोड़ा सुस्ताने के लिए वे कुछ फल वगैरह खा-पीकर थोड़ी देर एक पेड़ के नीचे बैठ जाते हैं। थकान और तनाव दूर करने के लिए वे एक खेल खेलने लगते हैं। वह खेल है, 'ट्रुथ (सत्य) और डेयर (हौसले)' का। इसमें या तो खिलाड़ी को अपनी एक सच्चाई बतानी पड़ती है या कोई ऐसा कार्य करना होता है, जिसके लिए उसके पास साहस और हौसला दोनों चाहिए। उन चारों के बीच यह खेल चल रहा है। जिसमें कोई सफल हो रहा है, कोई नहीं हो रहा है।

तभी वहाँ से नाथ पंथ के एक साधु गुजरते हैं। वे लड़कों से पूछते हैं, 'आप क्या कर रहे हैं?' लड़के बताते हैं, 'हम कई दिनों से एक ख़ज़ाने की तलाश कर रहे हैं मगर वह हमें मिल ही नहीं रहा है... हम रास्ता भटक गए हैं... समय बिताने और तनाव को कम करने के लिए इस वक्त हम यह खेल, खेल रहे हैं। आप साधु हैं, इस जंगल से भली-भाँति परिचित हैं। अतः आप ही हमारा मार्गदर्शन करें कि अब हमें क्या करना चाहिए और किधर जाना चाहिए?'

इस पर साधु महाराज कहते हैं, 'मैं आपको एक बड़े हौसले (डेयरिंग) का काम करने के लिए देता हूँ, बस वही करो, उसी से आगे का रास्ता खुलेगा...।' लड़के उत्सुकतावश पूछते हैं, 'बताइए, क्या करना है, वैसे भी हम सभी बड़े हौसलेवाले हैं... खतरों से खेलना हमारा शौक है... आप जो कहेंगे हम करेंगे...।' उत्तर सुनकर साधु मुस्कराकर कहते हैं, 'तब तो आपके लिए बहुत आसान होगा। काम यह है कि आपको एक घंटा कुछ नहीं करना है। **क्या आप 'कुछ नहीं' करने की डेयरिंग कर सकते हैं?**' यह एक सवा लाखी सवाल था।

यह सुनकर लड़के आश्चर्य में पड़ जाते हैं, 'यह कैसा डेयरिंगवाला काम है...?

एक घंटा कुछ नहीं करना!!! क्योंकि डेयरिंग में तो इंसान कुछ खास तरह का कार्य करने के लिए तैयार होता है... ऐसा काम जिसे करना सरल न हो। जैसे ऊँचाई से कूदना... बर्फ़ीले पर्वतों पर चढ़ना... रस्सी पर चलना... आँख बंद करके ड्राइव करना... मौत के कुएँ में छलाँग लगाना... किसी चीज़ में वर्ल्ड रेकॉर्ड बनाना... आदि। डेयरिंग का अर्थ तो कुछ अलग, असंभव सा लगनेवाला कार्य करना होता है। मगर यह साधु महाराज जो डेयररिंग करने के लिए कह रहे हैं, उसमें तो कुछ नहीं करना है।'

तीन मित्रों ने कहा, 'हम कोशिश करेंगे।' मगर उनमें से एक मित्र पूरे निश्चय के साथ बोला, 'मैं यह करके ही रहूँगा।' इस तरह चारों मित्र कुछ नहीं करने के लिए बैठ जाते हैं। थोड़ी ही देर में दो लड़के उठकर बोले, 'यह हमसे नहीं होगा।' तीसरा मित्र पूरे एक घंटा बैठा रहा। फिर उसने उठकर साधु महाराज से बोला, 'देखो, मैंने आपके द्वारा दिया गया कार्य पूरा कर लिया। मैं एक घंटा बिना कुछ किए बैठा था।' इस पर साधु महाराज मुस्कराते हुए बोले, 'तुम खाली कहाँ बैठे थे! सारा समय तो कल्पनाओं की उड़ान भर रहे थे। तुम इतना विचार कर रहे थे, जितना कभी पूरे दिनभर में भी नहीं करते... यह 'कुछ नहीं' नहीं है।'

अतः चार में से तीन लड़के असफल घोषित कर दिए गए। मगर उनमें से जो इक्कीस साल का लड़का था- वह बैठा रहा... बैठा रहा, बिना कुछ किए... बिना विचारों में उलझे और वह सफल हुआ।

कौन सफल और कौन असफल... यह बाहर से देखकर पता लगाना मुश्किल है। इंसान के मन में कुछ चल रहा है या नहीं, यह बाहर से देखकर तो निर्धारित नहीं किया जा सकता है न! इक्कीस साल का लड़का सफल हुआ, यह निर्धारण उसकी आगे की क्रिया ने किया।

उसने आँखें खोली और यह नहीं सोचा कि मुझसे काम होगा या नहीं होगा... बस उठा और चल पड़ा। यह देख बाक़ी भी उसके पीछे-पीछे चलने लगे, 'अरे! कहाँ जा रहे हो... सुनो तो...' मगर वह लड़का नहीं रुका, चलता गया... चलता गया... अंततः वह ख़ज़ाने तक पहुँच गया।

उसके तीनों मित्र भी उसका अनुसरण करने के कारण ख़ज़ाने तक पहुँच गए। सबको आश्चर्य हुआ कि यह कैसा अनोखा स्थान है? लेकिन उन्हें इतना समझ में आ गया कि यही वह स्थान है, जिसे हम ढूँढ़ रहे थे... जिसका पता नहीं चल रहा

था। इक्कीस साल के लड़के ने इतनी आसानी से ख़ज़ाने का पता ढूँढ़ लिया क्योंकि वह बस चलता रहा, बिना भटके, बिना रुके... अंततः वह अपने लक्ष्य तक पहुँच गया।

उस जगह पर एक सीढ़ी थी। सीढ़ी चढ़ने के बाद जो स्थान था, वहाँ एक पेटी रखी हुई थी। वह पेटी ख़ज़ाने की पेटी थी। सभी सीढ़ी चढ़ना चाहते थे मगर चढ़ नहीं पा रहे थे। सिर्फ वही इक्कीस साल का लड़का सीढ़ी चढ़ पा रहा था। बाक़ी तीनों कहने लगे, 'ये सीढ़ियाँ चढ़ना तो बहुत मुश्किल है... हम ख़ज़ाने तक कैसे पहुँचेंगे... यहाँ से इसे कैसे वापस लेकर जाएँगे?' इक्कीस साल का लड़का बोला, 'मुश्किल लगता है मगर नामुमकिन नहीं... मैं कर सकता हूँ तो तुम सभी कर सकते हो, थोड़ी हिम्मत करोगे तो हो जाएगा। बेहतर है अभी से कुछ अभ्यास शुरू करो... कुछ न करने का काम शुरू करो। अभी सीढ़ी के नीचे ही बैठो और 'कुछ नहीं' करने का कार्य शुरू करो... मेरे प्रयत्नों का परिणाम तो आप देख ही चुके हो कि मैं कैसे यहाँ तक पहुँचा और अब सीढ़ी चढ़ पा रहा हूँ...। अतः विश्वास रखो और कार्य शुरू करो..।'

जब तक इंसान सामने परिणाम नहीं देखता तब तक वह विश्वास नहीं कर पाता। तीनों मित्रों ने अपने इक्कीस साल के मित्र के हौसले का परिणाम देखा तो उन्हें पक्का हुआ कि 'इस डेयरिंग में कुछ तो बात है। एक आदमी के हौसले के कारण हम सभी बिना नक्शे के, बिना निशान के ख़ज़ाने तक पहुँचे हैं, असंभव बात संभव हुई है...। अब तो बस सीढ़ियाँ चढ़ने की पात्रता हासिल कर ख़ज़ाने तक पहुँचना है...। हममें से एक ऐसा कर सकता है तो हम भी कर सकते हैं...।' ऐसा सोचकर तीनों मित्र सीढ़ी के नीचे 'कुछ नहीं' करने का अभ्यास करने बैठ गए।

इस कार्य में भले ही शुरुआत में वे असफल हुए मगर निरंतरता से अभ्यास कर रहे थे...। जब वे थोड़ा सफल हुए तो एक-एक सीढ़ी चढ़ पाए। थोड़ी-थोड़ी सफलता बढ़ने पर अगले सोपान पर पहुँचे इस तरह वे प्रेरणा प्राप्त कर रहे थे। अंततः तीनों मित्र भी सोपान चढ़, ख़ज़ाने की पेटी तक पहुँच पाए।

पेटी देखते हैं तो वहाँ उन्हें क्या मिलता है? खाली पेटी। वे सिर पर हाथ मारते हैं कि हमने 'कुछ नहीं' करने के लिए इतना कुछ किया मगर मिला क्या? इसके बदले कुछ करते तो बहुत कुछ मिल जाता। यहाँ कुछ न करके क्या मिला? दरअसल वे 'कुछ नहीं' को नहीं पहचान पा रहे थे। 'कुछ नहीं', कुछ नहीं, नहीं है, यह बात इक्कीस साल का लड़का समझ रहा था। फिर उसने भेद खोला, 'इसमें जो है, उसे

आप अभी नहीं समझ पाएँगे इसलिए अपना अभ्यास जारी रखें।'

इस पर तीनों के मन में सवाल उठा, 'क्यों करें अभ्यास... अब क्या मिलेगा...' मगर उस लड़के की बात पर न जाने क्यों उन्हें विश्वास था और उन्होंने अभ्यास जारी रखा। जैसे-जैसे उनका अभ्यास बढ़ता गया, वैसे-वैसे आश्चर्य भी बढ़ता गया क्योंकि धीरे-धीरे वह पेटी चमकने लगी। अंत में रहस्य खुलता गया कि वह पेटी ही असली ख़ज़ाना है, जिसे वे अरसे से खोज रहे हैं। अर्थात खाली पेटी स्वयं में ख़ज़ाना है। जैसे कोई पर्स खाली हो मगर वह सोने से बना होकर, हीरे-मोतियों से जड़ा हो तो क्या आप यह कहेंगे कि 'पर्स खाली है इसलिए बेकार है?' नहीं, वह पर्स स्वयं में एक बेशकीमती धरोहर है। इसी तरह पेटी खाली होकर भी बेशकीमती थी।

इस बार उन्होंने पेटी खोली तो वह खाली होकर भी खाली नहीं थी, उसमें थी 'मुक्ति'। जिसे देखा, बताया या सुनाया नहीं जा सकता। उसे तो बस अभ्यास के द्वारा एक मुकाम पर पहुँचकर ही अनुभव करके जाना जा सकता है कि यही वह है, जिसे सभी खोज रहे हैं, जो कुछ नहीं होकर भी सब कुछ है। 'मुक्ति' ही वह अवस्था है, जिसे शून्य अवस्था भी कहा गया है।

ख़ज़ाना सत्य और हौसले का

वह कौन सा ख़ज़ाना था, जिसे वे चार मित्र खोज रहे थे? वह ख़ज़ाना था सत्य का... अंतिम सत्य का... अल्टिमेट ट्रुथ का...। एक खेल, जिसमें कुछ नहीं करने का हौसला किया गया और सत्य का ख़ज़ाना मिल गया। खेल के अंत में सत्य और हौसला दोनों एक हो जाते हैं। जो लोग ऐसा हौसला कर पाए, उनका नाम आज संसार में अमर है। लोग उनके सामने आदर और श्रद्धा से सिर झुकाते हैं। उनसे जुड़े किस्से पढ़-सुनकर, उनसे जुड़े स्थानों पर जाकर ऐसा हौसला करने की, सत्य का ख़ज़ाना पाने की प्रेरणा पाते हैं।

क्या आप अनुमान लगा सकते हैं, इस उदाहरण में वह इक्कीस साल का लड़का कौन था? वे थे संत ज्ञानेश्वर। जिन्होंने मात्र इक्कीस साल की उम्र में ही सत्य का ख़ज़ाना पाया। साथ ही उसे पाने का मार्ग दुनिया में प्रसारित कर, महासमाधि ली और इस सांसारिक लोक से स्वेच्छा से विदा हो गए।

इस उदाहरण में संत ज्ञानेश्वर महाराज तथा उनके तीन भाइयों और बहन की कथा को ही पिरोया गया है। संत ज्ञानेश्वर के शरीर का जीवनकाल मात्र 21 वर्ष ही

रहा। एक इक्कीस साल का युवा अपने सभी कर्तव्य पूरे कर, अव्यक्तिगत पृथ्वी लक्ष्य[1] पूरा कर महासमाधि ले लेता है तो उसके अंदर सत्य के प्रति कैसी दृढ़ता होगी... उसका ज्ञान किस ऊँचाई पर होगा... उसमें कैसा आत्मबल और मनोबल होगा? कितने तप, कितने प्रयासों और परिक्षाओं के बाद उसकी यह अवस्था आई होगी? ये निश्चय ही मनन करने योग्य बातें हैं।

उन चारों बहन-भाइयों की ख़ज़ाना खोजने की यात्रा, या कहें वारकरी यात्रा मात्र सात-आठ साल की उम्र में ही शुरू हुई थी। क्या आज किसी सात-आठ साल के बच्चे को देखकर सोचा जा सकता है कि यह ऐसा ज्ञान प्राप्त कर सकता है? मगर उन्होंने किया। जानते हैं, संत ज्ञानेश्वर को सत्य का मार्ग दिखानेवाले, बतानेवाले उनके गुरु कौन थे? उनके बड़े भाई, निवृत्तिनाथ। जब उन्होंने ज्ञानदेव को ज्ञान दिया तब उनकी उम्र ज्ञानदेव से मात्र दो साल बड़ी थी।

क्या आप कल्पना कर सकते हैं, उस दृश्य की जिसमें 10 साल का गुरु अपने आठ साल के शिष्य को ब्रह्मज्ञान दे रहा है और शिष्य न सिर्फ ज्ञान ले रहा है बल्कि उसे अपने जीवन में उतार भी रहा है। ज्ञानदेव समस्त समस्याओं का सामना कर, ज्ञान के मार्ग पर चल भी रहे हैं। यह महान आश्चर्य इस धरती पर हुआ है। कहानी में उन मित्रों को जंगल में मिले नाथ पंथ के साधु निवृत्तिनाथ का ही प्रतीक थे। जिन्होंने अपने भाई-बहन को सत्य पाने के लिए, हौसला रखने को कहा और उन सभी ने ऐसा किया भी।

उदाहरण में संत ज्ञानेश्वर ने ध्यान में 'कुछ नहीं' करने का हौसला दिखाकर अनुभव पाया और वे अंतिम सत्य के ख़ज़ाने की ओर चल पड़े। उनके पीछे चलनेवाले मित्र वारकरी[2] भक्त के प्रतीक हैं, जो उनसे प्रेरणा लेकर उनके बताए हुए रास्ते पर चलते हैं। ख़ज़ाने तक पहुँचानेवाली सीढ़ियाँ प्रतीक हैं, सोपानदेव की। सोपानदेव, ज्ञानदेव के छोटे भाई थे और पेटी में क्या है? मुक्ताई। मुक्ताई ज्ञानदेव की बहन थी। इस तरह उदाहरण में ये चारों किरदार और वारकरी आपके सामने आए।

संत ज्ञानेश्वर का संघ अवतार

---

1 पृथ्वी पर रहते हुए ही अपने मन को अकंप, निर्मल बनाकर, प्रेम, आनंद, मौन की अभिव्यक्ति करना।

2 संत ज्ञानेश्वर ने जन-जन को भक्ति के अमृत से भिगोने के लिए तीर्थ यात्राएँ शुरू की, जिन्हें वारकरी यात्रा कहा जाता है। यह महाराष्ट्र प्रांत की संस्कृति का अभिन्न अंग है जो सैकड़ों वर्षों से नियमित रूप से चली आ रही है।

संत ज्ञानेश्वर के अवतार को संघ या ग्रुप अवतार कहा जा सकता है क्योंकि चारों भाई-बहन, निवृत्तिनाथ, ज्ञानदेव, सोपानदेव और मुक्ताबाई ने एक साथ मिलकर लोगों का आध्यात्मिक विकास किया। पृथ्वी पर बहुत कम बार ऐसा हुआ है कि लोगों की समझ और चेतना बढ़ाने के लिए एक पूरे संघ ने अवतार लिया हो। वैसे तो सभी ईश्वर के अवतार ही हैं मगर कुछ अवतार आध्यात्मिक योद्धा बनकर आते हैं। यह एक ऐसा विशेष संघ है, जिनके सत्य संघियों के नाम में ही सत्य के महत्त्वपूर्ण संकेत छिपे हैं। आइए, इन संकेतों को समझते हैं।

निवृत्तिनाथ – निवृत्ति का अर्थ है वृत्तियों (ग़लत आदतों, पैटर्न) से मुक्त अवस्था। वृत्तियाँ कैसी भी हो सकती हैं, शारीरिक, मानसिक, स्वभाव की, पूर्वजों से आई हुई...। जब हम वृत्तियों के अनुसार कार्य न करें बल्कि वह कार्य करें जो सही है, जो करने योग्य है, जो हमें वास्तव में करना चाहिए, तो समझिए हम वृत्तियों से मुक्त हैं।

उदाहरण के तौर पर एक इंसान ने नियम बना लिया कि वह रोज़ सुबह उठकर आधा घंटा ध्यान के लिए अवश्य बैठेगा। मगर जब भी सुबह होती थी, वह आलस्य के कारण बिस्तर ही नहीं छोड़ पाता था। लेटे-लेटे ही खुद को समझाता, 'कल से ज़रूर ध्यान करूँगा' और वापस सो जाता था। अर्थात वह रोज़ ध्यान करके सत्य की राह पर चलना तो चाहता था मगर उसकी वृत्तियाँ उसकी चाहत से ज्यादा मज़बूत थीं। वह सत्य की दीवार पर चढ़ना (विकास) चाहता था मगर उसकी वृत्तियाँ उसकी टाँग खींच लेती थीं। यदि आप सत्य का ख़ज़ाना पाने निकले हैं तो आपको ऐसी वृत्तियों को पहचानकर उनसे निवृत्ति पानी होगी।

ज्ञानदेव – ज्ञान का अर्थ आज-कल बहुत साधारण तरीक़े से लिया जाता है। किसी भी तरह की नॉलेज या जानकारी को भी ज्ञान का नाम दे दिया जाता है। बड़ी-बड़ी किताबों, धर्म शास्त्रों को पढ़नेवाले स्वयं को ज्ञानी समझने लगते हैं। मगर ज्ञान पढ़ने या रटने की चीज़ नहीं है। असली ज्ञान वह है जो आपको आपके असली अहंकार (मैं) का दर्शन करवाता है। जो आपको बताता है, 'वास्तव में आप कौन हैं, पृथ्वी पर क्यों आए हैं, आपके जीवन का लक्ष्य क्या है और आप उसे कैसे पा सकते हैं?' यह ज्ञान भी तभी ज्ञान कहलाया जा सकता है, जब यह आपके जीवन में उतरे। बिना जीवन में उतरे ज्ञान, ज्ञान नहीं बल्कि चंद शब्द या मन बहलाने की बातें हैं। बिना क्रिया में उतरा ज्ञान सिर्फ मनोरंजन ही है। सत्य संघ में ज्ञानदेव वास्तविक ज्ञान के प्रतीक हैं।

सोपानदेव – सोपान का अर्थ होता है – पायदानों से बनी सीढ़ी। इस संघ में सोपानदेव प्रतीक हैं उस सीढ़ी के जो आपको सत्य के ख़ज़ाने तक ले जाती है। ज़रा सोचकर बताइए, कौन सी सीढ़ी आपको सत्य के ख़ज़ाने तक लेकर जा सकती है? जी हाँ, वह है भक्ति की सीढ़ी। भक्ति ही वह ताक़त है जो एक भक्त को मुश्किल से मुश्किल परिस्थितियों का भी हँसते-हँसते सामना करने का हौसला देती है। भक्ति में इंसान वह काम कर गुज़रता है, जो बाक़ी लोगों के लिए असंभव होते हैं। सबसे बड़ी बात, भक्ति ही वृत्तियों को हमेशा के लिए खत्म कर आपसे उच्चतम चुनाव करवाती है। जो लोग बिना भक्ति के सिर्फ संकल्पशक्ति या इच्छाशक्ति से वृत्तियों पर काबू पाना चाहते हैं, उन्हें अस्थायी सफलता मिलती है। स्थायी निवृत्ति पाना भक्ति के साथ ही संभव है। शुद्ध, निष्काम भक्ति की सीढ़ी चढ़ते हुए इंसान एक दिन सत्य के ख़ज़ाने तक अवश्य पहुँच जाता है।

मुक्ताबाई – जब निवृत्ति को साधकर, ज्ञान के आधार पर बनी भक्ति की सीढ़याँ चढ़ते हुए, सत्य के ख़ज़ाने को खोला जाता है तब उसमें से प्राप्त होती है– मुक्ता या पूर्ण मुक्त अवस्था। इसी को मुक्ति, मोक्ष या स्वअनुभव कहा जाता है। निवृत्ति, भक्ति और सच्चे ज्ञान में से किसी एक की कमी होने पर भी मुक्ति नहीं मिलती। इन चारों का एक मज़बूत संघ है, जो एक दूसरे के बिना अधूरे हैं।

आगे के अध्याय में संत ज्ञानेश्वर के जीवन से जुड़े प्रचलित किस्सों और उनमें उठे सवालों पर धीरे-धीरे बात होगी।

मनन सवाल

1. क्या आप सदा ख़ुश रहने की डेयरिंग कर सकते हैं ?
2. क्या आप दिन में कुछ समय 'कुछ नहीं' करने की डेयरिंग कर सकते हैं ?

अध्याय 2

पात्रता और कपट

गुरु से कपट-महाकपट

संत ज्ञानेश्वर के शरीर का जीवनकाल बहुत ही अल्प रहा, मात्र 21 साल। इतने छोटे काल में उनके जीवन में अनेक सवाल उठे। उन सवालों के जवाबों ने न सिर्फ उनका बल्कि हज़ारों-लाखों लोगों का पथ प्रदर्शन किया और आज भी कर रहे हैं। आइए, संक्षिप्त में उनके जन्म[1] की कथा जानते हैं और इस कथा में उठे सवालों के जवाब खोजते हैं।

विट्ठल पंत का कपट से संन्यास लेना

महाराष्ट्र के आपेगाँव नामक गाँव में संत ज्ञानेश्वर के ब्राह्मण पूर्वज कई पीढ़ियों से पटवारी थे। उनके पिता विट्ठल पंत बचपन से ही सात्विक प्रवृत्ति के थे। जैसे-जैसे विट्ठल बड़े होने लगे, उनकी अध्यात्म में रुचि बढ़ती गई। उन्होंने अनेक तीर्थ यात्राएँ कीं, जिससे उन्हें साधु-संतों, संन्यासियों की संगति मिली। तीर्थ यात्रा पूरी करके वे पुणे के पास आलंदी नामक गाँव में आए।

उस समय सिद्धोपंत नामक एक सदाचारी और ज्ञानी ब्राह्मण वहाँ के पटवारी थे।

---

[1] संत ज्ञानेश्वर के जीवन पर आज तक कई पुस्तकें प्रकाशित हुई हैं। उनमें ज्ञानेश्वर के जन्म की भिन्न-भिन्न तारीखें दी गई हैं। कुछ लेखकों ने कहा है कि संत ज्ञानेश्वर सन 1275 में पैदा हुए थे तो कुछ लोगों का मानना है कि उनका जन्म 1271 में हुआ था।

वे इस अतिथि के ज्ञान, सदाचार तथा भक्तिभाव को देखकर प्रभावित हो गए और उन्होंने अपनी पुत्री रुक्मिणी का विवाह विट्ठल पंत से कर दिया। विवाह के पश्चात लंबे समय तक विट्ठल को संतति प्राप्त न हो सकी।

कुछ सालों बाद विट्ठल के माता-पिता का देहांत हो गया और अब परिवार की पूरी ज़िम्मेदारी विट्ठल के कंधों पर आ गई मगर परिवार में रहने के बावजूद भी विट्ठल का मन सांसारिक बातों में नहीं लगता था। उनका अधिकांश समय ईश्वर स्तुति में ही गुज़रता था।

सिद्धोपंत ने यह जान लिया कि उनके दामाद का झुकाव दुनियादारी में न होकर अध्यात्म में है इसलिए वे विट्ठल और रुक्मिणी दोनों को अपने साथ आलंदी ले आए। विट्ठल अब संन्यास ग्रहण कर विवाहित जीवन के बंधनों से मुक्त होना चाहते थे मगर इसके लिए पत्नी की सहमति ज़रूरी थी। उन्होंने रुक्मिणी से संन्यास लेने के लिए अनुमति माँगना शुरू कर दिया। रुक्मिणी के कई बार मना करने और समझाने के बावजूद भी विट्ठल बार-बार उनसे अनुमति माँगते रहे। एक दिन तंग आकर रुक्मिणी ने क्रोध में कह दिया, 'जाओ, चले जाओ।'

विट्ठल तो संन्यास ग्रहण करने के लिए उतावले थे ही इसलिए उन्होंने अपनी पत्नी के इन क्रोधपूर्ण शब्दों को ही उनकी अनुमति मान लिया और तुरंत काशी की ओर रवाना हो गए। काशी में उन्होंने महागुरु[2] के पास जाकर उनसे आग्रह किया कि वे उन्हें संन्यास दीक्षा दें। यहाँ तक कि उन्होंने महागुरु से झूठ कह दिया कि वे अकेले हैं और उनका कोई घर-परिवार नहीं है। क्योंकि उस समय किसी संसारी को संन्यासी बनाने की प्रथा नहीं थी। महागुरु ने विट्ठल को अकेला जान अपना शिष्य बनाकर संन्यास दीक्षा दे दी।

पात्रता और कपट

प्रस्तुत कहानी में एक बहुत बड़ा सवाल छिपा है जो आपको सजग करता है- '**क्या किसी बात की पात्रता पाने के लिए कपट करना सही है?**'

उस समय के समाज में एक व्यक्ति के संन्यासी बनने की पात्रता थी- उसका गृहस्थ न होना और यदि कोई गृहस्थ व्यक्ति संन्यास लेना चाहता था तो उसके इस निर्णय में पत्नी की पूरी सहमति होनी आवश्यक थी। विठ्ठल पंत इन दोनों ही पात्रता पर खरे नहीं उतरते थे। उनकी पत्नी ने उन्हें सही मायने में संन्यासी बनने की अनुमति

---

[2] महागुरु को रामानंद स्वामी, प्रभुपाद स्वामी या उत्तर गुरु के नाम से भी जाना जाता है।

नहीं दी थी। वे सिर्फ क्रोध में निकले बोल थे, जो सच्चे नहीं थे।

एक पति अपनी पत्नी के कथन को अच्छी तरह समझता है कि वह जो कह रही है दिल से कह रही है या मात्र ज़बान से। दरअसल विट्ठल पंत अपनी इच्छा पूरी करने के लिए इतने उतावले थे कि उन्होंने अपनी पत्नी के मुँह से वही सुना, जो वे सुनना चाहते थे, वह नहीं सुना जो रुक्मिणी कहना चाहती थी।

यहाँ हमारा उद्देश्य भक्त हृदय विट्ठल पंत की आलोचना करना नहीं बल्कि मानव मन को समझना है कि वह कैसे अपना मनचाहा पाने के लिए उसकी पात्रता को एक तरफ़ रखकर अपनी चलाता है और कपट करने से भी नहीं चूकता। उसके कान वही सुनते हैं, जो उसकी इच्छापूर्ति में सहायक हो। उसकी आँखों को वही दिखाई देता है, जो वह देखना चाहता है।

कपट हर हाल में कपट है

विट्ठल पंत संन्यास लेने की बाहरी पात्रता पर खरे नहीं उतरते थे, जबकि आंतरिक प्यास के अनुसार वे योग्य साधक थे। उन्होंने कपट किया लेकिन उनके भाव शुद्ध थे, वे भक्त थे। संन्यास लेकर सत्य प्राप्त करना चाहते थे। मगर सत्य और कपट दोनों विपरीत बातें हैं। जिस तरह इंसान के अच्छे कर्मों का फल आता है, वैसे ही बुरे कर्मों का भी फल आता है। विट्ठल पंत की भक्ति का फल उन्हें मिला। उन्हें चार आत्मसाक्षात्कारी संतानों के पिता होने का गौरव प्राप्त हुआ। ऐसी विलक्षण संतानों में ज्ञान और भक्ति के बीज रोपने का अवसर मिला। मगर उनके गुरु से किए गए कपट का भी फल उन्हें मिला, जिसके बारे में हम आगे पढ़ेंगे।

उच्च चेतना के साथ कपट, महाकपट है

इंसान अपने फ़ायदे के लिए जाने-अनजाने कपट करता रहता है। ऑफ़िस पहुँचने में देरी हो गई तो फटाफट कोई झूठा बहाना गढ़ दिया। किसी दूसरे के काम का क्रेडिट खुद ले लिया। होर्मवर्क पूरा नहीं हुआ तो टीचर को झूठ बोल दिया। किसी रिश्तेदार का घर पर आने के लिए फ़ोन आ गया तो कह दिया, हम घर पर नहीं हैं, बाहर हैं... आदि। यदि इंसान अपने पूरे दिन की गतिविधियों पर कपटमुक्त होकर मनन करे तो उसे पता चलेगा कि वह दिनभर में कितना कपट करता रहता है। दूसरों के साथ और खुद के साथ भी।

खुद के साथ इस तरह कि वह अपनी गलतियों को छिपाने के लिए बहाने गढ़, स्वयं से भी झूठ बोलता है। जैसे, 'आज मैं बहुत थक गया हूँ, इसलिए फलाँ काम

नहीं करूँगा... मुझे झूठ बोलना पड़ा क्योंकि मेरी फलाँ-फलाँ मजबूरी थी... यदि मैं गुस्सा नहीं करूँगा तो मेरे नीचे काम करनेवाले कामचोर हो जाएँगे... मुझ जैसा बदनसीब कोई नहीं...' इत्यादि।

मगर क्या आप जानते हैं सबसे बड़ा कपट कौन सा होता है? वह कपट जो उच्च चेतना के इंसान के साथ किया जाता है। किसी सच्चे, अच्छे इंसान के साथ किया जाता है। फलतः जितनी ऊँची सामनेवाले की चेतना, कपट का फल भी उतना ही बड़ा आता है। सबसे उच्च चेतना गुरु की होती है इसलिए गुरु के साथ किया गया कपट सबसे बड़ा कपट होता है, इसीलिए इसे महाकपट कहा गया है। विट्ठल पंत से यही महाकपट हुआ। उन्होंने अपने महागुरु से अपने विवाहित होने की बात छिपाई। इस महाकपट का प्रायश्चित आगे चलकर उन्हें अपने प्राण देकर करना पड़ा।

कर्ण और सुदामा का महाकपट

हमारे पूर्वज संतों ने इसी बात को अनेक पौराणिक कथाओं के माध्यम से समझाया है। महाभारत की कथा का पात्र कर्ण, अर्जुन की तरह ही एक महान योद्धा था मगर उसने अपने गुरु परशुराम से शस्त्र विद्या सीखने के लिए कपट किया और अपना परिचय छिपाया। उसे इस महाकपट का फल एक श्राप के रूप में मिला कि जिस दिन उसे इस विद्या की सबसे अधिक ज़रूरत होगी, उसी दिन यह विद्या उसके काम नहीं आएगी।

श्रीकृष्ण उच्चतम चेतना के स्वामी थे। उनके गुरुकुल के सहपाठी मित्र सुदामा धर्मपरायण और संतोषी स्वभाव के थे। मगर एक बार सुदामा ने भूख के वश होकर श्रीकृष्ण से कपट किया था। उन्होंने अपने बाल सखा के हिस्से के चने उनसे झूठ बोलकर खा लिए थे। कथा के अनुसार श्रीकृष्ण जैसी उच्च चेतना के संग कपट करने का परिणाम यह हुआ कि आगे चलकर सुदामा को अपने दिन बड़े ग़रीबी और अभावों में गुज़ारने पड़े। उनकी ग़रीबी तब दूर हुई जब उन्होंने अपनी समस्त संपत्ति जो कि कुछ मुट्ठी चावल थे, वह श्रीकृष्ण को अर्पण कर दी थी।

कम से कम गुरु से कपट न हो

जिस तरह डॉक्टर से रोग छिपाकर या बढ़ा-चढ़ाकर बताने से रोगी का ही नुकसान होता है, ठीक ऐसे ही गुरु से कपट करना खोजी के अपने ही पैर पर कुल्हाड़ी मारने के बराबर है। इसलिए स्वयं को ही नुकसान से बचाने के लिए खोजी को यह प्रण अवश्य करना चाहिए कि कम से कम खुद से और गुरु से कपट न हो।

कपट करके ज्ञान मिला तो क्या लाभ, वह ज्ञान जीवन में नहीं उतरने वाला। यदि खोजी कपट कर रहा है तो इसका अर्थ यही है कि वह अभी ज्ञान लेने का पात्र ही नहीं बना है। अपनी कमियाँ छिपाने के लिए गुरु को चार बातें छिपाकर बताने या अपनी श्रेष्ठता दिखाने के लिए चार बातें बढ़ाकर बताने की ज़रूरत ही नहीं है।

एक बात और, गुरु आपसे यह आशा कभी नहीं करते कि आप परफ़ेक्ट बनकर आएँ। यदि आप परफेक्ट (सेल्फ पर स्थापित) होते तो गुरु की आवश्यकता ही क्या रहती! गुरु मानव मन की कमजोरियाँ, चालाकियाँ अच्छी तरह समझते हैं। आपके मन के नाटक को वे आपका नाटक नहीं समझते बल्कि मन का नाटक समझते हैं और गुरु इसी मन को साधना सिखाते हैं। इसलिए गुरु के आगे गलतियाँ छिपाना व्यर्थ है। वे आपको वही जानकर देखते हैं, जो आप वास्तव में हैं।

घटनाओं से गुज़रकर, गिरकर-सँभलकर, गलतियाँ करके और फिर उन्हें सुधारकर ही परफ़ेक्ट अवस्था की ओर बढ़ा जाता है। इसलिए कपट की कहीं कोई ज़रूरत ही नहीं है। जो है, जैसा है, उसे स्वीकार करें और सबक सीखकर आगे बढ़ें। गुरु बस आपसे यही आशा रखते हैं।

कपट मुक्ति ध्यान

कुछ समय के लिए पुस्तक एक तरफ़ रखकर आँख बंद करके शांत और स्थिर अवस्था में बैठें। अभी तक आपके द्वारा जाने-अनजाने में गुरु या अन्य किसी उच्च चेतना के साथ कोई कपट हुआ है तो उसे अपने ध्यान क्षेत्र में लाएँ। कुछ जानकारी प्राप्त करने के लिए, शिविर में प्रवेश पाने के लिए, अपनी श्रेष्ठता दिखाने के लिए, अपनी गलतियाँ छिपाने के लिए... जो भी कपट नज़र आए, उसके लिए गुरु को साक्षी रखकर, क्षमा माँगें-

'मुझसे यह कपट हुआ है जिसके लिए मैं क्षमा चाहता हूँ और वचन देता हूँ कि आगे से ऐसा नहीं होगा क्योंकि मैं कपट के नहीं, ईमानदारी के पक्ष में हूँ।' इस भाव के साथ पूर्ण समर्पित होकर गुरु से क्षमा माँगें और उन्हें धन्यवाद दें।

मनन सवाल

1. क्या आपसे कभी गुरु या उच्च चेतना के साथ कपट हुआ है?
2. क्या आप अपने कपट को स्वीकार करने और उसके लिए क्षमा माँगने का हौसला रखते हैं?

अध्याय 3

मेरे जीवन का अर्थ
संत-संतान का ज्ञान

क्या कभी आपके मन में ऐसे सवाल उठे हैं कि आपका शरीर पृथ्वी पर क्यों जन्मा है? वह इस पृथ्वी पर क्या भूमिका लेकर आया है? क्या वह वही कर रहा है जो करने के लिए पैदा हुआ है...? ये कुछ ऐसे सवा लाखी सवाल हैं, जो आपके जीवन की दिशा बदल सकते हैं। आपके जीवन को नया और सार्थक अर्थ दे सकते हैं। ठीक ऐसे ही जैसे संत ज्ञानेश्वर की माता रुक्मिणी के जीवन को दिया। आइए, पहले रुक्मिणी के जीवन को अर्थ मिलने की कहानी संक्षिप्त में पढ़ते हैं, फिर कुछ सवा लाखी सवालों पर मनन करेंगे।

रुक्मिणी को जीवन का अर्थ मिलना

पति के चले जाने के बाद रुक्मिणी बड़े दुःख में थी। दुःखी रुक्मिणी ने अपना जीवन ईश्वर भक्ति में रमा दिया। वह प्रतिदिन सूर्योदय के समय इंद्रायणी नदी में स्नान करके मंदिर जाती और ईश्वर से प्रार्थना करती रहती थी। वे ईश्वर से यही पूछती कि 'आखिर अब मेरे जीवन का क्या अर्थ है?' क्योंकि संतान और पति के बिना उन्हें अपने जीवन की कोई उचित दिशा दिखाई नहीं दे रही थी।

एक बार महागुरु अपने शिष्यों के साथ रामेश्वर की यात्रा करने जा रहे थे तो संयोग से वे आलंदी के एक मंदिर में रुक गए। संयोग से रुक्मिणी भी उस समय मंदिर में

ही थी। उन्होंने संत को प्रणाम किया। प्रणाम के जवाब में उत्तर गुरु ने उन्हें आशीर्वाद दिया-'संत संतान भव'। दरअसल इसी आशीर्वाद में रुक्मिणी के जीवन का अर्थ छिपा था। यह आशीर्वाद सुनकर रुक्मिणी की आँखें भर आईं। वह कहने लगी- 'महात्मा, मेरे पति तो काशी जाकर संन्यासी बन चुके हैं अतः आपका आशीर्वाद फलित नहीं होगा।'

रुक्मिणी की यह बात सुनकर महागुरु को महाआश्चर्य हुआ क्योंकि यदि यह आशीर्वाद फलित नहीं होना था तो उनके मुख से कैसे निकला? क्योंकि वे स्वअनुभव पर स्थापित थे। उनके वचन सेल्फ (स्रोत) से आनेवाले वचन थे। वे जान गए कि ज़रूर उनके आशीर्वाद में ईश्वर की कोई दिव्य योजना छिपी है, तभी ऐसा आशीर्वाद निकला है। ज़रूर यह कोई ईश्वरीय संकेत ही है।

महागुरु ने रुक्मिणी से उनके पति के बारे में सारी जानकारी ली। सभी बातें सुनकर वे समझ गए कि उनका शिष्य विट्ठल ही इस स्त्री का पति विट्ठल है, वे अपनी रामेश्वर यात्रा अधूरी छोड़कर तुरंत काशी लौट गए।

गुरु के पूछने पर विट्ठल ने अपना कपट स्वीकार किया और माफ़ी माँगते हुए अपने गुरु के पैर पकड़ लिए। तब महागुरु ने विट्ठल को अपने घर वापस जाने और वैवाहिक जीवन प्रारंभ करने की आज्ञा दी।' महागुरु ने उनसे कहा कि 'मैंने तुम्हारी पत्नी को संत संतान भव का आशीर्वाद दिया है। तुम्हें वैवाहिक जीवन में वापस लौटकर जाना है और ईश्वरीय वचनों को पूरा करना है।' गुरु की यह आज्ञा और उपदेश पाकर विट्ठल आलंदी लौट गए।

रुक्मिणी का सवा लाखी सवाल

उस समय के समाज में एक गृहस्थन स्त्री के जीवन का यही अर्थ होता था - बच्चों का लालन-पालन और पति की सेवा। यही अर्थ समझाकर माता-पिता अपनी पुत्री का विवाह करते थे। मगर रुक्मिणी के जीवन का यह अर्थ छिन चुका था। वह निसंतान थी, पति भी चला गया था। तो अब उसके जीवन का क्या अर्थ बचा? यही सवाल लेकर वह ईश्वर के सामने जाया करती थी।

रुक्मिणी के सवा लाखी सवाल का उत्तर ईश्वर ने उत्तर दिशा से आए महागुरु को निमित्त बनाकर भेजा। उनके आशीर्वाद में रुक्मिणी के जीवन का अर्थ था। दिव्य योजना के अनुसार उनको चार संत-संतानों के आगमन का निमित्त बनना था। इन

संतानों को आत्मसाक्षात्कारी संत बनने की यात्रा में मदद करनी थी। उनको इतना प्रेम देना था कि उन्हें अभावों में भी सुखी और संतुष्ट रहने का हौसला आ जाए। कष्टों में आनंदित होने की कला आ जाए। उनके जीवन का उद्देश्य ईश्वर की भक्ति और उस भक्ति की क्रिया में अभिव्यक्ति (भक्ति इन ऐक्शन) बन जाए।

माँ का अर्थ ही है – अनंत प्रेम। रुक्मिणी बच्चों को प्रेम दे-देकर फ़ना हो जाए, उसके जीवन का यही अर्थ था। उस माँ ने अपने सवा लाखी सवाल का जवाब पाकर वही सब किया, जो उसे करना चाहिए था। रुक्मिणी और विट्ठल की आगे चलकर दो-दो साल के अंतराल से चार संत संतानें हुईं। संत निवृत्तिनाथ, संत ज्ञानेश्वर, संत सोपान और मुक्ताबाई।

रुक्मिणी और विट्ठल ने उन संतानों को गर्भ संस्कारों के साथ-साथ वह सब कुछ दिया, जो उन्हें उनकी दिव्य योजना के अनुसार मिलना चाहिए था। उनके जीवन ने तो बहुत कुछ दिया ही, उनकी मृत्यु ने भी दिया। उन दोनों की मृत्यु ने उन बच्चों के मन में ऐसे सवा लाखी सवाल खड़े किए, जो उनकी पृथ्वी जीवन की भूमिका शुरू होने का आधार बने। इन सवालों और उससे उठे चिंतन के बारे में आप आगे पढ़ेंगे।

सवाल अपना जवाब लेकर जन्मता है

जब हमारे हृदय से अर्थपूर्ण सवाल उठते हैं तो कुदरत की तरफ़ से उसका जवाब भी हमारी ओर चल पड़ता है। मगर यह बात हमें मालूम ही नहीं होती। हर सवाल अपना जवाब लेकर ही जन्मता है। सवाल पूछते ही जवाब अपनी जगह से आना शुरू हो जाता है। मगर आप तक पहुँचने के बीच में एक समय अंतराल होता है। वह समय अंतराल सब्र और आश्चर्य के साथ प्रतीक्षा से गुज़ारना है। उस समय में आपको सच्ची उम्मीद रखनी है, सकारात्मक रहकर जवाब के प्रति ग्रहणशील रहना है, जैसे रुक्मिणी ने किया।

किसी के भीतर से यूँ ही सवाल नहीं उठते। इंसान के भीतर तब सवाल उठते हैं, जब उसकी इतनी पात्रता हो जाती है कि वह सवाल उठा सके। और उसे जवाब भी तभी मिलता है, जब वह जवाब पाने का पात्र हो जाए। सवाल उठाने की और जवाब पाने की पात्रता आने तक कुदरत विभिन्न घटनाएँ देकर, अपने तरीक़े से उसकी तैयारी करवाती रहती है।

विभिन्न दुःखद दृश्यों को देखकर राजकुमार सिद्धार्थ के भीतर इस सवा लाखी सवाल के उठने की पात्रता तैयार हुई कि 'दुनिया में इतना दुःख क्यों है और इस दुःख

से मुक्ति का क्या कोई उपाय है?' वरना उन दृश्यों को तो न जाने कितने लोगों ने देखा होगा मगर किसी और के मन में ऐसे भाव भी नहीं उठे, जो सिद्धार्थ के भीतर उठे। इस सवाल के उठने पर वे जवाब खोजने निकल पड़े और जिस दिन उनकी जवाब पाने की पात्रता तैयार हुई, उसी दिन उन्हें आत्मसाक्षात्कार हो गया। उन्हें सभी सवालों के जवाब मिल गए।

सवाल–जवाब, सेल्फ का खेल

दरअसल सवाल और उसके जवाब, दोनों का स्रोत एक ही है – वह है हमारे भीतर की चेतना (सेल्फ)। हमारे जीवन को सही दिशा देने के लिए वही कुछ सवाल उठाता है और हमें उनके जवाब खोजने के काम पर लगा देता है। वही हमसे जवाब के लिए प्रार्थनाएँ करवाता है, जिससे हम ग्रहणशील बन विश्वास तथा सब्र रखना सीखते हैं। वही सेल्फ हम तक किसी न किसी माध्यम के द्वारा जवाब भी पहुँचाता है।

जो लोग अपने भीतर के सेल्फ से सीधे जुड़े हुए हैं, उन्हें जवाब के लिए इतना घूमने–फिरने की ज़रूरत नहीं होती। वे सीधे सेल्फ से ही जवाब सुन लेते हैं। मगर जब तक इंसान की इतनी तैयारी नहीं है कि वह सीधा सेल्फ को सुन सके, तब तक सेल्फ बाहरी माध्यमों को निमित्त बनाकर जवाब भेजता है। वह किसी इंसान, दृश्य, किसी की कही बात, स्वप्न, कोई पुस्तक, गुरु आदि के द्वारा जवाब भेजता है। जैसे रुक्मिणी के लिए उत्तर गुरु को भेजा।

कभी–कभी सेल्फ को भी सवाल बाहरी माध्यमों के द्वारा ही भेजने पड़ते हैं ताकि वह इंसान जाग सके। जैसे ऋषि वाल्मीकि के साथ हुआ। उनका जीवन बदलनेवाला सवा लाखी सवाल नारद के माध्यम से उठा। तुलसीदास के जीवन की दिशा उनकी पत्नी के सवालों ने बदली। गुरु अकसर सोए हुए खोजियों को सवाल पूछ–पूछकर ही अज्ञान की नींद से जगाते हैं, चेताते हैं।

प्रार्थना सवाल है तो जवाब है ध्यान

लोग अकसर ईश्वर से प्रार्थना करते समय सवाल पूछते हैं, 'अब मेरा क्या होगा... मुझे क्या हो गया है... ऐसे कैसे होगा... सब इतना कठिन क्यों है... मेरे साथ ही ऐसा क्यों होता है... अब कैसे होगा...मेरे दुःख कब दूर होंगे...' आदि। इस तरह वे ग़लत सवाल तो पूछते हैं मगर ईश्वर का सही जवाब सुनने के लिए वहाँ रुकते नहीं। उन्हें लगता है हमने अपनी बात ईश्वर तक पहुँचा दी, हमारी तरफ़ से बात ख़त्म हो गई, अब उठकर चला जाए।

यदि ईश्वर सीधे कह पाता तो उन्हें ज़रूर कहता, 'अरे! बात खत्म कहाँ हुई अभी। तुमने अपनी तो कह दी, अब मेरी भी तो सुनते जाओ। अपनी प्रार्थना का जवाब सुनने के लिए कुछ देर रुको तो सही, बैठो तो सही...।'

जो लोग प्रार्थना पर ही रुक जाते हैं, उन्हें ईश्वर से वार्तालाप करने का पूरा सीक्रेट नहीं मालूम है। वे केवल आधा सीक्रेट जानते हैं। पूरा सीक्रेट यह है कि प्रार्थना में उठे सवालों का ईश्वर ध्यान (मेडीटेशन) में जवाब देता है। जब प्रार्थना के बाद मौन होकर अपने हृदयक्षेत्र पर जाया जाता है तब जवाब मिलता है। 'प्रेयर ऍण्ड मेडीटेशन' (प्रार्थना और ध्यान) यह ईश्वर से संपर्क साधने का पूरा सीक्रेट है।

सेल्फ आपसे बहुत कुछ कहना चाहता है। आपको सही राह दिखाना चाहता है, आपका मार्गदर्शन करना चाहता है, आपके सवाल सुलझाना चाहता है और वह यह लगातार कर भी रहा है। मगर इंसान अपने विचारों में इतना अधिक उलझा हुआ होता है कि सेल्फ की आवाज उस तक पहुँच ही नहीं पाती। उस आवाज को सुनने के लिए आपके विचारों का मौन होना आवश्यक है, विचारों के मौन में ही सेल्फ की आवाज प्रखर होती है।

मनन सवाल

1. क्या आपको अपने पृथ्वी जीवन का अर्थ पता है?
2. क्या आप अपनी भूमिका के महत्त्व को जानते हैं?
3. क्या आप अपने सवालों का जवाब सुनने के लिए मौन में जाते हैं?
4. क्या आप सही सवाल पूछते हैं?

अध्याय 4

सफल जीवन क्या है?
पृथ्वी-भूमिका की पहचान

जब इंसान को अपने जीवन का सही अर्थ और अपनी भूमिका की पूरी स्पष्टता मिल जाती है तब उसके लिए दृढ़ता से जीना आसान हो जाता है। कहीं कोई भटकाव या बाधा नहीं आती। फिर जीवन में चाहे मुसीबतें आए या सुख-सुविधाएँ, इंसान अपने मार्ग से कभी नहीं भटकता। कुदरत भी उसका समय-समय पर मार्गदर्शन करती है। मगर भूमिका पर टिके रहने और कुदरत से मार्गदर्शन ग्रहण करने के लिए इंसान की पूरी तैयारी होनी चाहिए। आइए, इसी बात को विट्ठल पंत और रुक्मिणी की आगे की कहानी द्वारा समझते हैं।

विट्ठल पंत और रुक्मिणी का तेजसंसारी[1] जीवन

गुरु की आज्ञा मानकर विट्ठल पंत ने संन्यास छोड़कर वापस गृहस्थ धर्म अपना लिया। इस कारण से उन्हें सपरिवार समाज की उपेक्षा और प्रताड़ना सहनी पड़ी। उस समय की सामाजिक मान्यता के अनुसार एक संन्यासी का वापस गृहस्थ हो जाना ऐसा महापाप था, जिसका प्रायश्चित भी संभव न था। अतः ब्राह्मण समाज ने विट्ठल पंत और उनकी पत्नी को अपने समाज से बाहर निकाल दिया। उन्हें सपरिवार 'अशुद्ध' घोषित कर दिया गया।

---

[1] संसार और संन्यास दोनों से परे तेजसंसारी जीवन

समाज से मिल रही प्रताड़नाओं के बावजूद भी विट्ठल और रुक्मिणी घबराए नहीं क्योंकि उन्हें गुरु आज्ञा में ही अपने जीवन का अर्थ मिल गया था। उन्हें अपने पृथ्वी जीवन की भूमिका का पूरा ज्ञान हो गया था। उनकी दृष्टि में यह ईश्वर की दिव्य योजना और गुरु आज्ञा थी। अतः वे कठिन परिस्थितियों में भी पूरे स्वीकार भाव में जीकर अपनी साधना कर रहे थे।

कुछ समय बाद दो-दो वर्ष के अंतर से उनके घर में चार संतानों का अवतार हुआ। सबसे पहले निवृत्तिनाथ का जन्म हुआ। फिर दो साल बाद ज्ञानदेव का। इसके दो साल बाद सोपानदेव का और अंत में मुक्ताबाई का जन्म हुआ। उन बच्चों के अंदर गर्भकाल से ही भक्ति, ज्ञान एवं वैराग्य से भरपूर गर्भ संस्कार हुए।

आम तौर पर होता यह है कि सामाजिक दायित्वों, रोज़गार और संपर्कों में व्यस्त रहने के कारण लोग अपने परिवार पर ज़्यादा ध्यान नहीं दे पाते, मगर विट्ठल और रुक्मिणी के साथ ऐसा नहीं था। उनका ज़्यादातर समय घर पर ही बीतता था। इस समय का उपयोग वे अपने बच्चों को वेद-वेदांतों एवं शास्त्रों का गहरा ज्ञान देने में करते थे। अपने बच्चों के लिए वे माता-पिता के साथ-साथ शिक्षक भी थे। उनकी सभी संतानें तेजस्वी थीं और बहुत ही सहजता से सारा ज्ञान ग्रहण कर रही थीं।

समाज के लोग उनके परिवार से कोई संबंध नहीं रखते थे और उन्हें निम्न दृष्टि से देखा जाता था। उन्हें हर क़दम पर अपमानित किया जाता था। लोग उन बच्चों को 'संन्यासी के बच्चे' कहकर चिढ़ाते थे। ऐसे विपरीत माहौल में पूरा परिवार हर रोज़ लोगों का अपमान सहकर कठिनतम जीवन जीता रहा और इसे हरि इच्छा मानकर भक्ति और साधना करता रहा। विट्ठल-रुक्मिणी के परिवार का समाज में तो कोई नहीं था मगर वे सभी एक-दूसरे के सहारे थे। उनके पास निःस्वार्थ और आपसी प्रेम, सरलता, सच्चाई, निश्छलता, निष्कपटता, ज्ञान, भक्ति, संतोष और सब्र की अमूल्य दौलत थी।

दिव्य योजना अनुसार सफल जीवन

यदि किसी सामान्य बुद्धिवाले इंसान से पूछा जाए कि 'उसके लिए सफल जीवन के मायने क्या हैं?' तो वह कहेगा, 'अच्छी नौकरी या व्यापार, सारी सुख-सुविधाएँ, ऐशो-आराम, गाड़ी-बंगला, नौकर-चाकर, अच्छा जीवन साथी... इत्यादि का होना।' अर्थात उसकी सफल जीवन की कसौटी यही है कि उसने कितना बेफ़िक्र और आरामभरा जीवन जीया। यदि उस इंसान को रुक्मिणी और विठ्ठल पंत की जीवन गाथा बताकर पूछा जाए कि 'क्या उनका जीवन सफल रहा?' तो वह निश्चित ही कहेगा, 'क्या खाक सफल रहा... बेचारों ने इतने दुःखों और कष्टों को सहा... उनका

तो जन्म ही बेकार गया।' मगर यह उस इंसान की सोच है जिसे ज्ञान नहीं मिला, जो जीवन का सही अर्थ नहीं जानता।

दरअसल सेल्फ या कुदरत ही किसी इंसान केजीवन की दिव्य योजना निर्धारित करती है। जिस इंसान का जीवन उसकी दिव्य योजना के अनुसार भूमिका निभाते हुए, अपने सबक सीखते हुए गुजरा, समझो उसका जीवन सफल हुआ अन्यथा नहीं। श्रीराम की दिव्य योजना थी संसार में फैली राक्षसी शक्तियों और रावण का विनाश। इसके लिए उन्हें एक राजकुमार होते हुए भी सालों-साल वनों में एक तपस्वी की भाँति अनेक अभावों में रहना पड़ा। तो क्या आप यह कहेंगे कि 'उनका जीवन असफल रहा?' नहीं, बल्कि यदि वे इसके विपरीत राजमहलों की सुख-सुविधाओं में रहकर, जीवन जीकर संसार से चले जाते तो उनका जीवन महाजीवन नहीं बनता क्योंकि महल में रहकर वे सुख तो भोगते मगर उनकी भूमिका अधूरी रह जाती।

इसी तरह रुक्मिणी और विट्ठल पंत दोनों सफल जीवन जीकर, संसार से विदा हुए। उन्होंने उन सभी कार्यों को बखूबी अंजाम दिया जो उनकी भूमिका का हिस्सा थे। उन्होंने चार संतानों को जन्म देकर उन्हें संत बनने हेतु ज़रूरी माहौल एवं शिक्षाएँ भी दीं। चारों बच्चों ने अपने माता-पिता के द्वारा जाना था कि आत्मबोध द्वारा ईश्वर प्राप्ति ही जीवन का लक्ष्य है। वैरागी पिता और भक्ति में लीन माता के घर पर पैदा होने से उनमें संस्कारों की नींव मज़बूत हुई। जो ज्ञान वे शास्त्रों में पढ़ते थे, वैसा ही जीवन उनके माता-पिता उनके सामने प्रस्तुत करते थे।

साथ ही बच्चों को यह कहनेवाला कोई नहीं था कि ईश्वर प्राप्ति या आत्मबोध इतनी कम आयु में संभव नहीं है या यह बहुत बड़ा और कठिन लक्ष्य है। दरअसल इंसान के मन में ये मान्यताएँ बचपन से डाल दी जाती हैं कि 'फलाँ कार्य बहुत कठिन या असंभव है।' फलतः बड़े होने के बाद भी इंसान उस कार्य को कठिन या असंभव ही मानता है। जबकि बच्चों में ऐसी कोई मान्यताएँ नहीं होतीं और यदि उनमें कोई मान्यता न डाली जाए तो ऐसे बच्चे बड़े होकर कुछ अलग प्रयास कर, असंभव लगनेवाले कार्य भी कर गुजरते हैं।

कुदरत केवल ऑर्डर पूरे करती है

देखा जाए तो विट्ठल-रुक्मिणी के परिवार का जो जीवन चल रहा था, उसमें सभी की इच्छाएँ या प्रार्थनाएँ पूरी हो रही थीं। विठ्ठल पंत ने कभी भी आम इंसानों की भाँति सुख-सुविधाओं की कामना नहीं की थी। वे ईश्वर भक्ति में लीन रहकर

संन्यासी जीवन जीना चाहते थे। अतः समाज ने उन्हें बहिष्कृत कर, संसार में ही संन्यासियों सा जीवन दे दिया था। लोग तो समाज से दूर जंगल में जाकर संन्यास लेकर भक्ति करते हैं। जबकि विट्ठल और उनका परिवार समाज में रहकर ही संन्यासी जीवन का लाभ ले रहा था। रुक्मिणी अपने पति और बच्चों का संग चाहती थी, उनके प्रेम और सेवा में जीवन बिताना चाहती थी। उसकी भी इच्छा पूरी हो रही थी। साथ ही वे दोनों यह भी चाहते थे कि उनके बच्चे सुसंस्कारी, ज्ञानी, संत बनकर स्वअनुभव प्राप्त करें तो इसकी भी तैयारी हो रही थी। इस तरह दुःखों और अभावों में भी कुदरत उनके ऑर्डर पूरे कर रही थी।

दरअसल यह परिवार पूरी समझ के साथ तेजसंसारी जीवन जी रहा था। वह आध्यात्मिक रूप से बहुत उन्नत था और आध्यात्मिक ज्ञान को संसारी जीवन में भली-भाँति उतार भी रहा था। इसलिए वे सभी कष्टों में भी सुखी और संतुष्ट थे।

तेजससंसारी जीवन रहस्य

पुराने समय में सामान्यतः यही धारणा थी कि संसार का त्याग कर संन्यास ग्रहण करके ही ईश्वर को पाया जा सकता है। अर्थात जो संसारी है वह ईश्वर को कभी नहीं पा सकता और जो संन्यासी है, वह संसार में नहीं रह सकता। अर्थात आपको 'माया' और 'राम' दोनों में से एक को ही चुनना पड़ेगा। एक को चुनेंगे तो दूसरे को छोड़ना पड़ेगा। इसी मान्यता ने ही विट्ठल पंत को संन्यास लेने हेतु प्रेरित किया।

वास्तव में इन दोनों के बीच का भी एक मार्ग है, वह है 'तेजसंसारी मार्ग'– जो संन्यास और संसार दोनों से परे है। 'तेजसंसारी' वह होता है जो संन्यासी और माया में लिप्त संसारी दोनों जीवन के पार जाता है। जो दोनों प्रकार की जीवनशैलियों के सकारात्मक पहलुओं को मिलाकर संतुलित जीवन जीता है।

तेजसंसारी संसार में रहते हुए ही उच्चतम ज्ञान प्राप्त करता है। वह ज्ञान की कोरी बातें ही नहीं करता बल्कि उसे अपने आचरण में भी ढालता है। उसका आचरण देखकर परिवार और समाज के अन्य लोग भी सत्य से जुड़ने के लिए प्रेरित होते हैं। वह जानता है कि 'मैं शरीर नहीं हूँ।' वह यह भी जानता है कि यह संसार ईश्वर का खेल (लीला) मात्र है। इसलिए वह इसमें उलझे बिना, इससे आसक्त हुए बिना आनंदित जीवन जीकर अपनी भूमिका बखूबी निभाता है।

मान लीजिए – दो लोग हैं, जिसमें एक संसारी और दूसरा तेजसंसारी है। दोनों को कार ख़रीदने की इच्छा है। संसारी कार इसलिए खरीदना चाहता है ताकि वह

परिवार एवं दोस्तों के साथ खूब घूमे-फिरे, समाज में उसका स्टेटस बढ़े। जबकि तेजसंसारी कार इसलिए खरीदना चाहता है कि वह समय पर सत्य श्रवण के लिए जा सके, ज़रूरत पड़ने पर दूसरे साधकों को भी सत्य ज्ञान शिविरों में ले जा सके। अर्थात कार की सुविधा द्वारा ज़्यादा से ज़्यादा सत्य की सेवा कर सके।

संसारी इंसान इसलिए बच्चे पैदा करना चाहता है कि उसे अपनी वंश वृद्धि करना है। वह चाहता है कि कोई उसका बुढ़ापे में खयाल रखनेवाला हो, उसके बाद उसकी जायदाद सँभालनेवाला हो। जबकि तेजसंसारी इस सोच के साथ संतान पैदा करता है ताकि वह देश के, समाज के काम आ सके, सत्य की राह पर चलकर अपना एवं दूसरों का भला कर सके, उसके माध्यम से ईश्वर संसार में अपने गुणों की अभिव्यक्ति कर सके। रुक्मिणी-विट्ठल ने भी ऐसी ही शुभ कामना के साथ चार महान संत-संतानों को जन्म दिया।

सही पृथ्वी भूमिका की पहचान

संत ज्ञानेश्वर के परिवार की कथाएँ सुनकर किसी के लिए यह आश्चर्य करनेवाली बात हो सकती है कि दुःख में भी खुश कैसे रहा जा सकता है? दरअसल जिस इंसान को अपनी सही भूमिका की पहचान हो गई हो, वह उसे निभाने में आनेवाली मुसीबतों को भी हँसते-हँसते सहता है। उसका उन मुसीबतों पर ध्यान ही नहीं जाता बल्कि अपनी भूमिका से मिल रही संतुष्टि और सुख ही उसके आनंद का स्रोत बन जाता है।

उदाहरण के लिए एक स्त्री जब गर्भ धारण करती है तो डिलीवरी तक उसे अनेक शारीरिक कष्टों का सामना करना पड़ता है, मगर वह जानती है कि इस समय वह माँ बनने की भूमिका निभा रही है और इस भूमिका में ये कष्ट होने स्वाभाविक हैं। अतः उसे उन कष्टों से दुःख नहीं बल्कि आनंद और संतुष्टि ही मिलती है। क्योंकि उसे भली-भाँति ज्ञात है कि वह क्या प्राप्त करने जा रही है।

एक बार वैज्ञानिक एडिसन की प्रयोगशाला जलकर राख हो गई। उनके अनेक ज़रूरी कागज़, प्रयोग करने योग्य उपकरण सभी नष्ट हो गए। उनकी कई साल की रिसर्च मिट्टी में मिल गई। तार्किक रूप से देखा जाए तो उन्हें इस घटना से बहुत दुःखी होना चाहिए था, मगर वे नहीं हुए। उल्टा कहने लगे, 'चलो अच्छा हुआ, अब नए सिरे से रिसर्च करूँगा, क्या पता कुछ छूटी हुई चीज़ें सामने आ जाएँ, जिन पर पहले ध्यान नहीं गया था...।'

ऐसा वे इसलिए कह पाए क्योंकि उन्हें अपनी भूमिका की पहचान थी। उनकी

नज़र कष्टों पर नहीं बल्कि हमेशा नए-नए अनुसंधान (खोज) करने के अवसरों पर लगी रहती थी। अनुसंधान पास हो या फेल, उन्हें फ़र्क नहीं पड़ता था क्योंकि उनकी भूमिका थी अनुसंधान करते रहना और नया खोजते रहना।

कहने का तात्पर्य यह है कि अपनी सही पृथ्वी भूमिका निभाते हुए मिलनेवाले दुःख भी कहीं न कहीं आपकी सफलता का कारण ही बनते हैं। वे आपके मनन को, सवालों को नई दिशा देते हैं। आपको कुछ अलग सोचने और करने पर मजबूर करते हैं। इस तरह वे आपकी भूमिका में सहायक ही होते हैं ।

दूसरी बात, जब इंसान को अपना वास्तविक परिचय मिल जाता है कि 'मैं शरीर नहीं हूँ' तब भी वह सारे दुःखों और कष्टों को साक्षी भाव से देखकर, ईश्वर के खेल में सुख-दुःख से परे होकर अपनी भूमिका निभाता है। जैसे ईसा मसीह ने किया। उन्होंने ज़िंदा सूली पर चढ़ाए जाने जैसी निर्मम (क्रूर) घटना को भी साक्षी भाव से देखकर सहजता से स्वीकार किया। क्योंकि वे जानते थे उनके शरीर की मृत्यु भविष्य में असंख्य लोगों की जाग्रति के लिए निमित्त बनेगी।

अतः दिव्य योजना की समझ रखते हुए हमें ईश्वर से अपनी प्रार्थनाओं में इच्छाओं की लंबी सूची दोहराने के बजाय यही कहना चाहिए –

'हे ईश्वर, मुझे अपनी भूमिका की सही पहचान हो

और मैं उसे अच्छे से निभा पाऊँ।

मुझे मेरी दिव्य योजना के अनुसार सब कुछ सहजता से मिले

और मैं उसे लेने का पात्र बनूँ।'

आपकी फ़ीलिंग – सेल्फ की आवाज

संसार में ऐसे कितने ही लोग हैं, जो अपनी दिव्य योजनानुसार भूमिका नहीं जी रहे हैं। उन पर समाज, घर-परिवार या परिस्थितियों के द्वारा जबरन दूसरी भूमिका लाद दी जाती है। हो सकता है वे उसमें दुनिया की नज़र में सफल रहें मगर उन्हें संतुष्टि नहीं मिलती। ऐसे में उन्हें यही लगता रहता है कि 'जीवन में कुछ कमी है।' जिसके परिणाम स्वरूप उन्हें संतोष और आनंद नहीं होता, जो होना चाहिए था।

विट्ठल पंत को विवाह के बाद घर-परिवार और दुनियादारी निभाते हुए ऐसा ही लग रहा था, उनकी फ़ीलिंग नकारात्मक थी इसलिए वे संन्यासी बने। मगर बाद

में गुरु की आज्ञा और अपनी दिव्य योजना की समझ आने के कारण वे स्वीकार भाव से दोबारा गृहस्थ जीवन में आए। और इस बार उन्होंने अपना धर्म और भूमिका पूरी तरह से निभाई। उनके जीवन में कष्ट ज़रूर आए मगर उनकी भावना नकारात्मक नहीं हुई क्योंकि वे जानते थे – जो वे कर रहे हैं, सही कर रहे हैं। यहाँ तक कि उन्होंने भूमिका निभाते हुए जल समाधि ली।

तात्पर्य – बाहर से चाहे सुख-सुविधाएँ आएँ या कष्ट, अपनी भावना जाँचें। जब आपको नकारात्मक फ़ीलिंग आती है यानी लगता है कि 'यह काम (चोरी, चुगली, व्यसन, झूठ, मक्कारी, शराब पीना) सही नहीं है, कहीं कुछ ग़लत हो रहा है...' तो इसका अर्थ है कि सेल्फ उस काम के लिए 'ना' कह रहा है। वह कहना चाहता है – 'यह मत करो'। जब आप दुःखी होते हैं तो सेल्फ कहता है – 'दुःखी मत रहो।' फिर भले ही सामने मुसीबतों के पहाड़ दिखाई दें मगर जब फ़ीलिंग सकारात्मक (माफ़ करना, सच बोलना, किसी की मदद करना) है तो समझें वह सेल्फ की 'हाँ' है। सेल्फ उस काम को करने के लिए हामी भर रहा है।

मनन सवाल

1. आपके लिए सफल जीवन के मायने क्या हैं?
2. क्या आपको अपने पृथ्वी जीवन की भूमिका ज्ञात है?
3. यदि हाँ तो क्या आप अपनी भूमिका सही तरीक़े से निभा रहे हैं?

अध्याय 5

दुःख से बाहर आने की कला

सही समय पर सही सवाल

संत ज्ञानेश्वर और उनके परिवार को समाज द्वारा दुःख दिए जाने की बहुत सी कथाएँ प्रचलित हैं। जिनमें बताया गया है कि उन्हें कैसे-कैसे दुःख मिले, फिर भी वे सत्य के मार्ग से नहीं हटे बल्कि सत्य पर विश्वास रखकर अपनी साधना जारी रखी। उन्होंने अपने परिवार के भीतर ही दुःख में भी सुख खोज लिए। ये कहानियाँ आम इंसान को प्रेरणा देती हैं कि दुःखों में भी ख़ुश कैसे रहा जा सकता है... कैसे सत्य की ताक़त से दुःखों की ताक़त को कम किया जा सकता है।

जब इंसान का दुःखों से सामना होता है तब वह अकसर घबरा जाता है। घबराहट में उसे यह समझ में ही नहीं आता कि यह समय घबराने का नहीं बल्कि सही सवाल उठाने का है। दुःख से बाहर निकलकर जागने का है। क्योंकि दुःख के समय आनेवाली नकारात्मक भावना आपके लिए सेल्फ की आवाज है कि 'दुःखी मत रहो, हॅपी हॅट (प्रसन्नता की टोपी) पहनकर रखो। यह जो नकारात्मकता से घिर गए हो, इससे बाहर आओ।'

दुःख में इंसान का पहला क़दम होना चाहिए- 'नकारात्मक फ़ीलिंग से बाहर आकर खुद से सही सवाल पूछना।' इस अध्याय में आप ऐसे ही सवालों को जानने जा रहे हैं, जिनकी शक्ति दुःखों के समय आपकी पूरी सोच बदल देगी।

सवाल-1 'अब मैं कौन हूँ?' (who am I now)

ब्रह्मांड का सबसे शक्तिशाली सवा लाखी सवाल है - 'मैं कौन हूँ?' जिसका जवाब आपको आत्मसाक्षात्कार दिला सकता है। यह सवाल आपके सारे दुःखों और समस्याओं को एक साथ विलीन कर आपको आनंद का अनुभव करवा सकता है। इस सवाल के उठते ही यह परम सत्य याद आ जाता है कि मैं शरीर नहीं, सेल्फ हूँ। जो कुछ भी मेरे साथ हो रहा है, वह मात्र इसलिए है क्योंकि सेल्फ अपनी उच्चतम संभावना खोलना चाहता है। जो भी घटनाएँ आ रही हैं, वे इसलिए आ रही हैं ताकि मेरी सही ट्रेनिंग हो सके, मेरा विकास हो सके, मैं कुछ बातें सीख पाऊँ, खुद में नए गुण विकसित कर पाऊँ।

एक चित्रकार के दुर्घटना में दोनों हाथ कट गए मगर उसने इस घटना को भी चुनौती बना लिया। उसने अपने पैरों को चित्र बनाने के लिए साध लिया। वह पैर के पंजों में ब्रश पकड़कर चित्रकारी करने लगा। उसे देखकर अनेकों को प्रेरणा मिली। अर्थात इंसान का शरीर अपने आपमें एक अजूबा है, जिसमें अनंत शक्तियाँ हैं। मगर यह शरीर जिस कारण अभिव्यक्त हो रहा है वह सीमित नहीं, असीम सेल्फ है।

जीज़स ने अपने शिष्यों से कहा था, 'तुम खुद को हीन और दरिद्र क्यों समझते हो? क्या तुम्हें नहीं पता कि तुम्हारे अंदर प्रभु का राज्य है... किंगडम ऑफ गॉड तुम्हारे अंदर ही है, फिर तुम क्यों दुःखी होते हो?'

कारण - इंसान अपनी असली पहचान भूलकर, दिखावटी सत्य में उलझकर कहता है, 'मुझे यह दुःख क्यों आया, वह परेशानी क्यों आई... मेरे कभी काम ही नहीं बनते, अड़चनें ही आती रहती हैं... उसने यह कह दिया... इसने यह कर दिया... मेरा यह पैटर्न टूट ही नहीं रहा... मुझसे यह होता ही नहीं... मैं ऐसा हूँ, मैं वैसा हूँ...' आदि।

दिखावटी सत्य में फँसकर जब भी मन में ऐसी कोई बात उठे तब तुरंत सही सवाल पूछें - 'मैं कौन हूँ? इस वक्त मैं क्या बनकर सोच रहा हूँ?' यह सवाल आपको सीधे अंतिम सत्य से जोड़ देगा। फिर आपका दुःख, दुःख नहीं बल्कि एक खेल बन जाएगा, जिसे आप खेल भावना से ही खेलेंगे।

जब निवृत्तिनाथ को अपने गुरु गहनीनाथ द्वारा और ज्ञानदेव को अपने गुरु निवृत्तिनाथ द्वारा अपनी मूल पहचान मिली तब फिर उन्हें कभी कोई दुःख, दुःख नहीं लगा। इसलिए वे उस समाज के प्रति भी प्रेम और करुणा से भर उठे, जिसने उन्हें बहुत

सताया था। आगे उनका पूरा जीवन इसी प्रयास में बीता कि लोगों को ज्ञान की आँख कैसे मिले, उनके जीवन का अज्ञानरूपी अंधकार कैसे दूर हो। उन्होंने आजीवन मानव समाज की निःस्वार्थ सेवा की। यहाँ तक कि उनके लिए संजीवनी समाधि लेकर, अपनी मृत्यु को भी निमित्त बनाया ताकि उनकी मृत्यु भी लोगों से मनन करवा सके।

सवाल–2 'तुम्हें जो लगे अच्छा, क्या वही है मेरी इच्छा?'

एक गरीब इंसान था, जो तंबू में रहता था। उसका इस बात में पूरा विश्वास था कि जो होता है, वह ऊपरवाले की इच्छा से ही होता है। भले ही उसमें तब भलाई नज़र न आए मगर आगे चलकर उसमें ही सबका भला होता है। इसी सोच के साथ वह ग़रीबी में भी इत्मिनान से जी रहा था। एक दिन तेज तूफ़ान आया, जिसमें उसका तंबू उड़ गया। उसने सोचा 'जैसी हरि की इच्छा' और वह वहाँ से दूसरी जगह चला गया।

नई जगह जाकर उसने छोटे–मोटे काम करने शुरू किए, जिनमें उसे कभी सफलता मिली, कभी विफलता। एक दिन ऐसा भी आया जब उसके दिन बदले और वह बड़ा व्यापारी बन गया। फिर उसने एक घर बनाया, जिसकी कॉंक्रीट की छत थी। उस छत पर खड़े होकर वह पुराने दिनों को याद कर रहा था कि 'अगर उस दिन मेरा तंबू न उड़ा होता तो आज मैं इस पक्के घर की छत पर न खड़ा होता। सच ही है, ऊपरवाले की मार में भी प्यार छिपा होता है।'

प्रस्तुत कहानी द्वारा यह सीख प्राप्त होती है कि इंसान के जीवन में जब भी कोई मुसीबत आती है तब उसका पूरा फ़ोकस मुसीबत पर ही चला जाता है। जिससे वह दुःखी होकर सोचता है – 'शायद मेरे भाग्य में यही लिखा है... शायद यही हरि इच्छा है।' ऐसे में यह समझ रखें कि जो तसवीर आई है, यह पूरी नहीं है, आधी है, आधी आनी अभी बाक़ी है। यदि यह 'हरि इच्छा' है तो 'हरि इच्छा पार्टटू (भाग दो)' आना अभी बाक़ी है। अतः आपको 'हरि इच्छा पार्ट टू' पर फ़ोकस कर ख़ुश रहना है। क्योंकि जिस बात पर फ़ोकस रखेंगे वही सीन जल्दी आएगी। मगर इंसान को इतनी जल्दी रहती है कि इधर मुसीबत आई और उधर उसने सब्र एवं विश्वास खो दिया।

हरि इच्छा पार्ट टू

जीवन में कुछ बदलाव आते हैं क्योंकि कुछ नया सामने आनेवाला होता है। जैसे उस इंसान के जीवन में हरि इच्छा पार्ट–वन 'तंबू उड़े' घटना आई क्योंकि उसके बाद हरि इच्छा पार्ट टू 'पक्का घर बने' को पूरा होना था। उन बदलावों पर बिना अच्छे–बुरे का लेबल लगाए, स्वीकार करें। धीरज और आश्चर्य के साथ देखें (वॉच, वेट विद

वंडर) एवं हरि इच्छा पार्ट टू आने के लिए प्रार्थना करें। इससे अगली तसवीर जल्दी और सहजता से आएगी।

एक दुकानदार को रात को नींद नहीं आती थी। वह बिस्तर पर जाता और घंटों करवटें बदलता रहता। एक रात परेशान होकर उसने पक्का किया कि जब तक नींद नहीं आएगी तब तक मैं बिस्तर पर जाऊँगा ही नहीं...। अतः वह अपना लॅपटॉप खोलकर बैठ गया और ऑन लाईन शॉपिंग की वेबसाईटस् देखने लगा। जिसमें उसकी उत्सुकता बढ़ी कि लोग कैसे बिना ऑफ़िस खोले, बिना बाजार में बैठे भी दूर-दूर तक अपना सामान बेचकर मुनाफ़ा कमा रहे हैं।

फिर उसने रोज़ रात को नींद आने तक यही सब जानना-समझना शुरू कर दिया कि ऑन लाईन बिज़नेस कैसे होता है, वेबसाईट कैसे बनती है। फलतः बहुत जल्द उसने भी अपना बिज़नेस ऑन-लाईन कर, विदेशों तक कस्टमर ढूँढ़ निकाले। अंततः देखते ही देखते वह बड़ा व्यापारी बन गया। इस तरह उसकी एक समस्या 'नींद न आना' ने उसकी सफलता के द्वार खोल दिए क्योंकि उसने उस समस्या को सकारात्मक ढंग से लेकर उसे विकास की सीढ़ी बनाया।

कभी-कभी कुछ लोगों के साथ दिव्य योजना अनुसार कठिन परिस्थितियाँ आती हैं। उन्हें पीड़ाएँ उठानी पड़ती हैं, जिसका परोक्ष (इंडायरेक्ट) लाभ दूसरे बहुत से लोगों को मिलता है। समाज में कुछ बुरी घटनाएँ होती हैं, जिनके फलस्वरूप समाज उनके विरोध में एकजुट होता है, प्रशासन नए कानून बनाकर, उन्हें लागू करता है ताकि भविष्य में वे घटनाएँ दोबारा न हों।

द्वितीय विश्व युद्ध ने पूरे विश्व में भयानक तबाही मचाई। इस युद्ध की भयावहता को देखकर ही देशों का ध्यान युद्ध से हटकर शांति और सद्भावना कायम रखने पर गया। जिसके परिणामस्वरूप एक प्रभावी संयुक्त राष्ट्र संघ की स्थापना हुई। इसके अंतर्गत अंतराष्ट्रीय नियम बनाए गए, जिससे भविष्य में युद्ध को रोका जा सके। सभी लोगों के मानव अधिकार सुनिश्चित हों। भेदभाव, ग़रीबी, अन्याय के विरुद्ध एवं शिक्षा और स्वास्थ्य को अच्छा करने हेतु इकट्ठे काम किए जा सके।

इसी तरह एक लड़के ने अपनी माँ को कैंसर से मरते देखा तो वह बड़ा होकर कैंसर का ही डॉक्टर बना। ज़्यादा से ज़्यादा कैंसर पेशंट का उपचार कर, उनके जीवन को बचाना ही उस लड़के के जीवन का लक्ष्य बन गया। उसकी माँ की मौत अनेकों मरीज़ों के जीवन का कारण बनी।

जब कोई इंसान किसी दुःख से गुज़रता है तब वह सोचता है, 'मेरे साथ जो हुआ वह किसी और के साथ न हो...।' यदि वह जाग्रत है तो उस दिशा में सकारात्मक पहल करता है। ऐसे न जाने कितने लोग हैं जिन्होंने समाज की कठोरता सही। जिसके कारण उनमें यह विचार प्रबल हुआ कि 'जो मैंने सहा वह किसी और को न सहना पड़े।' जिसके परिणामस्वरुप वे आगे चलकर समाज सेवक बने। इसी तरह रुक्मिणी और विट्ठल पंथ के परिवार ने समाज के अज्ञान को, उसके अपमान और निर्दयता को सहा। जिसके फलस्वरूप उनके बच्चों में समाज के अज्ञान को दूर करने की शुभ इच्छा पैदा हुई और आगे चलकर उन्होंने ऐसा ही किया।

कहने का तात्पर्य – हर सीन अगले सीन की तैयारी होता है। हमें हमेशा यह समझ रखनी चाहिए कि जो भी घटनाएँ जीवन में आ रही हैं, वे दिव्य योजना के अनुसार ही आ रही हैं। 'क्यों आ रही हैं, मेरे ही जीवन में क्यों आ रही हैं', ऐसा सोचने के बजाय निम्नलिखित क़दम उठाने चाहिए – ● सबसे पहले उसे हरि इच्छा मानकर स्वीकार करना चाहिए। ● उसके लिए ईश्वर से क्षमा प्रार्थना करनी चाहिए कि 'मेरे जिस भी कर्मबंधन के कारण यह समस्या आ रही है, उसके लिए मुझे क्षमा करें।' ● उसमें अपना सर्वोत्तम भक्तियुक्त प्रतिसाद दें (अच्छा व्यवहार करें) और हरि इच्छा-पार्ट टू के लिए प्रार्थना करें।

ऐसा करने की समझ बनी रहे, इसके लिए आपको हर अनचाही घटना में बस एक ही सवाल उठाना है, 'तुम्हें जो लगे अच्छा, क्या वही है मेरी इच्छा?' यह सवाल पूछकर आपको खुद को जाग्रत करना है। जाग्रत होने पर आप दुःख रूपी दिखावटी सत्य में नहीं उलझेंगे।

आइए, अब एक प्रयोग करें। अपने अतीत की उन घटनाओं को अपने ध्यान क्षेत्र में लाएँ, जिनमें ईश्वर के प्रति आपके अंदर शिकायत उठी थी कि 'मेरे साथ ही क्यों...।' देखें उन मुश्किल घटनाओं के बाद आपमें क्या विकास हुआ, कौन से ऐसे गुण विकसित हुए, जो पहले नहीं थे, आपने कौन से ऐसे सही निर्णय लिए जिनका लाभ आज आपको मिल रहा है। इस तरह मनन करने पर आप पाएँगे कि वह घटना आपको बहुत कुछ सिखाकर गई, जो आज आपके काम आ रहा है।

मनन सवाल

1. अब मैं कौन हूँ?

2. तुम्हें जो लगे अच्छा, क्या वही है मेरी इच्छा?

अध्याय 6

आग और कपूर का संगम
गुरु-शिष्य मिलन

इंसान में जिस चीज़ को पाने की पात्रता तैयार होती है, वह उस तक पहुँच ही जाती है। जब शिष्य की पात्रता तैयार हो जाती है तब गुरु को आना ही पड़ता है।

विट्ठल-रुक्मिणी की परवरिश में चारों बच्चों की भी अंतिम सत्य पाने की पात्रता बढ़ती गई। विशेषकर निवृत्तिनाथ का ज्ञान, उनके संवाद और उनके भीतर संतों के गुण देखकर विट्ठल और रुक्मिणी बहुत खुश होते थे। 7 से 8 वर्ष की उम्र में ही निवृत्तिनाथ ज्ञान ग्रहण करने के लिए पूर्ण रूप से पात्र हो चुके थे।

एक रात जब पूरा परिवार तीर्थ यात्रा पर जा रहा था तब निवृत्तिनाथ ग़लती से जंगल में रास्ता भटककर अपने परिवार से अलग हो गए। वे तुरंत जंगल से बाहर निकलने का रास्ता ढूँढ़ने लगे। भागते-भागते निवृत्तिनाथ अंजनी पर्वत में स्थित एक गुफा के नज़दीक पहुँचे और सुरक्षा के लिए उस गुफा के अंदर चले गए। अंदर जाते ही उन्होंने देखा कि सामने एक योगी अपने दो शिष्यों के साथ ध्यान में लीन होकर बैठे हुए हैं। ये योगी नाथ संप्रदाय के गुरु 'गहनीनाथ' थे।

गहनीनाथ ने निवृत्तिनाथ को देखते ही उनकी प्रतिभा और तेज को पहचान लिया। उन्होंने निवृत्तिनाथ को अपना परिचय दिया। गहनीनाथ जैसे महान योगी का परिचय पाकर निवृत्तिनाथ बड़े प्रसन्न हुए। मानो, एक शिष्य अपने गुरु को और गुरु

अपने शिष्य को पाने हेतु आतुर थे। गहनीनाथ ने उन्हें अपना शिष्य बना लिया और उन्हें ज्ञान एवं योग मार्ग की शिक्षा दी।

जो शिष्य वाकई पात्र होता है उसके लिए गुरु का एक मंत्र, एक वचन या एक प्रवचन ही आत्मबोध पाने के लिए काफ़ी होता है। निवृत्तिनाथ भले ही 9-10 साल के थे लेकिन उनकी तैयारी इतनी थी कि गुरु से पहली मुलाक़ात और उनका पहला उपदेश ही उनकी सत्य प्राप्ति के लिए काफ़ी था। निवृत्तिनाथ अगले सात दिनों तक गुरु के सानिध्य में ही रहकर शिक्षा प्राप्त करते रहे। अंत में उन्होंने अंतिम सत्य पाकर स्वअनुभव प्राप्त किया।

सत्य प्राप्त करने के बाद निवृत्तिनाथ अपने गुरु से आज्ञा लेकर वापस अपने माता-पिता के पास चले गए। जब उन्होंने देखा कि छोटा भाई ज्ञानदेव भी अंतिम सत्य पाने की पात्रता तैयार कर चुका है तो उन्होंने ज्ञानदेव को भी दीक्षित किया। ज्ञानदेव ने भी अल्पायु में ही योग में निपुणता हासिल कर ली और अद्वैत का गहरा अर्थ समझ लिया। आगे चलकर ज्ञानदेव ही संत ज्ञानेश्वर के नाम से विख्यात हुए।

संत ज्ञानेश्वर ने हर स्थान पर अपने गुरु रूप बड़े भाई की स्तुति की। आगे चलकर तो उन्होंने अमृतानुभव नामक ग्रंथ में गुरु की अपार स्तुति की। उन्होंने उसमें कहा, 'ज्ञान गूढ गम्य ज्ञानदेवा लाभले। निवृत्ति ने दिले माझ्या हाती।'

इसका अर्थ है कि 'मुझे ज्ञान का जो गूढ़ रहस्य मिला है, वह निवृत्ति ने ही दिया है।' यही उपदेश निवृत्तिनाथ ने सोपानदेव और मुक्ताबाई को भी दिया। इस तरह बहुत ही छोटी आयु में चारों को सद्गुरु की प्राप्ति हुई और अपनी उच्च पात्रता के चलते ये चारों ही सत्य में स्थापित हो गए।

बेमिसाल गुरु–लाजवाब शिष्य का छोटा पैकेज

क्या आप कल्पना कर सकते हैं कि 10-12 साल का लड़का महान योगी है, जो 8-9 साल की उम्र के अन्य बच्चों को भी दीक्षित कर रहा है? इस उम्र में बच्चों से उम्मीद भी नहीं की जा सकती कि वे ऐसा ज्ञान सुनकर उसे समझ पाएँ, मगर ऐसा हुआ। निवृत्तिनाथ और ज्ञानदेव 'बेमिसाल गुरु-लाजवाब शिष्य' का छोटा पैकेज़ हैं। बड़ा पैकेज़ थे रामकृष्ण परमहंस और स्वामी विवेकानंद। ऐसे विलक्षण बच्चों को देखते हुए कहा जा सकता है, 'मूर्ति लहान पण कीर्ति महान' यानी छोटी उम्र और बड़ी कीर्ति।

बच्चे भी ऐसा ज्ञान ले पाएँ इसके लिए ज़रूरी है पहले उनके माता-पिता उस ज्ञान को अपने जीवन में जीएँ। बच्चे वह नहीं सीखते, जो उन्हें स्वर में सिखाया जाता है बल्कि सबसे पहले वह सीखते हैं, जो वे अपने बड़ों को करते हुए देखते हैं। उन चारों बच्चों ने अपने माता-पिता को कठिन परिस्थितियों में भी ज्ञान और भक्ति के मार्ग पर चलते हुए पाया। हर बात को 'हरि इच्छा' समझकर स्वीकार करते हुए पाया। इसलिए उन्होंने सीखा कि जीवन जीने का यही तरीक़ा है, जो आगे चलकर उनकी अभिव्यक्ति में काम आया। साथ ही साथ उनकी ज्ञान पाने की पात्रता भी तैयार हुई।

गुरु अग्नि तो शिष्य कपूर

संत ज्ञानेश्वर ने अपनी रचनाओं में अपने गुरु निवृत्तिनाथ का बड़ा गुणगान किया है। हालाँकि वे उनके भाई थे और बस उनसे दो साल बड़े थे, फिर भी उन्होंने गुरु के महत्त्व को, उनके स्थान को ज़रा भी कम न आँका। उन्होंने गुरु की प्रशंसा करते हुए लोगों से कहा, 'तुम उन्हें खाली निवृत्त मत समझो। वे वृत्ति और निवृत्ति, दोनों से परे हैं, वे परावर्ती हैं, वे हर अवस्था से पार हैं। उन्हें बंधनों से मुक्त भी मत कहो क्योंकि वे बंधन और मुक्ति दोनों से पार हैं।'

संत ज्ञानेश्वर शिष्य की विशेषता बताते हुए कहते हैं – सच्चा शिष्य कपूर की तरह होता है। कपूर एक ऐसा पदार्थ होता है, जो अग्नि के संपर्क में आकर जल जाता है और धुँआ बनकर उड़ जाता है। जलने के बाद उसका कोई अवशेष भी नहीं रहता। वे कहते हैं कि 'सच्चा शिष्य कपूर की तरह होता है, जो गुरु रूपी अग्नि के संपर्क में आकर अग्नि ही हो जाता है। उसी में विलीन हो जाता है, यानी एक ऐसी अवस्था जहाँ गुरु-शिष्य दो नहीं बल्कि एक ही हो जाते हैं। बाद में न कपूर बचता है, न आग रहती है। न कोई गुरु रहा, न कोई शिष्य बचा।'

अर्थात जब तक अग्नि ने कपूर को पकड़ा नहीं तब तक कपूर अलग दिखता है। जैसे ही कपूर अग्नि के संपर्क में आता है, दो का भाव समाप्त हो जाता है। वहाँ एक, एक ही रह जाता है। ऐसे ही जब तकशिष्य गुरु के प्रति पूरा समर्पित नहीं होता, उसमें दो होने (द्वैत) का भाव बना रहता है। गुरु शिष्य से अलग होकर, उसे ज्ञान देकर उसकी पात्रता बढ़ाते रहते हैं और तब तक बढ़ाते हैं, जब तक वह कपूर जैसा बनकर विलीन होने को तैयार नहीं हो जाता। अपने अलग होने का भाव छोड़ने को तैयार नहीं हो जाता। शिष्य जब मिटने के लिए, मुक्त होने के लिए तैयार हो जाता है तब गुरु उसे पकड़ लेते हैं । वरना तब तक दूर से ही (दो बनकर) बात होती है।

घर की मुर्गी दाल नहीं, मोर बराबर

आपने कहावत सुनी होगी – 'घर की मुर्गी दाल बराबर'। इस कहावत का अर्थ है – कोई कीमती, नायाब चीज़ आपके पास है या आपको सहजता से उपलब्ध हो जाती है तो उसकी कीमत न समझना, उसका महत्त्व न जानना। कहावत में इस महत्त्वपूर्ण बात को व्यंजन के साथ जोड़कर बताया गया है। जिसने यह कहावत बनाई, उसके लिए शायद चिकन (मुर्गी) सबसे लज़ीज और महँगा व्यंजन रहा होगा।

कुछ लोगों के घर में अच्छा खाना बनता है मगर वे उसे उतना स्वाद लेकर नहीं खाते क्योंकि वह उन्हें, उन्हीं के घर में कम पैसे में आसानी से उपलब्ध हो रहा है। मगर वही व्यंजन जब वे बाहर किसी नामी रेस्टोरेंट (भोजनालय) में जाकर, पैसे खर्च करके खाते हैं तो उन्हें ज़्यादा मज़ा आता है, उनके चेहरे पर अलग ही रौनक आती है।

ऐसे ही आपके घर का कोई सदस्य आपको नेक सलाह दे रहा है तो आप उसे उतनी गंभीरता से नहीं लेते। मगर वही बात आपको कोई बाहर का ऐसा इंसान बताए, जिसका आप आदर करते हैं तो आप उसकी बातों को गंभीरता से लेते हैं।

ऐसी सोच अधिकतर इंसानों के स्वभाव में होती है मगर संत ज्ञानेश्वर के लिए ऐसा नहीं था। उनके लिए तो 'घर की मुर्गी मोर बराबर' थी और वह मुर्गी भी नहीं थी, मूर्ति थी। वह उनके लिए मंगलमूर्ति थी। उनके लिए सही कहावत होगी, 'घर की मंगल मूर्ति मौन बराबर'।

संत ज्ञानेश्वर ने उस भाई को अपना गुरु स्वीकार किया, जो उनसे दो साल ही बड़ा था। जिसके साथ वे खेलते हुए पले-बढ़े थे, उसी भाई का शिष्य बनना और वह भी सिर्फ कहने भर को नहीं बल्कि सच्चा, समर्पित, आज्ञाकारी शिष्य बनना...। ऐसा शिष्य बनना जिसके लिए गुरु का वचन ही गीता है, गुरु की आज्ञा का पालन करना ही उसका धर्म है। यह कोई आसान बात नहीं है। यह बात गुरु से ज़्यादा शिष्य की तैयारी दिखाती है। निवृत्तिनाथ तो थे ही तैयार क्योंकि वे ज्ञान प्राप्त कर चुके थे। उनके लिए ज्ञान देना आसान ही था। उनसे तो जो भी ज्ञान लेना चाहे, वह ले सकता था। मगर यह संत ज्ञानेश्वर की विशेषता थी कि वे अपने भाई से ज्ञान ले पाए।

अन्यथा जो गुरु के निकटतम या परिवार के लोग होते हैं, उनके मन में ऐसे ही आ सकता है कि 'गुरु तो हमारे अपने हैं, अतः हम पर उनकी कुछ विशेष कृपा दृष्टि होनी चाहिए, हमें कुछ अलग वी.आई.पी. ट्रीटमेंट मिलनी चाहिए...।' ऐसी सोच

रखकर कुछ रिश्तेदार या शिष्य गुरु से भी सांसारिक लोगों की तरह ही अपेक्षा रखने लग जाते हैं। उनसे जल्दी नाराज़ भी हो जाते हैं कि 'मेरे सवाल का जवाब नहीं दिया... मेरी बात नहीं सुनी... मुझे मनचाही सेवा नहीं दी... मेरा पक्ष नहीं लिया' आदि।

ऐसे लोग गुरु-शिष्य की मर्यादा का पालन नहीं कर पाते क्योंकि वे गुरु को भी शरीर समझकर, उनसे भी दुनियादारी निभाने की अपेक्षा रखते हैं। संत ज्ञानेश्वर ने दुनिया के सामने शिष्य की मर्यादा का उदाहरण रखा। गुरु के बड़े भाई, मित्र, पड़ोसी या रिश्तेदार होने से गुरु की मर्यादा कम नहीं हो जाती। ऐसी ही मर्यादा श्रीराम के भाइयों - लक्ष्मण, भरत और शत्रुघ्न ने भी निभाई थी। उन्होंने बड़े भाई श्रीराम को सदैव गुरु तुल्य मानकर उनकी आज्ञा का हमेशा पालन किया।

गुरु-शिष्य के सवाल-जवाब से उपनिषद बनते हैं

जब एक शिष्य सवा लाखी सवाल उठाता है तो कमाल होता है। क्योंकि जब गुरु उन सवालों के जवाब देते हैं तो ज्ञान उपनिषदों की रचना होती है। ऐसे कुछ सवाल-जवाब उपनिषद के रूप में लिखे जा चुके हैं। जैसे भगवतगीता जिसमें अर्जुन के सवाल थे और श्रीकृष्ण के जवाब थे। जब श्रीराम ने सवाल पूछे और उनके गुरु वशिष्ठ ने जवाब दिए तो योगवशिष्ठ ग्रंथ बना। नचिकेता के आध्यात्मिक सवालों का जब यमराज ने जवाब दिया तो कठोपनिषद् बना, जिससे नचिकेता को आत्मबोध की प्राप्ति हुई।

ऐसे ही संत ज्ञानेश्वर ने अपनी ज्ञान प्राप्ति की यात्रा में निवृत्तिनाथ से अनेक सवाल पूछे। निवृत्तिनाथ ने उनके जवाब दिए और उपनिषद बन गए। मगर अफ़सोस की बात यह है ऐसा हरेक उपनिषद लिखा नहीं गया, कहीं रिकॉर्ड नहीं हुआ। इसलिए वे लोगों के सामने कभी आ नहीं पाए। कितने ज्ञानभरे वार्तालाप सुविधाओं की कमी के चलते ग़ायब हो गए। बुद्ध के कुछ संदेशों को उनके शिष्यों ने लिखा और कुछ ग़ायब हो गए। कुछ संदेशों को अमर बनाने के लिए पत्थरों की गुफाओं, शिलाओं पर उकेरा (खोदा) गया ताकि वे अगली पीढ़ी तक पहुँच सकें।

संत ज्ञानेशवर 'निवृत्तिनाथ इन ऐक्शन' हैं

संत ज्ञानेशवर, निवृत्तिनाथ, सोपानदेव और मुक्ताबाई, इन चारों की अवस्था में कोई अंतर नहीं था। सभी आत्मसाक्षात्कारी थे। सभी की चेतना उच्चतम स्तर पर ही थी। मगर संसार में संत ज्ञानेश्वर की कीर्ति अधिक है। इससे कोई यह अनुमान न लगाए

कि बाक़ी भाई–बहन कुछ कम थे।

संत ज्ञानेश्वर का ज़्यादा नाम इसलिए हुआ क्योंकि वे अग्रिम पंक्ति (फ्रंट एण्ड) पर खेलनेवाले खिलाड़ी की तरह थे। जैसे फुटबॉल में गोल पोस्ट तक बॉल पहुँचाने में सभी खिलाड़ियों का सहयोग होता है मगर नाम उसी का सामने आता है, जो अंत में जाकर गोल कर देता है। इसी कारण से संत ज्ञानेश्वर का नाम हुआ क्योंकि उनकी पृथ्वी पर निभाई जानेवाली भूमिका ज़्यादा प्रखर थी।

देखा जाए तो संत ज्ञानेश्वर 'निवृत्तिनाथ इन ऐक्शन' हैं। क्योंकि संत ज्ञानेश्वर ने जो भी किया गुरु की आज्ञा और ज्ञान से किया। उनकी भूमिका के डायरेक्टर निवृत्तिनाथ ही थे। इसी तरह निवृत्तिनाथ को भी 'संत ज्ञानेश्वर इन मौन' कहा जा सकता है क्योंकि उनके विचारों को, आज्ञाओं को संत ज्ञानेश्वर ने क्रिया में उतारा था।

किसका नाम हो रहा है या नहीं हो रहा है, उन चारों को कोई फ़र्क नहीं पड़ रहा था। क्योंकि वे अपने तुलना करनेवाले तोलूमन को विलीन कर चुके थे। वे सभी जानते थे कि सभी एक ही (सेल्फ) हैं। अतः वे अपनी मौज में थे और अपनी भूमिका अनुसार अभिव्यक्ति कर रहे थे।

मनन सवाल

1. क्या आपकी गुरु से ज्ञान लेने की ज्ञानदेव जितनी तैयारी हुई है?
2. आप गुरु की आज्ञा का कितने प्रतिशत पालन करते हैं?

अध्याय 7

नि:स्वार्थ जीवन के भाव-बीज

देहांत प्रायश्चित

रुक्मिणी और विट्ठल पंत दोनों के जीवन में सत्य और भक्ति के अलावा किसी दूसरी चीज़ का महत्त्व नहीं था। इसलिए समाज से बाहर निकाले जाने पर उन्हें ज़्यादा फ़र्क नहीं पड़ा। विट्ठल पंत अपनी चारों संतानों की आध्यात्मिक उन्नति देखकर बहुत ख़ुश होते थे। निवृत्तिनाथ ने तो गुरु गहनीनाथ द्वारा ब्रह्मज्ञान प्राप्त कर आत्मबोध भी पा लिया था और अब वही ज्ञान ज्ञानदेव को भी दे रहे थे। लेकिन उनकी संतानों को भी उनके कारण सामाजिक बहिष्कार का सामना करना पड़ रहा था, जिसकी चिंता उन्हें सता रही थी। इस कारण से बच्चों का जनेऊ संस्कार (यज्ञोपवीत) नहीं हो पा रहा था।

उस समय की मान्यता के अनुसार एक ब्राह्मण के लिए जनेऊ संस्कार अति आवश्यक कर्म था। जैसे एक सैनिक हथियार के बिना अधूरा समझा जाता है, ऐसे ही एक ब्राह्मण जनेऊ संस्कार के बिना अधूरा समझा जाता था। अपने बच्चों के भविष्य की चिंता करते हुए विट्ठल ने बार-बार ब्राह्मण वर्ग से अनुरोध किया कि वे कम से कम बच्चों के ऊपर से सामाजिक बहिष्कार हटा दें और उनका जनेऊ संस्कार होने दें। लेकिन लाख कोशिशों के बाद भी ब्राह्मणों का दिल नहीं पिघला। उन्होंने हर बार यही जवाब दिया कि 'शास्त्रों में तुम्हारे अपराध के लिए कोई प्रायश्चित नहीं है। इसका दंड तो पूरे परिवार को ही भुगतना पड़ेगा। तुम्हारे बच्चे संन्यासी के बच्चे

हैं, उनकी हमारे समाज में कोई जगह नहीं है।'

बार–बार ना सुनने पर भी विट्ठल पंत ने अपने प्रयास नहीं छोड़े। एक दिन फिर से वे ब्राह्मण समाज से इसी बारे में याचना कर रहे थे कि 'क्या किसी प्रकार उनके इस अपराध का प्रायश्चित संभव है?' इस बार समाज के प्रतिष्ठित मगर अहंकारी ब्राह्मणों ने उनसे कहा, 'इस कलंक का प्रायश्चित तो बस देहांत प्रायश्चित ही है।'

विट्ठल ने सोचा कि यदि उन्होंने देहांत प्रायश्चित नहीं किया तो उनकी चारों संतानों का भविष्य अंधकारमय हो जाएगा, ब्राह्मण उन्हें कभी स्वीकार नहीं करेंगे और उनका जनेऊ संस्कार नहीं होगा। उनके बच्चों को भी पूरा जीवन बहिष्कृत होकर न जीना पड़े इसलिए विट्ठल ने देहांत प्रायश्चित करने का निर्णय ले लिया। उनके इस निर्णय में रुक्मिणी भी सहभागी बनी। एक रात उन दोनों ने अपनी संतानों को उस असीम परमात्मा के हाथों में सौंपकर नदी में जल समाधि लेकर अपने प्राण त्याग दिए।

देहांत प्रायश्चित के साथ विट्ठल–रुक्मिणी की इस संसार रूपी रंगमंच पर खेली जानेवाली भूमिका पूरी हुई और उन्होंने रंगमंच से विदा ले ली। दोनों ने संत संतानों के अभिभावक की भूमिका पूरी तरह निभाई। उन्होंने अपनी संतानों के साथ जितना समय बिताया, उसमें बहुत बड़ा कार्य संपन्न किया। उन्होंने इन महान विभूतियों को जन्म देकर बचपन में ही सच्चे अध्यात्म का सार समझाया और दुःख में भी ख़ुश रहने की कला सिखाई।

उस समय चारों बच्चों की आयु छोटी थी। इस आयु में जब बच्चों को माँ–बाप की सबसे ज़्यादा आवश्यकता होती है, वे अनाथ हो गए। मगर ऐसा प्रायश्चित करवाकर भी निर्दयी समाज को अनाथ बच्चों पर दया नहीं आई। बच्चों को समाज में सम्मान तो नहीं मिला उलटा उनके सिर से माँ–बाप का साया भी हट गया। आप कल्पना कर सकते हैं कि उन बच्चों ने वह समय कितने अभावों और कष्टों में गुज़ारा होगा।

अपने संत स्वभाव के माता–पिता की इस तरह अकारण ही देहांत प्रायश्चित करने से बालक ज्ञानदेव के मन में अनेक सवा लाखी सवाल उठ खड़े हुए, 'आखिर उनकी ग़लती क्या थी... उन्हें किस बात का प्रायश्चित करना पड़ा... इनमें से क्या बेहतर है कि कोई बच्चे पैदा करके उन्हें छोड़कर संन्यासी बन जाए या कोई संन्यासी बनकर संत संतान पैदा करे।' इन सवालों को धीरे–धीरे उनके भाई गुरु निवृत्तिनाथ ने सुलझाया।

इस तरह वे ज्ञानी और संत बच्चे ज़रूरी सुविधाएँ के अभाव में भी हँसते-हँसते जी रहे थे क्योंकि उनके पास दो चीज़ें थीं- सत्य और हौसला। उन चारों बहन-भाइयों के जीवन में सत्य था। वे बचपन से ही सत्य के प्रेमी थे इसलिए उनमें भरपूर हौसला था। उनकी ख़ुशी सुख-सुविधाओं, समाज के मान-अपमान पर निर्भर नहीं थी। उनका आपसी सत्य संघ, आंतरिक समझ और सत्य से प्रेम ही उनकी ख़ुशी का स्रोत था।

महाकपट की लकीर

विट्ठल पंत से गुरु के साथ महाकपट करने का अपराध हुआ था। जिसका फल उनके सामने देहांत प्रायश्चित के रूप में आया। हर कर्म बंधन बाँधता है। अच्छा है तो अच्छा फल, बुरा कर्म है तो बुरा फल...। ये कुदरत के स्वचलित नियम हैं। जैसे इंसान के विचार होते हैं, जैसे उसके कर्म होते हैं, वैसे ही उसके जीवन में आगे की घटनाएँ आती रहती हैं। कुदरत में यह सब कुछ स्वचलित और स्वघटित होता जाता है। विट्ठल के कपट के कारण देहांत प्रायश्चित की घटना सामने आई और देहांत प्रायश्चित की घटना से चारों बच्चों के जीवन को नया मोड़ मिला।

आध्यात्मिक और सज्जन होते हुए भी माता-पिता के देहांत प्रायश्चित के कारण ज्ञानदेव के मन में अनेकों सवाल खड़े हुए। इन सवालों से उनके मन में मानव समाज को ज्ञान की आँखें देकर उसकी चेतना बढ़ाने के भाव बीज पड़े और उस महान कार्य को करने की ऊर्जा और राह मिली, जिसे करने के लिए वे पृथ्वी पर आए थे। इस तरह समाज के उद्धार में अपना उच्चतम योगदान देकर विट्ठल-रुक्मिणी ने संसार से विदा ली।

संत-संतानों के जीवन से उपजे सवाल

अब ज्ञानदेव और उनके भाई-बहन की दिव्य योजना का अगला चरण शुरू हुआ था, जिनमें उन्हें अपने जीवन से लोगों के सामने सवाल खड़े करने थे कि जब ये बच्चे इतने अभावों के साथ भी सत्य के मार्ग पर चल सकते हैं तो तुम क्यों नहीं चल सकते।

जब लोगों को सत्य की राह पर चलने के लिए कहा जाता है तो उनके पास बहानों की लंबी सूची होती है - 'अभी तो इन बातों के लिए छोटी उम्र है, अभी कहाँ ये सब बड़ी बातें समझ में आएँगी... पहले यह हो जाए, वह हो जाए, उसके बाद ही संभव है...' ऐसे बहानों के सामने संत ज्ञानेश्वर जैसे उदाहरण खड़े किए जा सकते हैं कि 'ये बच्चे भी करके गए तो तुम भी कर सकते हो।'

आजकल युवा पीढ़ी में आध्यात्मिकता को लेकर जाग्रति बढ़ी है। वे सत्य को जानना चाहते हैं मगर उनके अंदर वृत्तियाँ भी हैं। जिन्हें तोड़ने के लिए आत्मबल कम पड़ता है। वे सत्य की ओर बढ़ना चाहते हैं लेकिन वृत्तियाँ उन्हें वापस पीछे की ओर खींच लेती हैं। आज कंप्यूटर और गैजेट्स के युग में माया की इतनी चीज़ें उपलब्ध हैं, जो आसानी से इंसान को भटका सकती हैं। जीवन में जब कमजोर क्षण आते हैं तब इंसान सोचता है कि इस ज़माने में सत्य की राह पर चलना मुश्किल है। ऐसा पवित्र (शुद्ध) जीवन हम नहीं जी पाएँगे क्योंकि उनकी वृत्तियाँ इतनी ज़ोर से दस्तक देती हैं।

ऐसे में संत ज्ञानेश्वर की कथा बोध करा सकती है कि क्या तुम्हारी मुश्किलें उनसे भी ज़्यादा हैं, उन बच्चों ने इतना कुछ किया तो क्या तुम थोड़ा त्याग भी नहीं कर सकते? वे बिना सुख-सुविधाओं के जी पाए, क्या तुम सत्य के लिए अपने ऐशो-आराम, सुख-सुविधाओं और महत्वाकांक्षाओं से थोड़ा भी समझौता नहीं कर सकते...?

ज्ञानदेव का सवाल – ऐसा क्यों...?

भले ही समाज से बाहर हो मगर अपने माता-पिता की दुलार भरी छत्रछाया में चारों बच्चे बहुत सी बातों से सुरक्षित थे। लेकिन अपने माता-पिता की मृत्यु देखकर बालक ज्ञानदेव व्याकुल हो उठे... उनके भीतर सवाल उठने लगे, उनके माता-पिता की ग़लती क्या थी, दोनों संत स्वभाव के थे, धर्म परायण थे, ईश्वर की भक्ति में लीन रहते थे तो फिर उनको समाज द्वारा ऐसा कठिन दंड क्यों दिया गया?'

ज्ञानदेव की सवाल उठाने और जवाब जानने की पात्रता तैयार हुई तो उन्हें जवाब देनेवाले गुरु भी निवृत्तिनाथ के रूप में घर पर ही उपलब्ध हो गए। उन्होंने ज्ञानदेव को समझाया कि दोष समाज का नहीं बल्कि समाज के अज्ञान का है। समाज के पास वह ज्ञान ही नहीं पहुँच पा रहा, जो उसकी ग़लत मान्यताओं और सोच को हटा सके। जो उसे सत्य का दर्शन करा सके।

ऐसा इसलिए हो रहा है क्योंकि ज्ञान की किताबें जिस भाषा (संस्कृत) में हैं, वह जन सामान्य की भाषा नहीं है। जन सामान्य उस ज्ञान को समझ ही नहीं पा रहा है। जो कुछ चुनिंदा लोग समझ पा रहे हैं, वे उसे अपने जीवन में उतार नहीं रहे हैं। ब्राह्मण लोग उस ज्ञान को अपने फ़ायदे के लिए भोली-भाली आम जनता तक नहीं पहुँचने दे रहे हैं। उन्होंने इस ज्ञान को अपनी दुकान चलाने का ज़रिया बना लिया

है और उसे अपनी सुविधा अनुसार तोड़-मरोड़ दिया है। इसलिए उन्होंने ऐसे नियम भी बना दिए कि ब्राह्मण के अलावा कोई और वेद पाठ नहीं कर सकता... स्त्रियाँ वेद-पाठ नहीं कर सकतीं... बिना जनेऊ संस्कार के कोई ज्ञान पाने और बाँटने का अधिकारी नहीं है...।

जब समाज को उसी की भाषा में ज्ञान मिलेगा तो वह ज्ञान उनके जीवन में उतरेगा। जीवन में उतरेगा तो उसकी ग़लत मान्यताएँ टूटेंगी... जिससे इंसान को सही-ग़लत में फ़र्क पता चलने लगेगा... उसकी चेतना बढ़ेगी और फिर वह स्वंय ही सही उत्तर खोज लेगा कि क्या बेहतर है, घर-परिवार, जिम्मेदारियों से मुँह मोड़कर संन्यासी बनना या संन्यासी बनकर समाज को संत-संतान देना।' वैसे इन दोनों विकल्पों के अतिरिक्त जो तीसरा मार्ग है, वह है तेजसंसारी मार्ग, जिसके बारे में आप पहले पढ़ चुके हैं। इस तरह निवृत्तिनाथ जैसे आत्मज्ञानी, परमयोगी गुरु द्वारा ज्ञानदेव को उनके सवालों के जवाब मिलने लगे।

मनन सवाल

1. क्या आप नफ़रत का बदला प्रेम से देने का हौसला रखते हैं?
2. यह अध्याय पढ़ने से पहले आप 'पाप से घृणा करो, पापी से नहीं' इस पंक्ति से कितने सहमत हैं, आत्मविश्लेषण करें?

अध्याय 8

निःस्वार्थ जीवन की शुरुआत
बोधिसत्व अवस्था

माता-पिता के देहांत के बाद बालक ज्ञानदेव को उनके सवाल 'ऐसा क्यों हुआ' का जवाब गुरु निवृत्तिनाथ से मिला। उस जवाब से एक और सवाल उठा, 'समाज की अज्ञानी सोच को कैसे बदला जाए?' और इस सवाल ने उनके जीवन को एक उच्चतम लक्ष्य दिया - अज्ञान की नींद सोए समाज को जाग्रत करने का लक्ष्य। वे चारों भाई-बहन तो पहले से ही जाग्रत थे। उन्हें बाक़ी समाज की चिंता करने की आवश्यकता नहीं थी मगर उन्होंने की। क्योंकि उनके अंदर अब तेरा-मेरा, मैं-तू का द्वैत भाव नहीं बचा था। उनकी दृष्टि में कोई दूसरा था ही नहीं। अब तो निःस्वार्थ भावना से मानव समाज का कल्याण करना उनके लिए अव्यक्तिगत जीवन की अभिव्यक्ति थी। यही उनका कर्म क्षेत्र था।

इस लक्ष्य को पूरा करने हेतु पहला क़दम था - किसी तरह वापस समाज का हिस्सा बनना। क्योंकि बिना समाज का हिस्सा बने समाज में जाग्रति नहीं लाई जा सकती थी। जिस तरह गंदे तालाब को साफ करने के लिए तालाब के अंदर उतरना पड़ता है, उसी तरह समाज को जाग्रत करने हेतु उन संत-संतानों ने समाज में वापसी के प्रयास शुरू किए, जिसमें न वे केवल सफल हुए बल्कि बालक ज्ञानदेव समाज में संत ज्ञानेश्वर के रूप में स्थापित और प्रसिद्ध भी हुए। यह सब कैसे संभव हुआ, आइए आगे की कथा से जानते हैं।

भैंसे से मंत्रोच्चारण कराने की कथा

विट्ठल और रुक्मिणी के देहांत प्रायश्चित के बाद भी समाज चारों बच्चों को किसी भी तरह का सहयोग करने के लिए तैयार नहीं था। जिस 'शुद्धिकरण' और 'जनेऊ संस्कार' के लिए उनके माता-पिता ने अपना जीवन त्याग दिया, निवृत्तिनाथ को उसकी ज़रूरत ही महसूस नहीं होती थी। वे अपने अनुभव से यह स्पष्ट देख पा रहे थे कि वे पहले से ही शुद्ध हैं और उन्हें किसी के प्रमाणपत्र की आवश्यकता नहीं है। लेकिन सभी की सोच थी कि इस शुद्धिपत्र से ही वे चारों इस समाज में लोगों के साथ मिलकर लोक-कल्याण का कार्य कर पाएँगे।

निवृत्तिनाथ ने नियति की इच्छा पूरी करने हेतु आलंदी के ब्राम्हणों के पास जाकर उनसे शुद्धिपत्र देने के लिए अनुरोध किया। ब्राम्हणों ने उनसे कहा- 'शास्त्रों से आगे जाकर हम कोई निर्णय नहीं दे सकते क्योंकि यह हमारे अधिकार क्षेत्र से बाहर है। लेकिन पैठण के धर्मपीठ के पास यह अधिकार है। वहाँ धर्म से संबंधित ग़लत आचरण पर विचार करके, उस पर स्वतंत्र निर्णय दिया जा सकता है। अतः तुम पैठण जाकर वहाँ के धर्मपीठ से 'शुद्धिपत्र' के लिए अनुरोध करो।' ब्राम्हणों के इस सुझाव को स्वीकार करते हुए ज्ञानदेव और निवृत्तिनाथ ने उनसे निवेदन पत्र लिया और पैठण की ओर रवाना हो गए।

जब चारों भाई-बहन वहाँ पहुँचे तो जो धर्मसंकट आलंदी के ब्राम्हणों के सामने आया था, वही पैठण की धर्मपीठ के सामने भी आकर खड़ा हो गया। उन्होंने भी इस विषय पर काफ़ी चर्चा की। अंत में निर्णय हुआ, 'क्योंकि ये चारों बच्चे बड़े तेजस्वी और ज्ञानी हैं एवं इनके माता-पिता देहांत प्रायश्चित भी कर चुके हैं। अतः इनसे कुछ प्रतिज्ञाएँ करवाकर इन्हें ब्राह्मण समाज में शामिल कर लिया जाए।'

धर्मपीठ ने बच्चों से कुछ प्रतिज्ञाएँ करने के लिए कहा । जैसे- वे आजीवन ब्रह्मचर्य व्रत का पालन करेंगे, सत्य और अहिंसा के मार्ग पर चलेंगे आदि। इन प्रतिज्ञाओं को बच्चों ने सहर्ष मंज़ूर कर लिया। प्रतिज्ञाओं में एक प्रतिज्ञा यह भी थी कि वे समाज के जातिवाद के नियमों का सम्मान करेंगे, ब्राम्हण के अतिरिक्त अन्य किसी को वेद-शास्त्र आदि ज्ञान नहीं सिखाएँगे। मगर संत ज्ञानेश्वर को यह प्रतिज्ञा मंज़ूर नहीं थी। इसी बात पर उनकी अन्य ब्राम्हणों से बहस हो गई।

संत ज्ञानेश्वर का कहना था कि प्रत्येक जीव में उसी एक परम चैतन्य ईश्वर का वास है, सभी समान हैं। इंसानों में तो भेद की बात छोड़िए, जानवर एवं अन्य किसी जीव में भी कोई भेद नहीं है। यह बात सुनकर वहाँ उपस्थित सभी ब्राम्हण

आग–बबूला हो गए और उनका घोर विरोध करने लगे। तभी वहाँ से एक भैंसा जा रहा था। ब्राम्हणों ने संत ज्ञानेश्वर को चुनौती दी कि 'यदि इस भैंसे की और तेरी आत्मा एक ही है तो इससे भी अपनी तरह बुलवाकर दिखा?'

इस पर संत ज्ञानेश्वर ने चुनौती को स्वीकार करते हुए, भैंसे के आगे वेद मंत्र बोलने शुरू किए। सबकी आँखें उस समय खुली की खुली रह गईं, जब भैंसे ने भी उन मंत्रों को दोहराना शुरू कर दिया। यह चमत्कार देखकर वहाँ उपस्थित सभी लोग बालक ज्ञानदेव के आगे नतमस्तक हो गए। कुछ जगहों पर यह कथा भी सुनने को मिलती है कि उस भैंसे को चाबुक से मारा गया और उसके निशान संत ज्ञानेश्वर के शरीर पर दिखाई दिए।

इस घटना से सभी ब्राम्हणों का अहंकार चूर–चूर हो गया। वहाँ उपस्थित कई ब्राम्हणों को अपने व्यवहार पर पश्चाताप हुआ और वे सभी ज्ञानदेव के सामने समर्पित हो गए। इस तरह कुछ ही क्षणों में पूरा माहौल प्रेम और भक्तिभाव से भर गया। इसके बाद सभी ब्राम्हणों ने चारों बच्चों को आसन देकर आदर पूर्वक उन्हें शुद्धिपत्र भी दिया। इस घटना की कीर्ति चारों ओर फैल गई। उन बच्चों को समाज में न सिर्फ मान्यता मिली बल्कि सम्मान भी मिलने लगा। इसके बाद बालक ज्ञानदेव 'संत ज्ञानेश्वर' के नाम से प्रसिद्ध हो गए।

संत ज्ञानेश्वर और उनके बहन–भाइयों की कीर्ती हवा से भी तेज गति से फैल रही थी। चारों दिशाओं से कई लोग इन चार विद्वान बालकों को देखने के लिए आ रहे थे। इतनी कम आयु में उनका ज्ञान और विद्वत्ता देखकर सभी बहुत प्रभावित थे। वे सरल और लोकभाषा में जन सामान्य को सत्य का श्रवण करा रहे थे, जिससे हर वर्ग और जाति का इंसान उनसे सहजता से जुड़ पा रहा था। हर कोई उनसे एक ही निवेदन कर रहा था कि वे उन्हें कुछ मार्गदर्शन दें, उपदेश दें कि संसार के बंधनों से मुक्ति कैसे संभव है, मोक्ष प्राप्ति का मार्ग क्या है? लोग उनके संदेशों को सुनने लगे।

अपनी बातों से वे न सिर्फ ज्ञान और भक्ति का प्रचार–प्रसार करने लगे बल्कि समाज में फैले अज्ञान, भेदभाव, ग़लत मान्यताओं और कर्मकाण्डों का भी डटकर विरोध करने लगे। इस तरह उन्होंने समाज के जागरण का जो उच्चतम लक्ष्य ठाना था, उसकी शुरुआत हो चुकी थी।

चमत्कार को नमस्कार

इस प्रसंग में पहली समझनेवाली बात यह है कि वे चारों भाई–बहन परमज्ञानी और

योगी थे। उनको न तो किसी के शुद्धिपत्र की आवश्यकता थी, न ही किसी तरह के चमत्कार का सहारा लेने की। क्योंकि वे यह सत्य जान चुके थे कि वास्तव में वे परम शुद्ध तत्त्व हैं और बाक़ी सभी भी हैं। संसार में और उनके साथ जो कुछ चल रहा है, वह ईश्वर की लीला का ही हिस्सा है।

मगर समाज के कल्याण हेतु समाज में फैली असमानता, भेद-भाव को मिटाने तथा परमज्ञान को जन-जन तक पहुँचाने के लिए वे इस लीला का हिस्सा बनें। उन्होंने ऐसी घटनाएँ रचीं, जिनके फलस्वरूप लोगों का ध्यान खिंचे। चमत्कार देखकर ही सही, वे उनको सुनने को तैयार हों और असली सत्य को जानें।

दरअसल अज्ञान में लोगों की सोच जड़ और कट्टर हो जाती है। तब उन्हें जगाने के लिए किसी ऐसे चमत्कार की आवश्यकता पड़ती है, जो उन्हें झकझोरकर रख दे। वे अपनी कट्टर सोच को तोड़कर बिलकुल अलग तरह से सोचने पर मजबूर हों। समय-समय पर सेल्फ द्वारा पृथ्वी पर विभिन्न सिद्ध शरीरों द्वारा ऐसे कई चमत्कार दिखाए गए हैं ताकि लोग सोचने पर मजबूर हो जाएँ और सत्य की खोज करें। जैसे ईसामसीह, गुरुनानक, साईंबाबा, गोरखनाथ, संत ज्ञानेश्वर आदि।

दरअसल हमारे आस-पास और हमारे अंदर लगातार चमत्कार हो रहे हैं। मगर हमें उन्हें देखने की आदत ही नहीं है। कभी हमारा उन पर ध्यान भी नहीं जाता। उदाहरण के तौर पर इस संपूर्ण ब्रह्मांड में करोड़ों-करोड़ों ग्रह, उल्काएँ, सूर्य-तारे अपनी-अपनी जगह एक लय से लगातार चल रहे हैं... पृथ्वी गुरुत्वाकर्षण के नियमों से बंधी संचालित हो रही है...एक छोटे से बीज के अंदर पूरा जंगल खड़ा करने की क्षमता है, तो क्या यह चमत्कार नहीं हैं!

हमारा अपना शरीर, उसकी व्यवस्था और संचालन भी किसी चमत्कार से कम नहीं है... मगर हमें ऐसी किसी बात पर आश्चर्य नहीं होता। ऐसे में जब कोई बिलकुल अप्रत्याक्षित चमत्कार हमारे सामने आता है तब हमारी बेहोशी टूटती है और सजगता बढ़ती है। फिर हम उस पर ध्यान देते हैं। संत ज्ञानेश्वर ने भी लोगों को जाग्रत करने के लिए अपने शरीर द्वारा चमत्कार होते देखा। वे उस चमत्कार के कर्ता नहीं बने।

संत ज्ञानेश्वर की बोधिसत्व अवस्था

चमत्कार की यह घटना संत ज्ञानेश्वर की बोधिसत्व अवस्था को दिखाती है। बोधिसत्व वह अवस्था है, जहाँ इंसान को अंतिम सत्य मिलने से पहले कुदरत करुणा

बाँटने का प्रशिक्षण देती है। बोधिसत्व प्राप्त इंसान के अंदर सिर्फ यही विचार बचते हैं कि 'मुझे ज्ञान मिले तो दूसरों के कल्याण के लिए, आत्मसाक्षात्कार मिले तो दूसरों के कल्याण के लिए, मैं जो भी करूँ, बस दूसरों के कल्याण के लिए...!' इसी भावना के साथ संत ज्ञानेश्वर ने जो भी चमत्कार किए, हमेशा दूसरों के कल्याण हेतु ही किए। उन्होंने अपनी सिद्धियों का प्रयोग कभी अपने लाभ के लिए नहीं किया।

एक इंसान सत्य पाना चाहता है ताकि उसका अपना कल्याण हो, वह दुःखों से मुक्त हो जाए और दूसरे के अंदर चाह है कि मुझे इसलिए सत्य चाहिए ताकि लोगों का दुःख दूर कर सकूँ। सिद्धार्थ गौतम ने इसी लोक कल्याण की भावना को लेकर अपने समस्त सुखों का त्याग कर दिया था। बोधिसत्व अवस्था में कुदरतन अंदर से ऐसे भाव निकलते हैं। इंसान बस प्रेम और करुणा की प्रतिमूर्ति बनकर रह जाता है।

इंसान के अपने ऊपर दुःख आते हैं तो वह उनका इलाज ढूँढ़ने के लिए हाथ-पैर मारता ही है मगर बोधिसत्व इंसान वह है, जो किसी दूसरे को दुःख में देखकर सोचता है- 'अरे! ये लोग ऐसे क्यों दुःखी रहते हैं, इसका कोई तो इलाज होना चाहिए।' जिनके अंदर दूसरों की परेशानियों, बीमारियों को देखकर सवाल आए, वे जंगलों में गए, पहाड़ों पर गए। कितनी जड़ी-बूटियाँ ढूँढ़कर लाए, कितनी सारी बीमारियों के इलाज खोजकर लाए। दूसरों के लिए दवाई खोजने के लिए अपने ऊपर ही परीक्षण कर डाले। अपनी जान की भी परवाह नहीं की क्योंकि उन्हें अपने से ज़्यादा दूसरों की चिंता थी।

जब किसी की बोधिसत्व अवस्था से सही सवाल उठता है तो उसका जवाब चाहे पृथ्वी के किसी भी कोने में क्यों न हो, उस तक पहुँचना शुरू हो जाता है। उसके जवाब में ऐसी-ऐसी खोजें होती हैं, जिनका पूरी दुनिया लाभ लेती है। एक बात और दुनिया में ऐसा कोई सवाल नहीं है, जिसका जवाब न हो क्योंकि हर सवाल अपना जवाब लेकर ही पैदा होता है।

भैंसा – निम्न चेतना का प्रतीक

महापुरुषों के जीवन से जुड़ें चमत्कारिक प्रसंगों के पीछे कोई न कोई गूढ़ अर्थ छिपा होता है। मगर समझ के अभाव में लोग कथा तो दोहराते रहते हैं, उनका अर्थ नहीं पकड़ पाते। भैंसे के मंत्रोच्चारण करने की कथा ऐसा ही अर्थ लिए हुए है।

दरअसल भैंसा एक निम्न चेतना के स्तर का प्रतीक है। भैंसे को एक मूढ़ जीव समझा जाता है, जिसमें बुद्धि नहीं होती। संत ज्ञानेश्वर का भैंसे से मंत्र बुलवाना

दिखाता है कि एक निम्न चेतना के जीव को भी यदि उसकी भाषा में, उसकी समझ के अनुसार ज्ञान दिया जाए तो धीरे-धीरे उसकी चेतना को बढ़ाया जा सकता है। उसे इस लायक बनाया जा सकता है कि वह भी परमसत्य समझ और समझा पाएँ।

दरअसल कोई इंसान किसी भी चेतना के स्तर पर हो, उसकी ज्ञान पाने की संभावनाएँ हमेशा बनी रहती है। इतिहास तो ऐसे उदाहरणों से भरा पड़ा है। दुर्दांत डाकू रत्नाकर महर्षि वाल्मीकि बने। निर्दयी डाकू उंगलीमाल भिक्षुक बना। महत्वाकांक्षी हिंसक चंट सम्राट अशोक, हिंसा का मार्ग छोड़कर अध्यात्म और परोपकार के मार्ग पर चल पड़े। कहने का अर्थ – एक इंसान की वर्तमान चेतना कितनी भी निम्न क्यों न हो, सही गुरु द्वारा, सही तरीके से ज्ञान मिलने पर वह सत्य का खोजी बन सकता है।

हर जीव में एक ही सेल्फ

कथा में यह भी आता है कि जब भैंसे को चाबुक से मारा गया तो उसके निशान संत ज्ञानेश्वर के शरीर पर दिखाई दिए, जिसमें बहुत गहरा अर्थ छिपा है।

मान लें, एक सफेद कागज़ पर कुछ पचास शब्द लिखे हुए हैं तो उसमें सारे शब्द अलग-अलग होते हैं लेकिन उनको धारण करनेवाला सफेद कागज़ एक ही होता है। अर्थात उन शब्दों का बैकग्राऊंड (पृष्ठभूमि) समान होता है, जो उन सभी अलग-अलग शब्दों को एक दूसरे से जोड़े रखता है। उन्हें अर्थपूर्ण बनाता है। हम सभी बिलकुल इन शब्दों की तरह हैं। दिखने में अलग-अलग लेकिन हमारा यूनिवर्सल सेल्फ, हमारी चेतना, हमारा स्त्रोत (सोर्स) एक ही है। जिससे हम सब जुड़े हुए हैं। इंसान के सुख-दुःख, उसकी सोच, उसके कर्म, कुछ भी उसके व्यक्तिगत नहीं हैं, जो हो रहा है उसी एक सर्वव्यापी चेतना के साथ हो रहा है। प्रत्येक शरीर के माध्यम से वही एक चेतना अनुभव ले रही है।

जिस तरह हमारी चेतना एक है, हमारा मन भी यूनिवर्सल है, एक ही है। हर किसी के भाव, विचार, वाणी और क्रिया का असर सूक्ष्म रूप से ही सही मगर पूरी सृष्टि पर पड़ रहा है। उसी तरह भैंसे पर पड़ी मार के निशान का संत ज्ञानेश्वर की पीठ पर उभरना इसी बात का परिचायक है कि सभी किसी न किसी रूप से एक दूसरे से जुड़े हुए हैं। एक के साथ घट रही घटना का प्रत्यक्ष (डायरेक्ट) या परोक्ष (इनडायरेक्ट) असर दूसरे पर भी होता है।

कुछ लोगों की नकारात्मकता पूरी सृष्टि को प्रभावित करती है। जब ज्यादा लोग सोचते हैं कि विश्व में मंदी चल रही है तो वाकई मंदी ही आकर्षित होती है।

इसी तरह कुछ लोगों की सकारात्मकता सृष्टि को सँभालने का काम भी करती है। जब लोग विश्व शांति के लिए प्रार्थनाएँ करते हैं तो उनका असर पूरे विश्व पर होता है। हमारा हर विचार, हर कर्म पूरी सृष्टि में अपना योगदान देता है।

मनन सवाल

1. क्या आपके मन में दूसरों के कल्याण हेतु जीवन जीने और प्रार्थना करने के भाव आते हैं?
2. क्या आपको दूसरों के लिए निःस्वार्थ काम करने में ख़ुशी मिलती है?
3. आपकी निःस्वार्थ जीवन जीने की कितने प्रतिशत तैयारी है?

अध्याय 9

निःस्वार्थ जीवन की समझ
हर मूरत की एक ही सूरत

बहुत से लोग निःस्वार्थ जीवन जीते हैं। वे दूसरों के लिए जीते हैं और मर भी सकते हैं मगर ज़रूरी नहीं कि उनकी अवस्था बोधिसत्व की हो। उदाहरण के लिए कुछ लोग एक वर्ग या जाति विशेष के लिए तो निःस्वार्थ जीवन जी सकते हैं मगर सभी के लिए नहीं। क्योंकि वे स्वयं को उसी जाति विशेष से जुड़ा हुआ मानते हैं।

एक स्त्री अपने परिवार के लिए दिन-रात निःस्वार्थ काम करती है, जिसके बदले में वह कोई आशा नहीं रखती। मगर यदि उसे परिवार से बाहर, लोगों के लिए कुछ निःस्वार्थ काम करने को कहा जाए तो हो सकता है वह पहले अपना फ़ायदा देखे। अर्थात उसकी निःस्वार्थ सोच सिर्फ उसके परिवार तक ही सीमित है।

कहने का तात्पर्य - ज़रूरी नहीं कि बाहर से नज़र आनेवाला निःस्वार्थ जीवन बोधिसत्व अवस्था से उठा हो। हो सकता है उसके पीछे भी कोई न कोई चिपकाव, इच्छा या अज्ञान हो। इसके विपरीत बोधिसत्व अवस्था में स्थापित इंसान का परिवार पूरा संसार हो जाता है। वह खुद को छोटी सीमाओं में नहीं बाँधता। वह 'तेरे-मेरे' की संकीर्ण सोच से ऊपर उठकर सभी के लिए सोचता है और कर्म करता है। जब निःस्वार्थ जीवन के पीछे की मूल समझ बरकरार हो तब वह अवस्था बोधिसत्व बनती है।

यदि एक इंसान जान जाए कि उसके द्वारा जो निःस्वार्थ कर्म हो रहे हैं, वह कौन कर रहा है, क्यों कर रहा है, किसके लिए कर रहा है? तो वह निःस्वार्थ जीवन का पूरा आनंद लेकर बोधिसत्व अवस्था प्राप्त कर सकता है, जिसका अगला क़दम स्वबोध है। इन सवालों के जवाब ही निःस्वार्थ जीवन की मूल समझ है। प्रस्तुत अध्याय में हम मुक्ताबाई की एक कहानी के माध्यम से इसी समझ को प्राप्त करने जा रहे हैं। आइए, पहले कहानी पढ़ते हैं फिर उसमें आई समझ पर मनन करेंगे।

कण–कण में विट्ठल

संत ज्ञानेश्वर की छोटी बहन मुक्ताबाई भी ज्ञान और भक्ति की उच्च अवस्था में थी। वे भगवान विट्ठल की अनन्य भक्त थी और हर जड़–चेतन में उसी एक विट्ठल के दर्शन किया करती थी। जिस सत्य को संत ज्ञानेश्वर ने भैंसे से मंत्रोच्चारण करवाकर लोगों के सामने सत्यापित किया था कि 'हर जीव में वही एक परम चेतना है', उसी सत्य को मुक्ताबाई ने अपने जीवन में उतार रखा था।

मुक्ताबाई जब किसी सुंदर फूल को देखती तो कहती, 'वाह विट्ठल कितने सुंदर लग रहे हैं।' जब किसी नाली में बैठे कीड़े को देखती तो कहती 'देखो, कीचड़ में विट्ठल कितने मैले हो गए हैं।' उन्हें तो हर किसी में विट्ठल के ही दर्शन होते थे।

एक बार दिवाली का समय था, निवृत्तिनाथ ने मुक्ताबाई से माँडे खाने की इच्छा व्यक्त की। मुक्ताबाई को यह सुनकर बहुत ख़ुशी हुई। माँडे नामक मराठी व्यंजन को बनाने के लिए एक खास तवे की ज़रूरत होती है, जो मुक्ताबाई के पास नहीं था। वह टूट गया था। जब वह बर्तन लाने कुम्हार के घर गई तो कुम्हार ने बर्तन देने से मना कर दिया क्योंकि विसोबा चाटी नामक एक ब्राह्मण ने सबको धमकाया हुआ था कि कोई भी इन संन्यासी के बच्चों को कुछ नहीं देगा।

विसोबा चाटी आलंदी गाँव का ही एक अहंकारी ब्राह्मण था, जो इन चारों बच्चों को समाज का कलंक समझकर उनसे नफ़रत करता था। वह शुरू से ही इस पूरे परिवार के खिलाफ पूरे गाँव को भड़काता था और उनकी सहायता करने पर लगनेवाले पाप का भय दिखाकर डराता था। वह उस परिवार पर व्यंग्य करने और उन्हें तंग करने का एक भी मौका नहीं छोड़ता था।

जब से पैठण की धर्मसभा द्वारा चारों बच्चों को शुद्धिपत्र मिला था और संत ज्ञानेश्वर के चमत्कार के कारण उनके चर्चे होने लगे थे तब से तो विसोबा चाटी उनसे और ज्यादा नफ़रत करने लगा था। ईर्ष्या में अंधा हुआ विसोबा उन्हें हर समय

पराजित करने के अवसर की तलाश में ही रहता था और एक दिन उसे यह अवसर मिल ही गया।

जब विसोबा को मुक्ता के मनोरथ का पता चला तो वह तुरंत मुक्ता के पीछे गया और उसके सामने ही कुम्हार से कह दिया कि 'खबरदार! अगर मुक्ता को बर्तन दिया तो तेरी खैर नहीं...!' अब नदी में रहकर मगरमच्छ से कौन बैर करे, इसलिए उसने विसोबा की बात मान ली। बर्तन न मिलने पर मुक्ताबाई घर आकर रोने लगी। वह सोच रही थी कि 'बड़े भाई माँडे खाना चाहते हैं लेकिन बिना बर्तन के मैं इसे कैसे बनाऊँ?'

जब संत ज्ञानेश्वर ने मुक्ताबाई को रोते हुए देखा तो उन्होंने उनसे कहा कि 'मुक्ता, तुम माँडे बनाने की तैयारी करो। बर्तन की व्यवस्था मैं कर दूँगा।' मुक्ताबाई यह सुनकर बहुत ख़ुश हो गई और तैयारी करने लगी। उधर संत ज्ञानेश्वर ने योग सिद्धि से अपनी पीठ को तवे की तरह तपा लिया और मुक्ताबाई से कहा, 'तुम मेरी पीठ पर माँडे सेक लो।' मुक्ताबाई ने ऐसा ही किया और बर्तन के बिना ही माँडे तैयार हो गए।

जब निवृत्तिनाथ ने ज्ञानेश्वर को योगविद्या का प्रयोग करते देखा तो उन्हें सम झाया कि योग विद्या एक महान विद्या है, जिसका असली उद्‌देश्य ईश्वर प्राप्ति है। उसे भूख-प्यास जैसी शारीरिक इच्छाओं और स्वार्थपूर्ति के लिए कभी प्रयोग नहीं करना चाहिए। ज्ञानदेव ने निवृत्तिनाथ की बात को गाँठ बाँध ली और फिर उन्होंने कभी अपनी योग विद्या का प्रयोग निजी कारणों के लिए नहीं किया।

मुक्ताबाई ने अपने भाइयों को बड़े प्रेम से माँडे खिलाए मगर जब उसके खाने की बारी आई तो उसकी थाली से एक काला कुत्ता माँडे उठाकर भाग गया। मुक्ता भूखी रह गई मगर फिर भी प्रसन्न थी।

तभी निवृत्तिनाथ कहने लगे, 'अरे मुक्ता, वह कुत्ता तेरा खाना उठाकर ले गया तूने उसे डराकर भगाया भी नहीं, ऊपर से तू ख़ुश भी हो रही है?' इस पर मुक्ता बोली, 'किसे डराऊँ भैया, विट्ठल स्वयं मेरे बनाए माँडे लेकर गए हैं। उनको मेरे बनाए माँडे इतने अच्छे लगे कि वे कुत्ते का रूप धरकर उसे खाने आ गए, मेरे लिए इससे बड़ी ख़ुशी की बात और क्या होगी...!' मुक्ता का जवाब सुनकर निवृत्तिनाथ मुस्कुरा उठे। आखिर गुरु उसके भावों की परीक्षा ही तो ले रहे थे।

मुक्ता की बात सुनकर संत ज्ञानेश्वर बोले, 'चल मान लिया तेरा खाना उठाकर भागनेवाला विट्ठल है मगर तुझे इतना तंग करनेवाला विसोबा कौन है?' मुक्ता

बोली, 'विसोबा भी विट्ठल ही है। विट्ठल के हर शरीर में अलग-अलग मानव स्वभाव है मगर उन सभी शरीरों के अंदर चेतना तो एक ही विराजमान है। मुझे तो विसोबा में भी विट्ठल के ही दर्शन होते हैं।

बाहर खड़ा विसोबा, झोपड़ी की दरार से यह सारा दृश्य देख रहा था। वह पहले ही संत ज्ञानेश्वर के योग द्वारा पीठ को तपाने का चमत्कार देखकर आश्चर्य चकित था। ऊपर से मुक्ता की बातें सुनकर उसका अहंकार पूरी तरह पिघलने लगा। उसे पहली बार एहसास हुआ कि वास्तव में ये कोई साधारण बच्चे नहीं बल्कि ज्ञान, योग और भक्ति की प्रतिमूर्ति हैं। इनका ज्ञान मेरी तरह किताबी नहीं है बल्कि इनके जीवन में उतर चुका है।

विसोबा को अपनी कुबुद्धि पर बड़ा पश्चाताप होने लगा। वह सोचने लगा- 'मैंने ऐसे दिव्य बच्चों को सताने का पाप किया है, अब इसका प्रायश्चित कैसे करूँ? कैसे अपने पाप कर्म की क्षमा माँगू?'

पश्चाताप के आँसू बहाता विसोबा उनकी झोपड़ी के अंदर आया और संत के चरण पकड़कर अपने कृत्यों के लिए क्षमा माँगने लगा। उसका अहंकार पूरी तरह से चारों बच्चों के चरणों में समर्पित हो गया। विसोबा संत ज्ञानेश्वर से उसे अपनी शरण में लेने का अनुरोध करने लगा। विसोबा का पश्चाताप देखकर सबने उसे क्षमा कर दिया। आगे चलकर निवृत्तिनाथ ने उन्हें उपदेश दिए और मुक्ताबाई उनकी गुरु हुई।

संत-संतानों के बताए वास्तविक धर्म के मार्ग पर चलते-चलते विसोबा ज्ञान और भक्ति में डूब गए। उनकी चेतना इतनी उच्च हो गई कि आगे चलकर वे संत विसोबा खेचर कहलाए गए। उन्होंने 'महाविष्णूचा अवतार, श्री गुरु माझा ज्ञानेश्वर' जैसे अभंग भी बनाकर गाए।

इस कहानी में आई तीन महत्त्वपूर्ण बातें आध्यात्मिक दृष्टि से मनन करने योग्य हैं। पहली- संसार में उपस्थित हर इंसान, जीव, वनस्पति और वस्तु में मूल रूप से उसी एक सेल्फ को देखना। दूसरी - कभी भी अपनी शक्ति का स्वार्थ के लिए प्रयोग न करना और तीसरी - तुमसे नफ़रत करनेवाले, बुरा बरताव करनेवाले को भी क्षमा करना, उसे भी भक्ति युक्त प्रतिसाद देना।

मैं भी वही, तू भी वही

प्रस्तुत कहानी की सबसे ज्यादा ध्यान देने योग्य बात है, मुक्ताबाई की समझ। इसी समझ को पाना और उसे पूरी दृढ़ता से जीवन में उतार लेना ही अध्यात्म के सारे मार्गों

का मूल लक्ष्य है। मुक्ताबाई को सुंदर फूल में, बदसूरत कीड़े में, काले कुत्ते में, अपने प्यारे भाइयों में और उनसे नफ़रत करनेवाले विसोबा चाटी में एक समान अपने इष्ट भगवान विट्ठल के ही दर्शन होते थे। उनके लिए इन सभी भिन्न-भिन्न प्राणियों में कोई फ़र्क नहीं था क्योंकि उन्हें यह समझ थी कि सभी जड़ और जीव उसी एक सेल्फ की अभिव्यक्ति हैं, उसी का ही रूप हैं और यही अध्यात्म की मूल समझ है।

मूल समझ के अनुसार इस पूरे ब्रह्मांड में एक ही ज़िंदा शक्ति (सेल्फ, परम चैतन्य) है। उसी एक अकेली शक्ति से पूरा ब्रह्मांड चल रहा है। हरेक सजीव और जड़, सूक्ष्म और स्थूल, प्रकट (जो सामने आ चुका है) और अप्रकट (जो अभी अदृश्य में है) चीज़ के पीछे वही एक ज़िंदा शक्ति है। वह ज़िंदा शक्ति हरेक चीज़ के पीछे भी है और उसके भीतर भी। अर्थात वही शक्ति अलग-अलग तरह से इकट्ठा होकर चीज़ों को मूर्तरूप दे रही है और उन्हें चला रही है। उस शक्ति को 'तरंग', 'ऊर्जा', 'एनर्जी' भी कहा जा सकता है। वह ऊर्जा सदैव अपने मूलरूप में स्थित है मगर वह मूलरूप में स्थित होते हुए भी अन्य रूपों में आभासित हो रही है। ठीक ऐसे ही जैसे किसी लेज़र शो में लेज़र किरणों से ऐसे सटीक दृश्य तैयार किए जाएँ, जो बिलकुल असली और सजीव लगते हों। लेकिन आप जानते हैं कि वे दृश्य लेज़र किरणों का ही आभासित रूप हैं।

उदाहरण के लिए एक जमीन, उस जमीन पर बनी एक घर की इमारत, उस घर की प्रत्येक वस्तु जैसे टी.वी., सोफ़ा, बर्तन, गाड़ी, आदि; घर में आनेवाला पानी, हवा, सूरज की रोशनी, घर में रहनेवाले इंसानों के शरीर और उन शरीरों में चलनेवाले विचार... सभी उस एक अकेली तरंग या ऊर्जा के भिन्न-भिन्न आभास हैं। इसी शक्ति के लिए संसार में अलग-अलग नाम प्रचलित हैं जैसे - महातरंग, परमसत्ता, परमचैतन्य, महाशून्य, सत्य, परमसत्य, अंतिमसत्य, एकम्, तेजम्, नूर, अनहद नाद, ॐ, दिव्यऊर्जा, सुप्रीम पावर, सुप्रीम सोल (परम आत्मा), परमात्मा, ईश्वर, सेल्फ, ब्रह्म, पारब्रह्म, स्वसाक्षी, अल्लाह, गॉड, विट्ठल, कृष्ण, राम... इत्यादि।

अब तो विज्ञान ने भी इस बात को सत्यापित कर दिया है कि प्रत्येक पदार्थ मूलतः एक तरंग ही है। अर्थात संपूर्ण ब्रह्मांड मूल रूप से एक तरंग या एनर्जी ही है। विज्ञान ने तो अब जाकर पदार्थों का विघटन कर-करके इस सत्य को जाना है मगर संसार में ऐसे अनेक महापुरुष, संत, योगी आदि हुए हैं, जिन्होंने ध्यान-समाधि के द्वारा इस मूल समझ को प्राप्त किया है कि संसार के खेल के पीछे एक ही परम शक्ति है, जो बाहर भी है और हमारे अंदर भी। इस मूल समझ को अनुभव से जानना ही 'स्वअनुभव,' 'आत्मसाक्षात्कार,' 'स्वबोध,' 'बुद्धत्व' आदि कहलाता है।

जिनको भी यह मूल समझ मिली है, उन्होंने इसे अपनी भाषा और परिवेश के अनुसार अलग-अलग शब्दों में बयान किया है। गुरुनानक ने कहा- 'एक नूर ते सब जग उपजा...' अर्थात एक ही दिव्य रोशनी (सेल्फ) से पूरी सृष्टि उपजी है। आदी शंकराचार्य ने कहा, 'अहं ब्रह्मास्मि' अर्थात मैं वही ब्रह्म हूँ । वेद-उपनिषदों में कहा गया 'तत्वमसी'(तुम वही हो), 'सोहम्' (मैं वही हूँ), 'ऊँ तत् सत्'(वही परम शक्ति ऊँ ही सत्य है)। सूफ़ी संत मंसूर ने कहा - अनल-हक (मैं ही सत्य हूँ)।

अर्थात अलग-अलग तरह से स्वअनुभव के लिए एक ही बात कही गई है कि सभी उसी एक से उपजे हैं, मैं भी वही हूँ, तुम भी वही हो, सभी वही हैं और एकमात्र वही शक्ति सत्य है बाक़ी सब मिथ्या है, आभासी है।

अब जो इंसान इस मूल समझ में मुक्ताबाई की तरह दृढ़ता पा लेता है, उसका जीवन सहज ही निःस्वार्थ और अव्यक्तिगत अभिव्यक्ति के लिए तैयार हो जाता है। क्योंकि अब वह जानता है कि उसके द्वारा सेल्फ ही कर्म कर रहा है और सेल्फ के लिए ही कर रहा है क्योंकि कोई दूसरा है ही नहीं। कर्म और कर्ता (सेल्फ) के बीच में जो व्यक्ति तैयार खड़ा नज़र आता है दरअसल वह है ही नहीं। संत ज्ञानेश्वर और उनके बहन-भाइयों ने इसी मूल समझ को व्यवहार में धारण कर समाज के लिए निःस्वार्थ जीवन जीया।

शक्ति, भक्ति की सेवा करे

निवृत्तिनाथ परम सिद्ध योगी थे, उन्होंने अभावों को सहना मंज़ूर किया मगर अपनी सिद्धियों का कभी भी स्वार्थपूर्ति के लिए दुरुपयोग नहीं किया। उन्होंने संत ज्ञानेश्वर के साथ-साथ संसार को भी कितनी बड़ी शिक्षा दी कि शक्ति का प्रयोग भक्ति बढ़ाने के लिए हो, जनकल्याण के लिए हो... स्वार्थपूर्ति और व्यक्तिगत् महत्वाकांक्षा पूरी करने के लिए न हो। वरना लोग ज़रा सी शक्ति पाकर उसका दुरुपयोग करने लगते हैं। अपने लाभ के लिए तो बहुत छोटी बात है मगर वे उनका दूसरों के नुकसान के लिए भी प्रयोग कर डालते हैं।

शक्ति मिलने पर लोग अहंकारी, स्वार्थी और असहनशील भी हो जाते हैं। जबकि ज्ञान और शक्ति का इस्तेमाल सत्य प्राप्ति एवं लोक कल्याण के लिए ही होना चाहिए। संत ज्ञानेश्वर और उनके छोटे संघ ने सदैव ऐसा ही किया और लोगों को भी ऐसा ही करने की शिक्षा दी।

मनन सवाल

1. क्या आपके मन में सभी के कल्याण हेतु भाव उठते हैं?
2. क्या आप अपने विरोधियों के कल्याण हेतु प्रार्थना कर पाते हैं?
3. क्या आप सभी में सेल्फ देख पाते हैं, यदि नहीं तो किन में नहीं देख पाते?
4. कौन सी मान्यता/विचार/भावना आपको कुछ लोगों में सेल्फ देखने से रोकती है?

अध्याय 10

निःस्वार्थ जीवन का औज़ार

क्षमा साधना

पिछले अध्याय में दी गई मुक्ताबाई की कहानी में आपने पढ़ा कि कैसे वह अपने प्रियजनों के अतिरिक्त उस विसोबा चाटी में भी विट्ठल देखने में सफल रही, जिसने उसके पूरे परिवार को बहुत सताया था। उसे विसोबा से कोई शिकायत नहीं थी। उसके हृदय से तो सभी के लिए क्षमा, दया और प्रेम का स्त्रोत फूट रहा था। विसोबा के पश्चाताप करने पर संत ज्ञानेश्वर ने भी उसे सहज ही माफ़ कर दिया, बिना मन में कोई पूर्वाग्रह रखे, बिना कोई पुरानी कड़वी बात याद रखे। उनके इस क्षमा भाव के कारण ही संसार को एक और महान संत मिला - विसोबा खेचर। विसोबा के अतिरिक्त उन संत-संतानों ने अपने घोर विरोधी रहे पूरे समाज को न सिर्फ क्षमा किया बल्कि उनकी जागृति के लिए आजीवन निःस्वार्थ काम किया ।

कुछ लोग क्षमा साधना करते हैं मगर शर्तों के आधार पर। वे सबको माफ कर पाते हैं मगर उनके जीवन में कोई एक ऐसा पात्र होता है, जिसे वे चाहकर भी माफ नहीं कर पाते। उसके लिए आजीवन सोचते रहते हैं- 'चाहे मैं सबको माफ़ करूँ मगर इसे कभी माफ़ नहीं कर सकता... इसने मेरा कितना बुरा किया... कोई किसी हत्यारे को, आतंकवादी को भला कैसे माफ़ कर सकता है? मैं तो कभी नहीं करूँगा।' यह बात सही है कि कुछ जगहों पर नफ़रत इतनी ज्यादा होती है कि क्षमा करना

आसान नहीं होता। लेकिन ऐसा करना असंभव नहीं है। जिनके पास संत ज्ञानेश्वर और मुक्ताबाई जैसी मूल समझ है, वे ऐसा कर पाते हैं।

आज तक अनेक आत्मसाक्षात्कारी संतों ने इस बात की घोषणा की है – 'पाप वृत्ति से घृणा करो, उस शरीर से नहीं, जिससे पाप हो रहे हैं।' इसी बात को चरितार्थ करते हुए भगवान बुद्ध ने डाकू अंगुलीमाल को भी प्रेम, करुणा और क्षमा देकर उसका अंतर साफ किया। उस निर्दयी, हिंसक डाकू को अहिंसक भिक्षुक में परिवर्तित किया। यदि आप श्रीराम का जीवन देखें तो उन्होंने हमेशा सौ प्रतिशत क्षमा साधना की। उन्होंने न कैकेयी के विरुद्ध कोई नकारात्मक भावना मन में रखी, न रावण के। रावण का वध भी उन्होंने नफ़रत के कारण नहीं बल्कि कर्तव्य निभाने और शांति लाने के लिए किया था।

जिस तरह विसोबा चाटी संत ज्ञानेश्वर के शरणागत हुए, उसी तरह अलग-अलग महापुरुषों के संपर्क में आकर चंबल के कितने ही दुर्दांत डाकुओं का हृदय परिवर्तन हुआ। उन्होंने आत्मसमर्पण किया। कहने का तात्पर्य – क्षमा, करुणा और ज्ञान पाकर निम्न से निम्न चेतना का इंसान भी संत बन सकता है।

बुद्ध की क्षमा सीख

एक दिन गौतम बुद्ध से एक इंसान ने क्षमा माँगते हुए कहा, 'मुझे कृपया क्षमा करें, मैं वही हूँ, जिसने कल क्रोध में आकर आपको बहुत अपशब्द कहे थे। बाद में मुझे अपनी गलती का एहसास हुआ और तब से मैं पश्चाताप की अग्नि में जल रहा हूँ। कृपया मुझ नीच को क्षमा कर दीजिए।'

इस पर बुद्ध प्रेमपूर्वक बोले, 'मित्र, मुझे तो ऐसा कुछ भी याद नहीं कि तुमने मेरा अपमान किया... बीता हुआ कल तो मैंने वहीं पीछे छोड़ दिया था और तुम भी उसमें मत अटको। तुम्हें अपनी ग़लती का एहसास हुआ, तुमने उसका पश्चाताप कर लिया। साथ ही इस घटना से सबक भी सीख लिया कि क्रोध कैसे हमारा विवेक नष्ट कर हमसे ग़लत काम करवाता है। अतः पुरानी बुरी बातें भुलाकर, इस नई सीख को याद रखते हुए वर्तमान में रहो और आगे बढ़ो। यही जीने का सही तरीक़ा है।'

किसी के भी प्रति नफ़रत का भाव इस बात का सूचक है कि हमारी मूल समझ में कुछ कमी आ गई है। हम सामनेवाले में सेल्फ (स्त्रोत) को नहीं देख पा रहे हैं। हमारे मन में उठी नफ़रत हमें बताती है कि हमें मूल समझ को याद रखते हुए पुनः अपनी दृष्टि सही कर, नकारात्मक दिख रहे लोगों को भी पूरे भाव के साथ क्षमा

करना है। अपने विरोधी को भी क्षमा क्यों करना है, इसे आप 'बॉलर-बैट्समैन' की ऐनालॉजी से आसानी से समझ सकते हैं।

बॉलर, बैट्समैन की ही ज़रूरत है

लोगों के मन में शंका पैदा होती है कि यदि सामनेवाले में भी सेल्फ है तो वह बुरे कर्म कैसे कर सकता है? या जिसने मेरे साथ इतना बुरा किया, उसमें सेल्फ कैसे हो सकता है?

इसे ऐसे समझें – एक बच्चा क्रिकेट सीखना चाहता है मगर उसके साथ खेलनेवाला कोई नहीं। बच्चा रोने लगता है। उसके पिता उसे इस हाल में देखकर उससे कहते हैं, 'चलो मैं तुम्हारे साथ खेलूँगा... यह खेल सीखने में तुम्हारी मदद करूँगा।' पिताजी मैदान में जाकर बॉलिंग करना शुरू करते हैं। इसलिए नहीं कि वे बॉलिंग करना चाहते हैं। उनको तो बॉलिंग करना पसंद भी नहीं है। मगर क्योंकि उनका प्यारा बेटा बैटिंग करना चाहता है इसलिए वे उसके प्रेम में उसे बॉल डालने को तैयार हो जाते हैं। बेटे को बैटिंग करने में ही रुचि है। वह उसे ही सीखना चाहता है।

अब पिताजी और बेटे का खेल शुरू होता है। पहली बॉल पर ही बेटा आऊट हो जाता है। इस पर वह फिर से रोने लगता है, जिद्द करने लगता है... 'नहीं वापस से फेंको... मुझे अभी और बैटिंग करनी है...।' बिलकुल इसी तरह कुदरत भी इंसान को घटनारूपी बॉल फेंककर बार-बार सीखने के मौके देती रहती है कि 'अच्छा फिर से आऊट हो गए, कोई बात नहीं, दोबारा खेलो...।' संसार की पृष्ठभूमि पर यह खेल लगातार चल ही रहा है।

चूँकि यह खेल काफ़ी समय से चल रहा है इसलिए खेलते-खेलते बच्चा भूल ही जाता है कि उसी के पिताजी उसे बॉल डाल रहे हैं, उसी के प्रेम की वजह से, उसी के कहने पर, उसी को सिखाने के लिए...। अब भूलने की वजह से बच्चा शिकायत करने लगता है – 'कितनी तेज बॉल आ रही है... यह तो मेरा सिर फोड़कर ही दम लेगा... इसे मुझसे कोई व्यक्तिगत दुश्मनी है... मेरे साथ ही ऐसा क्यों होता है... मुझे ही ऐसे बॉलर क्यों मिलते हैं... मैंने किसी का क्या बिगाड़ा है... कौन से पाप किए हैं... मेरा नसीब ही ऐसा है, कभी भी सीधी आसान बॉल नहीं आती... बाजूवाले को देखो उसे कितनी आसान बॉल फ़ेस करनी पड़ती है...' आदि।

खैर! खेलते हुए धीरे-धीरे बच्चा कठिन बॉल को सँभालना और सही तरीक़े से खेलना सीख जाता है। मगर मूल समझ भूलने की वजह से कि 'बॉलिंग करनेवाला

उसका अपना ही पिता है और वह उसी के विकास एवं आनंद के लिए बॉल डाल रहा है' बच्चा खेल का मजा लेना बंद कर देता है। अब खेल उसके लिए संघर्ष और दुःख का कारण बन जाता है। बॉलिंग करनेवाला इंसान उसे दुश्मन नज़र आने लगता है।

बॉलर–बैट्समैन का एक ही संघ है

दरअसल बॉलर और बैट्समैन एक ही संघ के हैं। दोनों एक दूसरे के पूरक हैं। एक दूसरे के विकास में सहायक हैं। अगर आप पृथ्वी पर साहस की अभिव्यक्ति करने आए हैं तो आपके जीवन में कोई एक इंसान ऐसा आएगा, जो आपको डराएगा, धमकाएगा... जिसका मुकाबला करते हुए आपका साहस बढ़ेगा और एक दिन आप उसके डर की सीमा को तोड़ते हुए अपने साहस को पूरी ऊँचाई पर ले जाएँगे। किंतु इंसान मूल समझ भूलने की वजह से सोच ही नहीं पाता कि विरोधी दिखाई देनेवाला इंसान वास्तव में आपका अपना साझेदार है, जो उसी के प्रेम की वजह से डर की बॉल फेंक रहा है।

इसी तरह संत ज्ञानेश्वर का परिवार और उनका विरोधी समाज भले ही अलग-अलग छोर पर एक दूसरे के विरुद्ध खड़े दिखाई दें मगर वास्तव में वे सभी एक ही संघ के थे। पहले समाज ने उन पर बहिष्कार, अपमान, प्रताड़ना की कठिन बॉलिंग की, जिसके फलस्वरूप वे चारों संत-संतानें ज्ञान और भक्ति की उच्च अवस्था में पहुँचे। उन्होंने बोधिसत्व अवस्था पाई और उसी समाज के सुधार का अव्यक्तिगत लक्ष्य लिया।

जब समाज की बॉलिंग खत्म हुई तब इन चार संत-संतानों की शुरू हुई। उन्होंने समाज के सामने सहज ज्ञान, भक्ति और निःस्वार्थ भावना की बॉलिंग करनी शुरू की। जिससे धीरे-धीरे विसोबा जैसे अहंकारी, अज्ञानी ब्राह्मणों सहित पूरा समाज समस्त भेदभाव, कट्टर धार्मिक मान्यताएँ भूलकर एकजुट हुआ और विट्ठल... विट्ठल गाते हुए सत्य की असली राह पर आगे बढ़ गया। इस तरह पहले समाज संत-संतानों के आध्यात्मिक विकास का कारण बना, बाद में संत-संतानें पूरे समाज के आध्यात्मिक विकास का कारण बनीं।

इसी तरह कैकेयी की चाल ने श्रीराम से उनका पृथ्वी लक्ष्य पूरा करवाया। पिता के क्रोध ने नचिकेता को अंतिम सत्य दिलवाया। तुलसीदास की पत्नी का ताना उनके लिए माया से वैराग्य का कारण बना, जिससे संसार को रामचरितमानस जैसा श्रेष्ठ ग्रंथ मिला। कुछ दुःखी इंसानों के दर्शन ने गौतम बुद्ध के जीवन को यू-टर्न दिया ।

किसी का एक ताना 'यह काम तुम्हारे बस का नहीं' दूसरे इंसान को इतने जोश से भर देता कि वह मन में पक्का कर लेता है, 'चाहे कुछ भी हो जाए, इसे तो मैं यह काम करके ही दिखाऊँगा।' संसार में हर कोई ऐसे ही किसी न किसी 'बॉलर-बैट्समैन' संघ या ग्रुप का हिस्सा है, जिसमें सभी सिर्फ प्रेम की खातिर अपनी-अपनी भूमिका निभा रहे हैं । एक बॉल फेंक रहा है और दूसरा उसे सँभालने की, खेलने की प्रैक्टिस कर रहा है। जिन्हें मूल समझ याद है, वे हर बॉल का ख़ुशी-ख़ुशी सामना करते हैं और बॉलर को धन्यवाद देते हैं। जो नासमझ हैं, वे हर बॉल पर चिड़चिड़, बड़बड़ करते हैं।

यह पूरी व्यवस्था बुद्धि के पार का क्षेत्र है इसलिए 'लीला' शब्द आता है। संसार में हर तरफ़ सेल्फ की ही लीला चल रही है। जब ज्ञान मिलता है, लीला पर मनन होता है, भक्ति बढ़ती है तब 'कृपा' की समझ भी आती है। उन लोगों को सेल्फ की असीम कृपा महसूस होती है, जिन्हें सेल्फ कभी गुरु द्वारा, किताबों या स्वप्न के द्वारा या कुछ सवाल पूछकर जगा रहा है कि 'जागो और देखो, मैं ही बॉलिंग कर रहा हूँ और बैट्समैन भी मैं ही हूँ... मेरे सिवाय दूसरा कौन है इसलिए बॉल से परेशान होने की बजाय उससे खेलने का कौशल विकसित करना सीखो। यह पूरा खेल, पूरी लीला तुम्हारे विकास और आनंद के लिए ही है।'

क्षमा साधना कैसे करें

जिस इंसान को 'बॉलर-बैट्समैन संघ' की समझ मिल जाती है, उसके लिए सभी को क्षमा करना और सभी से क्षमा माँगना आसान हो जाता है। वे जान जाते हैं कि कौन क्षमा माँग रहा है, किसे क्षमा किया जा रहा है और क्षमा साधना क्यों करनी चाहिए? मगर अब सवाल यह है कि क्षमा कैसे माँगी जाए?

क्षमा माँगना या देना कुछ शब्दों को बोलने की क्रिया भर नहीं है, क्षमा हृदय की गहराई से उठनेवाला भाव है। किसी को सॉरी बोला और निकल गए या मन ही मन अपनी ग़लती महसूस कर ली और चुप रह गए, यह सही तरीक़े से क्षमा माँगना नहीं हुआ। न ही किसी को 'मैंने तुम्हें माफ़ किया' कहकर, मन में उसके प्रति द्वेष या क्रोध को रोक लेना भी क्षमा नहीं है। आइए, देखते हैं क्षमा माँगने और देने का सही तरीक़ा क्या है।

सीधे क्षमा कैसे माँगें

यदि आप किसी से प्रत्यक्ष रूप में (सामने आकर) क्षमा माँगने में सहज हैं तो आपको

इस तरह सीधे ही क्षमा माँगनी चाहिए- 'मैंने आपको अपने भाव, विचार, वाणी या क्रिया से जो भी दुःख पहुँचाया है, उसके लिए कृपया मुझे क्षमा करें। मैं आगे से ध्यान रखूँगा कि मुझसे ऐसी ग़लती दोबारा न हो।'

अकसर हम सीधे क्षमा माँगने में सहज नहीं होते और कुछ घटनाओं में हमें बाद में ज्ञात होता है कि हमसे ग़लती हुई थी। तब तक सीधे क्षमा माँगने या देने का समय निकल चुका होता है। ऐसे में हम मानसिक प्रार्थना द्वारा अपनी आँखें बंद करके इस तरह क्षमा साधना कर सकते हैं – ओ मेरे प्यारे... (उस इंसान का नाम, जिसे क्षमा करना है) के दिव्य स्वरूप, मैं आपको अपने ध्यान क्षेत्र में आमंत्रित करता हूँ। मेरे मन में आपके प्रति जो भी नफ़रत, द्वेष या शिकायत है, उसे मैं अपने मन से जाने दे रहा हूँ। मैं अपने (गुरु, ईश्वर, कुदरत) आदर्श को साक्षी रखकर आपसे क्षमा माँगता हूँ। मैंने आपको अपने भाव, विचार, वाणी या क्रिया से जो भी दुःख पहुँचाया है, उसके लिए कृपया मुझे क्षमा करें।

मैं आपसे प्रेम करता हूँ। आपका आदर करता हूँ। मैंने आपको शरीर समझकर व्यवहार किया, आपके अंदर की परम चेतना (सेल्फ) को नहीं देखा, इसके लिए भी मैं क्षमा प्रार्थी हूँ। मैं आगे से ध्यान रखूँगा कि मुझसे ऐसी ग़लती दोबारा न हो। मेरे ध्यान क्षेत्र में आने के लिए बहुत-बहुत धन्यवाद। कृपया अब आप अपने स्थान पर वापस जाएँ... धन्यवाद... धन्यवाद... धन्यवाद... ।'

यहाँ क्षमा प्रार्थना करने के लिए जो शब्द दिए गए हैं, ज़रूरी नहीं आप उनका एक-एक शब्द दोहराएँ। आप अपने शब्दों का भी प्रयोग कर सकते हैं, प्रार्थना में शब्दों से ज्यादा भाव महत्त्वपूर्ण होता है। शब्द हो या न हो, प्रार्थना मौन में भी की जा सकती है मगर भाव पूरी तरह उपस्थित होने चाहिए।

जब क्षमा करने को मन न माने

कुछ लोगों का सवाल होता है कि 'जो भयंकर अपराधि, आतंकवादी होते हैं, जो बम विस्फोट, खून जैसे गंभीर अपराध करते हैं, उन्हें कैसे माफ़ करें? उन्हें माफ़ करने के लिए तो किसी का भी दिल नहीं करेगा।' ऐसे में जहाँ दिल माफ़ी देने के लिए बिलकुल भी तैयार न हो, उन लोगों को माफ़ नहीं करना है, उन्हें तो साफ ही करना है।

अब प्रश्न है कि कैसे साफ करना है? दरअसल ऐसे लोगों का सफ़ाया नहीं करना है बल्कि अपनी प्रार्थनाओं के ज़रिए उनका अंतर साफ करना है। उनकी

पाप वृत्ति को साफ करना है। उनके लिए ईश्वर से प्रार्थना करनी है –

'इन्हें अंदर से साफ करें, उनके अंदर की पाप वृत्ति को साफ करें।'
इन्हें भी ज्ञान मिले, इनकी समझ बढ़े, चेतना बढ़े।
जो कृपा हम पर हुई है, वह इन पर भी हो,
इन्हें अपना कृपा पात्र बनाएँ।

इस तरह क्षमा माँगकर और सभी को क्षमा देकर आपका अंतर साफ हो जाएगा। किसी के लिए मन में मैल, ईर्ष्या, नफ़रत, क्रोध आदि नहीं रहेगा। याद रखें, खाली और शुद्ध हृदय से ही संत ज्ञानेश्वर की तरह निःस्वार्थ जीवन की अभिव्यक्ति हो सकती है। कृष्ण खाली मुरली को ही बजा सकते हैं। यदि आप चाहते हैं कि सेल्फ आपके शरीर के माध्यम से संसार में उच्चतम अभिव्यक्ति करे तो क्षमा साधना के द्वारा विकारों और नकारात्मक भाव को हटाकर उसे खाली करें। उसे इस योग्य बनाएँ कि वह सेल्फ के काम आ सके।

मनन सवाल

1. क्या आप 'बॉलर-बैट्समैन संघ' ऐनालॉजी को समझते हुए अब उन लोगों को माफ़ करने की स्थिति में हैं, जिन्हें पहले माफ़ करने में असमर्थ थे?
2. क्या आप अपने शरीर को सेल्फ की अभिव्यक्ति के लिए खाली करने को तैयार हैं?

अध्याय 11

निःस्वार्थ जीवन की अभिव्यक्ति

ज्ञानेश्वरी की रचना

संत ज्ञानेश्वर और उनके बहन-भाइयों ने समाज की बंद आँखें खोलने का लक्ष्य लिया था और ऐसा होना तभी संभव था, जब उन्हें सही ज्ञान सही तरीक़े से दिया जाए। उच्च से उच्च ज्ञान भी तब तक कोरा है, जब तक कि वह ज्ञान पानेवाले की समझ में न आए, उसके जीवन में न उतरे। इस तथ्य को संत ज्ञानेश्वर ने भली-भाँति समझा और इसी दिशा में प्रयास शुरू कर दिए। उन्होंने कठिन भाषा में उपलब्ध ज्ञान की गंगा को सामान्य लोगों के स्तर पर उतारने के प्रयास आरंभ कर दिए। इसी के साथ उनकी निःस्वार्थ जीवन की जोरदार अभिव्यक्ति आरंभ हुई। आइए, उनकी अभिव्यक्तियों के बारे में विस्तार से जानते हैं।

ज्ञान की गंगा कैसे बही

संत ज्ञानेश्वर को अपने भाई एवं गुरु निवृत्तिनाथ से पूरा ज्ञान मिल चुका था। वे ब्राह्मण थे, संस्कृत जानते थे। उन्हें उस भाषा में ज्ञान लेने में कोई कठिनाई नहीं हुई। उन्होंने सत्य प्राप्त कर लिया था मगर वे यहीं नहीं रुके। उन्होंने सोचा, 'वेद-शास्त्रों का ब्रह्मज्ञान संस्कृत जाननेवाले एक वर्ग विशेष तक सीमित नहीं रहना चाहिए, इसे तो जन-जन तक पहुँचना चाहिए।'

इसी उद्देश्य को पूरा करने हेतु आए दिन संत ज्ञानेश्वर के कीर्तन और प्रवचन

आयोजित होते थे। उन्हें सुनने के लिए दूर-दूर के गाँवों से लोग आने लगे। संत ज्ञानेश्वर अपनी काव्यात्मक शैली का इस्तेमाल करते हुए संस्कृत में उपलब्ध ज्ञान को सरल लोकभाषा में प्रस्तुत किया करते थे। हालाँकि उनके शब्द सरल थे मगर उन शब्दों में छिपा ज्ञान गुरु कृपा और उनके स्वअनुभव से आ रहा था इसलिए वे शब्द संस्कृत भाषा के श्लोकों से भी अधिक प्रभावी सिद्ध हो रहे थे।

संत ज्ञानेश्वर की अमृतवाणी को सुनकर लोगों में भक्ति और प्रेम बढ़ रहा था। इसलिए हर जाति के सत्य के खोजी चाहे वे शूद्र हो या ब्राह्मण, संत ज्ञानेश्वर की अमृतवाणी सुनने के लिए आ रहे थे। सभी धर्म और जाति के लोग संत ज्ञानेश्वर के सत्संग और शिक्षाओं को पाने के अधिकारी थे। उनके सत्संग में किसी भी तरह का भेदभाव नहीं था।

ज्ञानेश्वरी की रचना

उस समय समाज में बहुत असंतुलन की स्थिति बनी हुई थी। वर्णभेद और जातिभेद की जड़ें गहराई तक फैली हुई थीं। वेद-वेदांतों में उपलब्ध संस्कृत भाषा में लिखा हुआ ज्ञान निम्न जाति के लोगों की पहुँच से कोसों दूर था क्योंकि ब्राह्मण समाज समझता था कि सिर्फ वे ही इस उच्च ज्ञान को प्राप्त करने के अधिकारी हैं। इस तरह समाज के दो हिस्से हो गए थे और दोनों ही हिस्से सच्चे ज्ञान से महरूम थे।

समाजी की आवश्यकता को समझते हुए और संत ज्ञानेश्वर के जनसाधारण पर बढ़ते प्रभाव को देखते हुए गुरु निवृत्तिनाथ ने संत ज्ञानेश्वर को एक महत्त्वपूर्ण आज्ञा दी। संत निवृत्तिनाथ ने उनसे कहा, 'ज्ञानेश्वर अब समय आया है कि तुम श्रीमत् भगवत् गीता पर भाष्य करो। इस पवित्र ग्रंथ को जनसामान्य के समझने योग्य सहज मराठी भाषा में लाओ ताकि हर कोई इस ग्रंथ में छिपे ज्ञान का अमृत पान कर सके।'

निवृत्तिनाथ जानते थे कि श्रीकृष्ण की वाणी से आई हुई भगवत् गीता के लिए जनसामान्य के हृदय में परम आदर का स्थान है। यह एक ऐसा ग्रंथ है, जिसमें चारों वेदों का सार है। इसमें आत्मबोध के लिए कर्म, ज्ञान, भक्ति और योग इन चार मार्गों को विस्तार से प्रस्तुत किया गया है। इस ग्रंथ को सरलता से समझना और जीवन में उतारना, यही इस वक्त समाज की पहली ज़रूरत है। अगर इस ग्रंथ को लोकभाषा में लाया जाए तो हर वर्ग का इंसान इससे लाभ प्राप्त कर पाएगा। इसी से पूरे समाज का उद्धार होगा।

गुरु की आज्ञा अनुसार संत ज्ञानेश्वर ने इस दिशा में तुरंत कार्य आरंभ कर

दिया। जब उन्होंने इस कार्य की शुरुआत की तब उनकी उम्र मात्र 13 वर्ष थी। दो साल में यह ग्रंथ बनकर तैयार हुआ जो 'ज्ञानेश्वरी' के नाम से प्रसिद्ध हुआ। इसके अतिरिक्त उन्होंने सरल भाषा में अमृतानुभव, हरिपाठ (भागवत् पर आधारित) आदि ग्रंथ लिखकर जन सामान्य के लिए ज्ञान के द्वार खोल दिए।

संत ज्ञानेश्वर के उस महान कार्य का आज भी लोग लाभ ले रहे हैं। वे कितनी पीढ़ियों के लिए, करोड़ों लोगों के लिए ज्ञान पाने हेतु निमित्त बने। इससे बड़ी सत्य और मानवधर्म की सेवा और क्या हो सकती है!

भक्ति के महाआंदोलन का सूत्रपात

निवृत्तिनाथ और संत ज्ञानेश्वर नाथ संप्रदाय के योगी थे लेकिन उन्होंने नाथ संप्रदाय की कठिन योग शिक्षा को प्रचारित-प्रसारित नहीं किया क्योंकि वे जानते थे वह शिक्षा स्त्रियों, गृहस्थों और सामान्य लोगों के बहुसंख्य वर्ग को लाभ नहीं दे सकती। उन्होंने ज्ञानेश्वरी लिखकर कर्मयोग का मार्ग दिखाया, अमृतानुभव लिखकर ज्ञानयोग का प्रचार किया लेकिन वे यह बात जानते थे कि अधिकांश लोगों को कर्मयोग या ज्ञानयोग को समझने में कठिनाई हो सकती है। जनसाधारण के लिए सबसे आसान, सबसे ज्यादा समझ में आनेवाला मार्ग साकार भक्ति ही है। कोई भी इंसान जैसे गृहस्थ, स्त्री, व्यापारी, जवान, बूढ़ा, अनपढ़, पढ़ा-लिखा, ज्ञानी, अज्ञानी, शक्तिशाली या निर्बल.... हर कोई भक्ति कर सकता है। इसके लिए किसी बुद्धि या शिक्षा की आवश्यकता नहीं होती। अज्ञानी से अज्ञानी मनुष्य भी भक्ति भाव से ईश्वर का नाम लेकर हृदयस्थान पर स्थापित हो सकता है, वह ईश्वर को पा सकता है। इसलिए बहुसंख्य लोगों को मुक्ति दिलाने के लिए ही उन्होंने भक्ति योग को लोकप्रिय बनाया।

उन्हें आभास था कि निर्गुण उपासना आम लोगों को रास नहीं आएगी और उनके पल्ले नहीं पड़ेगी। इसलिए उन्होंने सगुण उपासना को भी लोकप्रिय बनाने का बीड़ा उठाया। उन्होंने जनसाधारण के लिए ईश्वर तक पहुँचने के मार्ग को सरल बना दिया। जो काम महाराष्ट्र में संत ज्ञानेश्वर ने ज्ञानेश्वरी लिखकर किया, वही कार्य तुलसीदास ने रामचरितमानस लिखकर किया, जिससे उत्तर भारत में भक्ति युग का सूत्रपात हुआ।

संत ज्ञानेश्वर ने नाम सिमरन की महिमा का प्रचार किया, भक्ति के अभंग भी लिखे और वारकरी यात्रा की शुरुआत की। यह प्रथा वारकरी संप्रदाय में आज तक चली आ रही है। हज़ारों-लाखों लोग आषाढ़, कार्तिक माह में हरि नाम का

कीर्तन करते हुए आलंदी से पंढरपुर तक पदयात्रा करते हैं। इस तरह उन्होंने भक्ति के महाआंदोलन का प्रारंभ कर, पूरे समाज के चिंतन की दिशा ही बदल दी। उन्हें अज्ञान के अंधेरे से निकालकर प्रेम, सद्भावना और भक्ति का उजाला दिया।

संत ज्ञानेश्वर एक भक्त, ज्ञानी, सिद्ध योगी, दूरदर्शी, कवि और सत्य प्रचारक भी थे...। इतने सारे गुणों की अभिव्यक्ति संत ज्ञानेश्वर ने मात्र 21 साल के छोटे से जीवनकाल में कर डाली।

निःस्वार्थ जीवन–भक्ति इन ऐक्शन

संत ज्ञानेश्वर और उनके भाई–बहन का जीवन निःस्वार्थ जीवन का अद्भुत उदाहरण है, जो सभी को निःस्वार्थ जीवन जीने की प्रेरणा देता है। निःस्वार्थ जीवन के बारे में एक आम इंसान की यही राय होती है कि ऐसे जीवन में इंसान स्वयं बड़े कष्ट झेलता है, दुःख पाता है, काम वह करता है मगर उसके कर्मों का लाभ दूसरे उठाते हैं, वह खुद नहीं उठाता। मगर यह सत्य नहीं है। जो इंसान निःस्वार्थ जीवन को सही अर्थों में जान गया और उसे अपना लिया तो उससे सुखी इंसान संसार में और कोई नहीं होगा। संत ज्ञानेश्वर ज्ञान और भक्ति की प्रतिमूर्ति बन चुके थे, वे परम आनंदित थे और वही आनंद लोगों में बाँट रहे थे। जैसे मेरा भला हुआ, सबका हो... इसी भावना के साथ उन्होंने लोक कल्याण का बीड़ा उठाया।

निःस्वार्थ जीवन जीने का अर्थ है भक्ति को क्रिया में उतारना यानी 'भक्ति इन ऐक्शन'। हनुमान की भक्ति ऐसी ही भक्ति थी। निःस्वार्थ जीवन जीने का अर्थ यह न समझें कि आप दूसरों के लिए कुछ कर रहे हैं। दरअसल निःस्वार्थ भावना रखना दूसरों से कहीं ज्यादा आपका ही भला करती है। वह कैसे?

जब इंसान व्यक्तिगत इच्छाएँ या लक्ष्य रखता है तो उसे उन इच्छाओं से लगाव हो जाता है, जिससे वह मोह में फँसता है। वह उन इच्छाओं को पूरा करने के लिए कभी–कभी ग़लत काम करने लगता है, जिससे उसके विचार और कर्म दूषित होते हैं। उस इच्छा को लेकर वह बाक़ी लोगों से तुलना करने लगता है, जिससे उसमें ईर्ष्या, नफ़रत जैसे विकार पनपने लगते हैं। यदि इच्छा पूरी हो जाती है तो उसका अहंकार बढ़ता है। एक इच्छा की पूर्ति, दूसरी...फिर तीसरी.. इच्छाओं को जन्म देने लगती है, जिससे वह लोभी भी हो जाता है। यदि इच्छा पूरी नहीं हुई तो वह निराशा, कुंठा, दुःख का शिकार हो सकता है।

कुल मिलाकर कहें तो व्यक्तिगत इच्छाएँ विकारों और अहंकार को

बढ़ाती हैं। यदि आपकी इच्छाएँ व्यक्तिगत न होकर अव्यक्तिगत यानी निःस्वार्थ हैं तो समझिए आप इन सब बुराइयों से बच गए। आप करने योग्य कर्म करते हैं मगर उनके फल से नहीं चिपकते। निःस्वार्थ जीवन एक ऐसी भक्ति है, जो आपको समस्त बुराइयों से बचाकर पवित्र और शुद्ध बनाती है। जितनी आप सेवा करेंगे, उतना ही आप शुद्ध होते जाएँगे।

यह संसार सेल्फ की लीला है, उसकी अभिव्यक्ति है। हमें सोचना चाहिए कि उसकी इस अभिव्यक्ति में हम अपना क्या सर्वोत्तम योगदान देकर उसकी सेवा कर सकते हैं। ईश्वर ने सभी शरीरों को कोई न कोई विशेष खूबी दी है। कोई अच्छा खाना बना सकता है तो कोई गाना गा सकता है। किसी में अच्छे मैनेजर के गुण हैं। कोई अच्छा लिख सकता है तो कोई अच्छा पढ़ा सकता है। जिसमें जो भी गुण हैं, वह उन्हें उभारे और उससे ईश्वर की अभिव्यक्ति में अपनी ओर से सर्वश्रेष्ठ निःस्वार्थ योगदान करे।

जीवन को निःस्वार्थ बनाने की कला

संत ज्ञानेश्वर सहित चारों संत संतानों का जीवन चरित्र पढ़कर आपके मन में सवाल उठ सकता है कि वे तो महान दिव्य आत्माएँ थीं, जो एक विशेष अव्यक्तिगत लक्ष्य को लेकर पृथ्वी पर जन्मी थीं। उन्हें बचपन से वैसा ही परिवेश मिला, वैसी ही ट्रेनिंग मिली। साथ ही उनके ऊपर पारिवारिक जिम्मेदारियों का बोझ भी नहीं था। मगर हमारे जैसे साधारण लोग निःस्वार्थ जीवन जीना भी चाहें तो कैसे जीएँ ... यदि अपनी खूबी या कला से मुफ़्त सेवा करेंगे तो कमाएँगे कैसे... आजीविका का क्या होगा... हमारी नौकरी, व्यवसाय, घर-परिवार, बच्चे आदि का क्या होगा? इतनी सारी जिम्मेदारियों के साथ इंसान निःस्वार्थ और अव्यक्तिगत जीवन कैसे जी सकता है?

तो इसका जवाब है - ऐसा संभव है। तमाम सांसारिक ज़िम्मेदारियों को पूरा करते हुए, अपने विकास के बारे में सोचते हुए भी आप निःस्वार्थ और अव्यक्तिगत जीवन जी सकते हैं। बस उस कार्य के पीछे संत ज्ञानेश्वर जैसा निःस्वार्थ भाव होना चाहिए। आपमें इस बात की दृढ़ता होनी चाहिए कि आप जो कर रहे हैं, ईश्वर के लिए कर रहे हैं, किसी व्यक्तिगत स्वार्थ या महत्वाकांक्षा के लिए नहीं। जब उस कार्य से व्यक्तिगत स्वार्थ या फल की इच्छा नहीं जुड़ी होगी तो वह भी सेवा बन जाएगा।

अपने प्रत्येक कार्य को सेवा बनाने के लिए आपको बस इतना ही करना है कि अपने कर्म या लक्ष्य के पीछे की भावना बदलनी है, उसे देखने का नजरिया बदलना

है। कर्म या लक्ष्य को बदले बिना, सिर्फ उसके पीछे की भावना को बदलकर, वह व्यक्तिगत से अव्यक्तिगत कर्म (सेवा) बन सकता है। इसे विस्तार से जानने के लिए पहले व्यक्तिगत और अव्यक्तिगत लक्ष्य को समझते हैं।

व्यक्तिगत लक्ष्य

केवल अपनी संतुष्टि और फ़ायदे के लिए रखे गए लक्ष्य, व्यक्तिगत (पर्सनल) लक्ष्य कहलाते हैं। ऐसे लक्ष्यों के बारे में कुछ कहते या सोचते हुए अकसर 'मैं, मेरा, मुझे' जैसे आत्मकेंद्रित शब्दों से ही शुरुआत होती है। यदि आपकी सोच भी यहीं तक सीमित है तो इसका अर्थ है कि आपका लक्ष्य व्यक्तिगत लक्ष्य है। उदाहरण के लिए –

- विद्यार्थी का लक्ष्य है – मैं किसी अच्छे इंजीनियरिंग कॉलेज में दाखिला लूँ।
- इंजीनियरिंग कॉलेज में पढ़ रहे विद्यार्थी का लक्ष्य है – पढ़ाई पूरी होने पर मुझे किसी अच्छी कंपनी में नौकरी मिल जाए ताकि मेरी लाइफ़ सैटल हो जाए।
- अच्छी कंपनी में नौकरी कर रहे इंसान का लक्ष्य है – मैं जल्द से जल्द प्रमोशन पाकर ऊँचे ओहदे पर पहुँच जाऊँ ताकि मेरी तनख्वाह, सुख–सुविधाएँ, रुतबा बढ़े।
- ऊँचे ओहदे पर बैठे इंसान का लक्ष्य है – मैं अपनी एक कंपनी शुरू करूँ ताकि मैं मालिक बनकर काम करूँ, नौकर बनकर नहीं।

इस प्रकार हरेक इंसान अपने व्यक्तिगत लक्ष्य के लिए जंग लड़ रहा है और उसे पूरा कर दूसरा लक्ष्य लेकर पुनः जंग के लिए तैयार हो रहा है।

अव्यक्तिगत लक्ष्य

इंसान के द्वारा निर्धारित किए गए व्यक्तिगत लक्ष्य के पीछे उसका कोई न कोई व्यक्तिगत स्वार्थपूर्ण उद्देश्य होता है, उसमें वह सिर्फ अपना ही फ़ायदा देखता है। मगर एक अव्यक्तिगत (इम्पर्सनल) लक्ष्य रखनेवाला इंसान चाहता है कि अपने लक्ष्य को साधकर, उसके साथ–साथ दूसरों को भी लाभ पहुँचे, सभी का भी मंगल हो। जैसे समाज को सही ज्ञान प्रभावी तरीक़े से देना संत ज्ञानेश्वर के जीवन का अव्यक्तिगत लक्ष्य था।

महात्मा गांधी ने अव्यक्तिगत दृष्टि लक्ष्य रखकर भारत की स्वतंत्रता की लड़ाई लड़ी। इसलिए नहीं कि वे स्वतंत्र भारत के प्रधानमंत्री बने या महान लीडर कहलाए।

वे आंदोलन करते, सत्याग्रह करते ताकि भारत आज़ाद हो सके। इसीलिए उन्हें महान नेता माना जाता है। स्वामी विवेकानंद का दृष्टिलक्ष्य शाश्वत वेदांत के प्रचार-प्रसार का था। उनका ध्यान-केंद्र और दृष्टिलक्ष्य रामकृष्ण परमहंस मिशन का मुखिया बनना या इस मिशन को बस लोकप्रिय बनाना नहीं था।

महान दार्शनिक ने कहा है, 'यह जीवन के सबसे सुंदर नियमों में से एक है कि कोई भी इंसान जब सचमुच किसी की मदद करता है तो ऐसा हो ही नहीं सकता कि उसे खुद मदद न मिले।' जो लोग दूसरों का उपचार करते हैं, वे खुद ठीक होते हैं। जो लोग अपनी दौलत का कुछ हिस्सा दान में देते हैं, उन्हें कुदरत से बेशुमार दौलत मिलती है। जब आप लोगों की चेतना को उठाने का प्रयास करते हैं तो आपकी चेतना अपने आप ही उठ जाती है। इसलिए दिल को बड़ा कर निःस्वार्थ जीवन जीना शुरू करें, सबके साथ आपका भी भला होगा।

आइए, इसे एक और उदाहरण द्वारा समझते हैं। मान लीजिए, दो निर्माता फिल्म बनाते हैं। पहला निर्माता मसाला फिल्म बनाता है। वह सोचता है कि उसकी फिल्म ज्यादा से ज्यादा लोग देखें ताकि उसे ज्यादा फ़ायदा हो। दूसरे निर्माता की फिल्म ऊँचे जीवन मूल्यों पर आधारित है। वह भी चाहता है उसकी फिल्म ज्यादा से ज्यादा लोग देखें ताकि उनके जीवन में वे नैतिक मूल्य आ सकें और वे प्रेम, आनंद, सौहार्द भरा जीवन जीने की कला सीखें। इस प्रकार दोनों निर्माता फिल्म बनाने का कार्य कर रहे हैं। मगर पहले का लक्ष्य व्यक्तिगत है और दूसरे का अव्यक्तिगत। इस प्रकार दूसरा निर्माता अपने कर्म से निःस्वार्थ जीवन की अभिव्यक्ति ही कर रहा है।

तात्पर्य - आप अपने रूटीन कार्य करते हुए भी निःस्वार्थ और सफल जीवन जी सकते हैं। इसके लिए आप कार्य करते हुए खुद से पूछें- 'मैं इसे अव्यक्तिगत कैसे बना सकता हूँ?' अपनी सोच को सीमित न रखें कि सारा मुनाफ़ा सिर्फ मेरे पास ही होना चाहिए या चीज़ें हमेशा इसी तरीक़े से होनी चाहिए आदि। अपने कार्य करने के तरीक़े में कुछ न कुछ रचनात्मकता जोड़ते रहें।

मनन सवाल

1. क्या आपने संत ज्ञानेश्वर के चरित्र से निःस्वार्थ जीवन के महत्त्व को समझा है?

2. आप जो भी कार्य कर रहे हैं, उसे सेवा कैसे बना सकते हैं?

अध्याय 12

'ए से ज़ेड' की वारकरी यात्रा

स्वयं पर लौटने का उत्सव

संत ज्ञानेश्वर ने जन-जन को भक्ति के अमृत से भिगोने के लिए तीर्थ यात्राएँ शुरू की, जिन्हें वारकरी यात्रा कहा जाता है। वारकरी यात्रा महाराष्ट्र प्रांत की संस्कृति का अभिन्न अंग है जो सैकड़ों वर्षों से नियमित रूप से चली आ रही है। 'वारकरी' शब्द दो शब्दों से मिलकर बना है। वारी का अर्थ है परिक्रमा और करी का अर्थ है करनेवाला। इस यात्रा में सहभागी हुए भक्तों को वारकरी कहा जाता है। वारकरी अपने-अपने गाँव से उस स्थान के प्रमुख संत की पालकी लेकर पंढरपुर की ओर पैदल ही चल पड़ते हैं। नाचते-झूमते, भजन-अभंग गाते, विट्ठल-विट्ठल जपते हुए... वे भक्ति भाव में डूबकर पद यात्रा करते हैं। पंढरपुर पहुँचकर वे भगवान विट्ठल की परिक्रमा और आराधना करते हैं।

पुणे के पास स्थित आलंदी क्षेत्र से संत ज्ञानेश्वर महाराज की पालकी लाखों वारकरी भक्तों के साथ चलती है। इसी तरह पैठण क्षेत्र से संत एकनाथ महाराज, देहू गाँव से संत तुकाराम, जलगाँव से मुक्ताबाई, सातारा से समर्थ रामदास महाराज आदि संतों की पालकियाँ चलती हैं। ये सभी महाराष्ट्र के प्रमुख संत हैं, जिन्होंने लोगों में ईश्वर भक्ति का प्रचार-प्रसार किया, जातिगत् भेदभाव का विरोध कर सभी को प्रेम, भक्ति और मानव धर्म का पाठ पढ़ाया।

यह तो बाहरी जगत की वारकरी यात्रा के बारे में बात हुई। मगर वास्तव में

वारकरी यात्रा एक आंतरिक यात्रा है, जिसे किए बिना बाहरी यात्रा के कोई मायने नहीं हैं। बिना आंतरिक यात्रा के बाहरी यात्रा मात्र एक कर्मकाण्ड और टाइम पास है। आंतरिक वारकरी यात्रा क्या है, यह कहाँ से शुरू होती है और कहाँ जाकर रुकती है, वास्तव में इसे कहाँ पहुँचना चाहिए, इसकी वास्तविक मंज़िल क्या है? आइए, इन सभी सवालों के जवाब जानने की यात्रा शुरू करते हैं।

वारकारी – 'ए से लेकर ज़ेड' तक की यात्रा

संत ज्ञानेश्वर वारकरी संप्रदाय के प्रमुख संत थे, हैं और रहेंगे। उन्होंने जो वारकरी यात्रा की, वह वास्तव में 'ए से लेकर ज़ेड' तक की यात्रा थी। इस यात्रा के बीच में 'पी' पर एक हॉल्ट (रुकने का स्थान) था। यहाँ 'ए' का अर्थ है आलंदी। अर्थात आलंदी से आनंद यात्रा शुरू होनी चाहिए। बीच का हॉल्ट है 'पी' यानी पंढरपुर। भक्ति का रास्ता भक्तों को पंढरपुर तक तो पहुँचाता है मगर अधिकतर भक्त अपनी यात्रा को इसी हॉल्ट पर पूरा मानकर समाप्त कर देते हैं।संत ज्ञानेश्वर पंढरपुर पहुँचकर रुक नहीं गए थे। उनकी यात्रा जारी थी क्योंकि वे जानते थे कि उन्हें जेड पर पहुँचना है। वारकारी यात्रा या अन्य किसी भी धार्मिक कृत्य का असली उद्‌देश्य यही होना चाहिए- ज़ेड तक पहुँचना। यहाँ पर 'ज़ेड' का अर्थ है ज़ीरो (शून्य) अवस्था। वास्तव में यात्रा की मंज़िल पंढरपुर नहीं बल्कि उससे भी कहीं आगे शून्यपुरी (स्वअनुभव की समाधि अवस्था) है।

आलंदी से आनंद यात्रा

यात्रा की शुरुआत होना भी बहुत बड़ी बात है क्योंकि जो यात्रा आरंभ करता है, वही मंज़िल पर पहुँचने की संभावना रखता है। लोग अलग-अलग वजहों से वारकरी यात्रा यानी भक्ति की यात्रा आरंभ करते हैं। कुछ दुनिया के दुःख-दर्द से ऊबकर करते हैं। कुछ दुःख-परेशानियों से राहत पाने के लिए करते हैं। क्योंकि जब दुनिया के सारे विकल्प बंद हो जाते हैं तब ईश्वर का द्वार ही नज़र आता है, जहाँ से कुछ समाधान, राहत मिलने की संभावना रहती है।

कुछ लोग महज़ सांसारिक जिम्मेदारियों से बचने के लिए ही यात्रा में शामिल होते हैं। ऐसे लोग यात्रा से असली लाभ नहीं ले पाते। उनके लिए वह महज़ टाइम पास बनकर रह जाता है।

जिस यात्रा के अंत में हीरे (स्वअनुभव) मिलने थे, उसके बीच रास्ते से वे खाली जेब लेकर ही लौटते हैं। कुछ लोग ऐसे भी होते हैं, जिन्हें वाकई सत्य की

प्यास होती है, सत्य से प्रेम होता है। जो अपनी आनंद यात्रा यह कहकर ही शुरू करते हैं– 'हे ईश्वर, अब तुमसे कम कुछ भी नहीं चाहिए।' ऐसे लोग पंढरपुर पहुँचकर रुक नहीं जाते, वहाँ से वापस नहीं लौट आते बल्कि आगे यात्रा जारी रखते हैं – संत ज्ञानेश्वर की तरह, गुरु नानक, बुद्ध, मीरा की तरह।

यात्रा की मंज़िल है शून्यपुरी – शून्य अवस्था

परम चेतना, सेल्फ अथवा अनुभव की मूल अवस्था शून्य (निराकार) है। इसे सर्वव्यापक, अनादि, अनंत, निःशब्द, अद्वैत (जहाँ कोई दूसरा नहीं है) एवं अव्यक्त भी कहा गया है। इस अवस्था को 'सेल्फ एॅट रेस्ट', 'आराम अवस्था' या 'महासमाधि अवस्था' भी कहा जा सकता है। क्योंकि यह वह अवस्था है जब अनुभव ने स्वयं को प्रकृति या माया के द्वारा प्रकट नहीं किया था। जब कुछ नहीं था। बस वही था, जो कुछ नहीं होकर भी सब कुछ है। यह हर अवस्था से पूर्व की अवस्था है। इस अवस्था को बताया या समझाया नहीं जा सकता। इस अनुभव की अवस्था को तो बस अनुभव करके ही महसूस किया जा सकता है।

इसी अनुभव को अनुभव करने के लिए इसके साथ एक शरीर जोड़ा गया। दूसरे शब्दों में कहें तो अनुभव ने स्वयं का अनुभव करने के लिए एक माध्यम 'शरीर' खड़ा किया। इसे यूँ समझिए, मान लीजिए आप स्वयं को देखना चाहते हैं तो कैसे देखेंगे? आँख स्वयं को कैसे देखे? इसके लिए उसे कोई माध्यम चाहिए जैसे आइना या अन्य कोई माध्यम, जिसमें वह स्वयं का प्रतिबिंब देख पाए। आँख तो पहले भी थी मगर उसने उस माध्यम के द्वारा खुद को देखा, महसूस किया। देखकर अपनी सराहना की, अपने बारे में जाना।

यदि अनुभव के पास शरीर रूपी आइना नहीं रखा गया होता तो अनुभव, अनुभव का अनुभव नहीं कर पाता। अनुभव, अनुभव का अनुभव करे, इसके लिए शरीर साथ रखना कितना आवश्यक है! मगर हम तो शरीर में घुस जाते हैं, शरीर ही बन जाते हैं या खुद को शरीर मान लेते हैं। यदि सही ज्ञान न मिले, वास्तविकता जानने का कोई प्रयास ही न किया जाए तो इंसान की सारी जिंदगी इसी भ्रम में निकल जाती है कि वह शरीर है। उसकी सारी सोच, क्रियाएँ और निर्णय इसी मूल विचार के इर्द-गिर्द होते हैं कि वह शरीर है।

सही गुरु मिलने पर ही सही मायने में वारकरी यात्रा शुरू होती है। आप ध्यान में बैठकर सत्य की झलक पाते हैं, अनुभव करते हैं कि आप शरीर नहीं बल्कि शरीर से अलग हैं। आप उसमें रहते हैं, उसे चलाते हैं, ठीक ऐसे ही जैसे एक ड्राईवर गाड़ी

चलाता है मगर वह खुद को गाड़ी नहीं समझने लगता। इस सत्य का अनुभव होता है तो जीवन महाजीवन बनता है। जैसे-जैसे यह सत्य आप अनुभव से जानने लगते हैं तो दृढ़ता बढ़ने लगती है। फिर आप उसी अवस्था से जीवन जीना शुरू करते हैं। आपके विचार, निर्णय, क्रियाएँ सभी उसी अनुभव की अवस्था से होने लगती हैं। यही वह ज़ेड अवस्था, ज़ीरो अवस्था, शून्य अवस्था है, जो हर अवस्था से पूर्व की अवस्था है। यह बुद्धि के पार की बात है। अनुभव किए बिना इसे नहीं समझा जा सकता।

बीच का हॉल्ट–पंढरपुर

जिस अनुभव को न शब्दों में बताया जा सकता है, न समझाया जा सकता है कि उसे पाने के बाद कौन सी अवस्था आएगी, उसके लिए लोगों को प्रेरित कैसे किया जाए? लोगों को आगे बढ़ने की प्रेरणा कैसे मिले? हालाँकि शून्य की तरफ़ जाना हर इंसान का मूल लक्ष्य है। मगर जिसे न देखा जा सकता है और न ही उसकी कल्पना की जा सकती है, उसकी ओर जाने के लिए यात्रा पहेली बन जाती है।

इसीलिए यात्रा में ऐसा लक्ष्य रखा जाता है जो दिखाई दे, आगे बढ़ने के लिए हमें प्रेरित भी कर पाए...। यही बीच का लक्ष्य या हॉल्ट है पंढरपुर। लोग कुछ लक्ष्य लेकर यात्रा आरंभ करते हैं जैसे, दुःख से मुक्ति, सुख की प्राप्ति, कोई राहत, जिज्ञासा या उत्सुकता आदि। मगर जब वे पंढरपुर पहुँचते हैं यानी लक्ष्य पा लेते हैं तब उनकी आगे बढ़ने की चाह धीमी पड़ जाती है। सत्य के सच्चे प्रेमी ही इस हॉल्ट (पड़ाव) से आगे बढ़ना जारी रखते हैं।

कई बार लोग ध्यान में कुछ अनुभव प्राप्त करते हैं, उन्हें कुछ अलौकिक झलकियाँ मिलती हैं तो फिर उनका ध्यान में बैठना बंद हो जाता है। वे उस झलक से ही इतना ख़ुश हो जाते हैं कि उन्हें लगता है उन्होंने संपूर्ण अनुभव पा लिया, अब आगे कुछ करने की ज़रूरत ही नहीं। ऐसी अवस्था को, जहाँ कुछ झलक मिलनी शुरू होती है, सतोरी अवस्था कहा गया है। यही है यात्रा का हॉल्ट, जो अति सुंदर है। इस अवस्था में आने के बाद अधिकांश लोगों के साथ यह होता है कि उनकी वृत्तियाँ उनको वापस नीचे खींचकर माया में उलझा सकती हैं।

यात्रा में खबरदारी रखें

मान लीजिए, एक सात फ़ीट ऊँची दीवार है। कोई उस दीवार का ऊपरी हिस्सा हाथों से पकड़कर ऊपर उठता है और दीवार की दूसरी तरफ़ देखता है। उसको दूसरी तरफ़

की एक झलक मिलती है। वह दीवार के पार जाना चाहता भी है मगर उसके हाथों में इतनी ताक़त नहीं है। अतः वह वापस दीवार से नीचे आ जाता है। वह पूरा बल लगाकर ऊपर तो उठता है, दीवार के उस तरफ़ झाँकता भी है मगर कुछ ही पलों में वापस नीचे आ जाता है।

अब वह दीवार के इस तरफ़ के लोगों को बता रहा है कि 'मुझे ऐसा विलक्षण अनुभव हुआ... आत्मानुभव ऐसा-ऐसा होता है...।' ताक़त की कमी के कारण वह दीवार के उस तरफ़ नहीं जा पाता। ताक़त बढ़ाने के लिए उसे व्यायाम करना था। मन, बुद्धि और शरीर को प्रशिक्षित करना था मगर उसने वह सब नहीं किया क्योंकि अनुभव की झलक मिलने के बाद जो कुछ पाने की, जानने की चाह थी, वह मंद पड़ गई। कुछ राहत मिल गई।

जिन लोगों को उसने अपने अनुभव बताए, वे उसकी तारीफ़ करने लगे, उसे महान समझने लगे क्योंकि उनके लिए तो ऐसे अनुभव पाना बहुत बड़ी बात थी। जिसका परिणाम यह हुआ कि अपनी वृत्तियों पर उसने काम नहीं किया, उल्टा उसका अहंकार भी बढ़ने लगा। ऐसे लोगों की यात्रा न सिर्फ रुक जाती है बल्कि वे यात्रा में उल्टा चलना भी शुरू कर देते हैं या ग़लत दिशा में चल पड़ते हैं।

ऐसी स्थिति में गुरु महत्त्वपूर्ण भूमिका निभाते हैं। जब आगे कुछ नज़र नहीं आ रहा होता और जो मिला है, मन वहीं रुकने को कहता है तब सिर्फ गुरु ही सही रास्ता दिखा सकते हैं। वे आपको बताते हैं कि 'तुम अटक गए हो... आगे बढ़ो... अंतिम लक्ष्य अभी आगे है...। इसीलिए गुरु पर श्रद्धा और अटूट विश्वास होना बहुत आवश्यक है। गुरु की बात सही न लगते हुए भी उसे सही मानना और अभ्यास जारी रखना, इसके लिए श्रद्धा, विश्वास और समर्पण चाहिए।

मनन सवाल

1. क्या आप संत ज्ञानेश्वर के संग 'ए से ज़ेड' की वारकरी यात्रा करने को तैयार हैं?
2. कहीं आपकी यात्रा हॉल्ट को ही मंज़िल मानकर रुकी हुई तो नहीं है?
3. क्या आप अपनी यात्रा में आई रुकावटों को समझकर उन पर गुरु से मार्गदर्शन लेते हैं?

अध्याय 13

शक्ति से भक्ति की ओर
चांगदेव का समर्पण

आपके लिए एक सवाल है – आपको शक्ति और भक्ति में से क्या ज्यादा आकर्षित करता है? यदि आपका जवाब 'शक्ति' है तो यह अध्याय आपको इस सवाल का सही जवाब खोजने में मदद करेगा। अब तक आप माया में रहते हुए शक्ति को ही महत्त्वपूर्ण मानते आए हैं लेकिन यदि आप संत ज्ञानेश्वर जैसा निःस्वार्थ और स्वअनुभव पर स्थापित महाजीवन जीना चाहते हैं तो आपको अपना नज़रिया बदलना होगा। आपके जीवन में शक्ति, भक्ति के लिए काम आनी चाहिए, शक्ति पाने के लिए भक्ति नहीं होनी चाहिए। भक्ति का महत्त्व हमेशा शक्ति से अधिक होना चाहिए और शक्ति का उपयोग केवल ईश्वरीय अभिव्यक्तियों और भक्ति को बढ़ाने के लिए होना चाहिए। आइए, अब इसी बात को महायोगी सिद्धपुरुष चांगदेव की कहानी के माध्यम से समझते हैं।

चांगदेव और संत ज्ञानेश्वर

चांगदेव अपने समय के एक महान सिद्ध योगी थे। उनकी आयु सौ साल से ज्यादा थी[1]। अपनी योग साधना के बल पर उन्होंने शारीरिक मृत्यु पर विजय प्राप्त कर ली थी। उनके पास अनेकों सिद्धियाँ थीं। उनके हज़ारों शिष्य थे। उनके समय में उनके जैसा कोई साधक नहीं था और इस बात का उन्हें अहंकार भी था।

---

[1] कुछ लोगों ने इसे 1400 साल बताया है।

चांगदेव को अधिकांश विद्याओं का ज्ञान हो चुका था परंतु उन्हें स्वअनुभव करानेवाला गुरु अब तक नहीं मिला था। इसलिए उनका पूरा ध्यान अपनी तपसिद्धि के चमत्कार दिखाकर शिष्यों की संख्या बढ़ाने में ही लगा रहता था। यह बात वे समझ ही नहीं पाए कि लोगों को बेवजह चमत्कार दिखाकर शक्ति प्रदर्शन करने का कार्य अहंकार को बढ़ावा देता है। यह अहंकार ही भक्ति एवं स्वअनुभव की प्राप्ति में सबसे बड़ी बाधा बनता है। धीरे-धीरे उन तक संत ज्ञानेश्वर की कीर्ति पहुँचने लगी। उनके शिष्यों ने उन्हें बताया कि 'कैसे एक किशोरवय लड़का ज्ञानदेव साधारण भाषा में लोगों को परमज्ञान दे रहा है, उनमें भक्ति जागृत कर रहा है। लोगों को उसकी संगति ही परम आनंद देती है। जिससे लोगों में न कोई इच्छा शेष रहती है, न ही दुःख-दर्द शेष रहते हैं। वह जन-जन में ज्ञान और आनंद का ऐसा अमृत बहा रहा है, जिसके सामने सिद्धियाँ और चमत्कार भी फीके हैं।'

एक किशोरवय लड़के की ऐसी प्रशंसा सुनकर चांगदेव का अभिमान जाग उठा। वे संत ज्ञानेश्वर से मिलने के लिए और उस पर अपनी श्रेष्ठता सिद्ध करने हेतु उतावले हो उठे। उन्होंने सोचा क्यों न पहले ज्ञानेश्वर को एक पत्र लिखा जाए। उन्होंने कोशिश की मगर असफल रहे। क्योंकि उन्हें न कोई संबोधन समझ आ रहा था, न ही यह समझ आ रहा था कि क्या लिखा जाए। इसी उधेड़ बुन में आखिरकार एक कोरा पत्र ही संत ज्ञानेश्वर को अपने शिष्य के हाथों पहुँचवा दिया।

संत ज्ञानेश्वर चांगदेव का कोरा पत्र देखकर मुस्करा उठे। उन्होंने वह पत्र अपने भाई-बहन को दिखलाया। पत्र देखकर मुक्ताबाई चांगदेव के संदेशवाहक शिष्य से हँसकर कहने लगी, 'वाह, सौ साल से भी ज्यादा तपस्या करने पर भी तुम्हारे योगी महाराज कोरे के कोरे ही रहे।' संत ज्ञानेश्वर ने उस कोरे कागज़ पर 65 ओवियों के रूप में अध्यात्म की कुछ गूढ़ बातें लिखकर चांगदेव को वापस भेजी। उनके लिखे इस जवाब को 'चांगदेव पासष्ठी' कहा जाता है, जो आज भी उपलब्ध है। लोग ज्ञानेश्वरी के साथ-साथ इसका भी पठन-अध्ययन करते हैं।

निवृत्तिनाथ ने चांगदेव के शिष्य से कहा, 'हमारे मन में महायोगी राज चांगदेव के प्रति अगाध श्रद्धा एवं प्रेम है। यदि वे उचित समझें तो यहाँ आकर हमारा आतिथ्य स्वीकार करें और हमें दर्शन देकर कृतार्थ करें।' संत ज्ञानेश्वर का जवाब पढ़कर चांगदेव को समझ में आ गया कि यह लड़का कोई मामूली भक्त या साधु नहीं है। साथ ही मुक्ताबाई का व्यंग्य सुनकर और निवृत्तिनाथ का विनम्र निवेदन सुनकर चांगदेव के मन में इन सभी से मिलने की उत्सुकता जागने लगी। उन्होंने निवृत्तिनाथ का प्रस्ताव स्वीकार कर लिया।

जिस इंसान के अंदर अहंकार होता है, वह उसके कर्मों में दिखाई देता है। चांगदेव के मन में भी अपनी सिद्धियों और शक्तियों का अहंकार था। उनके प्रदर्शन हेतु वे संत ज्ञानेश्वर से मिलने बड़ी धूम-धाम से निकले। उनके साथ उनके सैकड़ों शिष्य थे, जो उनके नाम का उद्घोष करते चल रहे थे। चांगदेव शेर पर सवार थे। शेर की लगाम के रूप में उनके हाथ में भयानक साँप था। यह दृश्य देखकर सीधे-सादे गाँववाले हतप्रभ रह गए।

चांगदेव के भव्य प्रदर्शन के विपरीत संत ज्ञानेश्वर और उनके भाई-बहन अपनी टूटी-फूटी कुटिया की एक दीवार पर बैठे हुए थे। उनके अंदर न तो अपने ज्ञान का अभिमान था, न ही अभावों को लेकर कोई हीनता थी। वे चारों तो अभिमान और हीनता के भावों से परे हो चुके थे और हर हाल में आनंदित रहने की कला सीख चुके थे।

जब उन्होंने चांगदेव के आगमन की बात सुनी तो वे सोच में पड़ गए कि हमारे पास न कोई उपयुक्त सवारी है, न ही कोई अन्य साधन है, जिससे चांगदेव जैसे महान योगीराज की अगुआई (आव-भगत) की जाए। फिर संत ज्ञानेश्वर ने सोचा, 'चलो इसी दीवार पर बैठकर चला जाए।' ऐसा सोचकर उन्होंने दीवार को चलने का आदेश दिया। आदेश पाते ही दीवार चलने लगी।

चांगदेव ने जब उन चारों भाई-बहन को दीवार पर आते हुए देखा तो वे आश्चर्य में पड़ गए। उनका संत ज्ञानेश्वर से श्रेष्ठ होने का और योग विद्या में प्रवीण होने का भाव पिघल गया। वे सोचने लगे, 'मैं तो शेर, साँपों जैसे जीवित जीवों पर ही अधिकार कर पाया मगर इन्होंने तो निर्जीव वस्तुओं पर भी अधिकार किया हुआ है। इसके बावजूद ज़रा भी अभिमान नहीं है।'

चांगदेव संत ज्ञानेश्वर के इस अहंकार रहित सरल-सहज स्वभाव और ज्ञान से बड़े प्रभावित हुए। वे संत ज्ञानेश्वर के सामने झुक गए और उनसे विनती करने लगे कि 'वे उन्हें अपने शिष्य के रूप में स्वीकार कर लें।' संत ज्ञानेश्वर ने चांगदेव की विनती स्वीकार की और उन्हें अपना शिष्य बना लिया। संत ज्ञानेश्वर ने उन्हें सिखाया कि योग न तो सिद्धियाँ प्राप्त कर अहंकार बढ़ाने के लिए है, न ही शरीर को अमर बनाने के लिए है। यह तो अहंकार को शून्य कर परमतत्त्व को पाने के लिए है। इसका उद्देश्य कुछ बनना नहीं बल्कि कुछ न होकर रह जाना है। अपने 'मैं' और 'अलग' होने के अहंकार को मिटाकर परमतत्त्व के साथ एक हो जाना ही 'योग' है। चांगदेव ने उनका शिष्य बनकर योग साधना का असली अर्थ समझा।

चेतना का अंतर कैसे दिखे?

जैसा कि पहले भी कहा जा चुका है, महापुरुषों से जुड़ी कहानियों को ज्यादा प्रभावी बनाने के लिए उनमें असंभव सी दिखनेवाली बातों और प्रतीकों को जोड़ा जाता है ताकि वह सुननेवाले पर ज्यादा असर डाले और लोग गहरी बातों को समझ भी पाएँ। इस कहानी में भी ऐसा ही हुआ है। चांगदेव भी महान सिद्ध योगी थे और संत ज्ञानेश्वर भी, मगर दोनों की चेतना में अंतर था। संत ज्ञानेश्वर स्वअनुभव पर स्थापित हो चुके थे, जबकि चांगदेव अभी स्वअनुभव पर स्थापित नहीं हुए थे। तो अब दोनों की चेतना का अंतर कहानी में कैसे दिखाया जाए? इस अंतर को दिखाने के लिए प्रतीक के रूप में उनकी सवारियों का प्रयोग किया गया।

सभी जड़ और जीवों में इंसान की चेतना सबसे ऊपर होती है। उसमें जानवरों के मुकाबले सोचने-समझने की अधिक क्षमता होती है। जानवरों की चेतना इंसानों से निम्न होती है। सबसे निम्न या कहें नहीं के बराबर चेतना जड़ वस्तुओं की मानी जाती है। उच्चतम से निम्नतम चेतना के सारे स्तर इंसानों में देखने को मिलते हैं। आत्मसाक्षात्कारी इंसान चेतना की उच्चतम अवस्था पर होता है। किसी इंसान की ग़लत सोच या कर्म देखकर आप कहते हैं कि 'यह इंसान तो जानवर के बराबर है या जानवरों से भी बदतर है... जैसे कोई अपराधी या हत्यारा...।' अर्थात शरीर चाहे इंस-ान का हो मगर चेतना के हिसाब से वह जानवर है। बिलकुल ही मूढ़, तमोगुणी इंसान को जड़ या पत्थर कहा जा सकता है क्योंकि उसकी चेतना उसी के हिसाब की होती है।

एक इंसान जितना उच्च चेतना पर होता है, वह उतना ही निम्न चेतनावाले इंसान के साथ संवाद स्थापित कर सकता है, उसे सही मार्ग दिखा सकता है। संसार में ऐसे कितने ही संत, महात्मा हुए हैं, जिनके संपर्क में आकर, जिनकी शिक्षाओं, स्पर्श मात्र या करुणाभरी दृष्टि से ही समानेवाले निम्न चेतना के इंसान का हृदय परिवर्तन हो गया। वह सकारात्मक बना, सत्य का खोजी बना। बुद्ध की चेतना ने अनेकों निम्न चेतना के लोगों को सही राह दिखाई।

कहानी में दिखाया गया है कि चांगदेव ने शेर को अपने वश में कर रखा था अर्थात उनकी चेतना इतनी थी कि वे जानवर जैसी चेतना वाले इंसान पर भी अपना प्रभाव डाल सकते थे, उसे अपनी आज्ञा पर चला सकते थे। मगर संत ज्ञानेश्वर ने दीवार को अपने वश में किया। अर्थात उनकी चेतना इतनी उच्च थी कि वे एक निम्नतम से निम्नतम चेतना वाले इंसान को भी अपने प्रभाव में ले सकते थे। उसे सही राह पर चलने हेतु प्रेरित कर सकते थे। अतः उन्होंने अपने अल्प जीवन में ऐसा ही किया।

साधारण, भोले-भाले, ज्ञान का एक शब्द न समझनेवाले लोगों में भी सत्य का प्रकाश फैलाया, यही उनकी सबसे बड़ी अभिव्यक्ति थी। संत ज्ञानेश्वर ने जानवर समान चेतना के लोगों से भी वेद बुलवाए और दीवार समान चेतना के लोगों को भी सत्य की राह पर चलाया। उनसे जुड़कर तमोगुणी, हिंसक, जड़ बुद्धिवाले लोगों की भी चेतना बढ़ी। चांगदेव भी उनसे मिलकर उनका लोहा मान गए।

अहंकार की नहीं, दीवार की सवारी करें

इस कहानी में शेर, साँप और दीवार के माध्यम से कुछ और संकेत भी दिए गए हैं। चांगदेव शेर पर सवार होकर, हाथ में भयानक सर्प लेकर आए थे या नहीं मगर ऐसा वर्णन यह अवश्य दिखाता है कि वे अपनी शक्तियों और सिद्धियों के अहंकार में चूर थे। उनका यह भव्य प्रदर्शन एक संत की गरिमा के अनुकूल नहीं था। वे सिद्ध और शक्तिशाली तो थे मगर अभी उस परम अवस्था से दूर थे, जहाँ ऐसे किसी प्रदर्शन की कोई आवश्यकता नहीं रह जाती।

शेर प्रतीक है शक्ति का और सर्प प्रतीक है मृत्यु का। हाथ में सर्प लेकर चलने का मतलब है कि उन्होंने मृत्यु पर विजय पा ली थी। हालाँकि यह उनका भ्रम ही था। क्योंकि उन्होंने शरीर की लंबी उम्र पा ली थी, जो उनके अहंकार का एक कारण था। मृत्यु का असली अर्थ है – अहंकार की मृत्यु। जब इंसान इस सत्य को जान जाता है कि 'वह शरीर नहीं है बल्कि एक परम चैतन्य (सेल्फ) है और किसी से अलग नहीं है' तो ही उसकी मृत्यु पर असली विजय होती है। शेर की सवारी करना दिखाता है कि उनकी साधना शक्तियों और सिद्धियाँ पाने तक ही सीमित थी, वे उससे आगे नहीं बढ़ पाए थे।

वहीं दूसरी ओर संत ज्ञानेश्वर और उनके भाई-बहन दीवार पर बैठकर आए। यहाँ पर मनन करने योग्य बात है कि 'दीवार' की सवारी का क्या अर्थ है, दीवार किस चीज़ का प्रतीक है? दीवार प्रतीक है स्थायित्व और मज़बूती का। जो हर अवस्था में, मान हो या सम्मान, सिद्धियाँ हों या न हों, सफलता मिले या न मिले, जीवन में भले ही आँधी-तूफ़ान आए... वह हर हाल में स्थिर रहे। संत ज्ञानेश्वर और उनके भाई-बहन ने पूरा जीवन ऐसी ही स्थिरता के साथ बिताया।

दीवार की मज़बूती निर्भर करती है उसकी नींव पर। जितनी मज़बूत नींव होगी, उतनी ही मज़बूत दीवार होगी। इन चारों भाई-बहन के जीवन का आधार भी ऐसी ही मज़बूत नींव थी। उनकी नींव ज्ञान और भक्ति की नींव थी। इसी मज़बूत नींव के सहारे वे समाज की विसंगतियों का विरोध कर अटल खड़े रहे। उनकी जगह

कोई और कमजोर नींववाला इंसान होता तो दुःखों और कष्टों के सामने कब का ढह गया होता। दीवार का तीसरा और सबसे महत्त्वपूर्ण गुण है, भले ही वह कितनी भी ऊँची हो जाए, कितनी ही सुंदर आकर्षक बने मगर वह अपना आधार, अपना स्रोत नहीं छोड़ती। वह जमीन से जुड़ी रहती है। जो इंसान अपने स्रोत से जुड़कर रहता है, वह जीवन में उच्चतम अभिव्यक्ति करता है। वह अहंकार की नहीं बल्कि सत्य और मानवता की सेवा करता है। जैसे संत ज्ञानेश्वर, कबीर और गुरुनानक ने की...।

चांगदेव भले ही इन भक्तों के आगे योगबल और सिद्धियों में ज्यादा प्रवीण थे मगर वे अपने स्रोत से जुड़ नहीं पाए थे। कबीर एक साधारण बुनकर होते हुए भी उच्चतम अभिव्यक्ति कर पाए। संत रैदास जूते बनानेवाले साधारण कारीगर थे मगर वे अपने स्रोत पर स्थिर थे। महान कृष्ण भक्त मीरा उनकी शिष्या बनी और उनके दिए ज्ञान के कारण मीरा ने आत्मसाक्षात्कार की अवस्था प्राप्त की।

कहने का तात्पर्य – एक भक्त की दीवार जैसी अवस्था बनी रहनी चाहिए। उसकी ज्ञान और भक्ति की नींव मज़बूत होनी चाहिए, उसमें स्थायित्व होना चाहिए और वह हर हाल में अपने स्रोत से जुड़ा होना चाहिए। संत ज्ञानेश्वर और उनके भाई-बहन की इसी अवस्था को दीवार की सवारी के रूप में दिखाया गया। जबकि चांगदेव के शक्ति और सिद्धि के अहंकार को शेर की सवारी के रूप में दिखाया गया।

शक्ति को सँभालना सीखें

ऐसा नहीं है कि शक्ति होना बुरी बात है। लेकिन इंसान के पास शक्तियों को सँभालने और उनका सही उपयोग करने की समझ भी होनी चाहिए। किसी अज्ञानी को यदि शक्तियाँ मिल जाएँ तो वह अपना एवं दूसरों का नुकसान भी कर सकता है। संत ज्ञानेश्वर से मिलने से पहले चांगदेव को आध्यात्म का मूल लक्ष्य पता ही नहीं था। वे सिद्धियाँ पाने और शरीर की मृत्यु पर विजय पाने को ही अध्यात्म मान बैठे थे और यही अपने शिष्यों को भी सिखा रहे थे। इस तरह उनसे जाने-अनजाने न जाने कितने सत्य के प्यासे लोगों का नुकसान हो रहा था।

शक्ति तभी लाभ देती है जब इंसान के पास शक्ति के सही उपयोग की समझ हो। चांगदेव जैसी शक्तियाँ निवृत्तिनाथ और संत ज्ञानेश्वर के पास भी थीं लेकिन उन्होंने कभी उन शक्तियों का दुरुपयोग नहीं किया। उनकी शक्तियों ने हमेशा भक्ति की ही सेवा की। यदि कभी शक्ति प्रदर्शन किया भी तो लोक कल्याण के ही लिए किया, स्वार्थ के लिए नहीं।

आज के दौर में शक्तिहीन लोगों को शक्ति अर्जित करने के लिए कहा जाता है। जैसे युवा लड़कों को अपने अंदर गुण विकसित करने, शक्ति और बुद्धि बढ़ाने के लिए कहा जाता है क्योंकि यह वर्तमान समय की आवश्यकता है। मगर शक्ति अर्जित करने के साथ-साथ युवाओं को यह भी बताया जाना चाहिए कि शक्ति को कैसे सँभालकर उसका सदुपयोग करना है।

सेल्फ अहंकार की बलि चाहता है

अहंकार समर्पण के बाद चांगदेव सदैव संत ज्ञानेश्वर के साथ ही रहने लगे। चारों बहन-भाइयों की संगत में वे भक्ति रंग में रंगते जा रहे थे और स्वअनुभव पाने की दिशा में अग्रसर हो रहे थे। उनकी सभी महत्त्वाकांक्षाएँ, सिद्धियों का प्रदर्शन करने की इच्छाएँ विलीन हो गई थीं। चांगदेव अब अपनी उस शिष्य मंडली से मुक्त होना चाहते थे, जो कभी उन्होंने अपना अहंकार बढ़ाने हेतु बनाई थी, अब वह उन्हें व्यर्थ महसूस हो रही थी। संत ज्ञानेश्वर ने चांगदेव के मन की यह बात जान ली और एक योजना बनाई। चांगदेव को संत ज्ञानेश्वर द्वारा लिखे पैंसठ ओवियों के पत्र का अर्थ समझ में नहीं आया था। वे बार-बार उनसे अर्थ पूछते थे मगर संत ज्ञानेश्वर नहीं बताते थे। दरअसल वे तो उनकी आध्यात्मिक तैयारी की परीक्षा ले रहे थे।

एक दिन संत ज्ञानेश्वर ने चांगदेव से कहा, 'उन पैंसठ ओविओं का अर्थ हम आपको तभी बताएँगे, जब आप अपने किसी एक शिष्य की बलि चढ़ाएँगे।' यह सुनकर चांगदेव तुरंत अपने सभी शिष्यों के पास गए और कहा, 'मुझे आपमें से किसी एक की बलि चढ़ाने की आवश्यकता है। तो बताइए कौन अपने गुरु की खातिर स्वयं की बलि देने के लिए तैयार है? जो तैयार है, वह हमसे आकर मिले।'

अपने गुरु से यह घोषणा सुनते ही सभी शिष्यों में हड़बड़ाहट फैल गई। उस समय चांगदेव के सामने कोई नहीं आया बल्कि धीरे-धीरे उनके सभी शिष्य ग़ायब होने लगे। चांगदेव के पास रहनेवाले सभी लोग उनकी विद्याओं से कुछ न कुछ लाभ ही चाहते थे। जैसे कुछ शिष्य अपनी समस्याएँ दूर करना चाहते थे... कुछ सिद्धियों की चाहत रखते थे... कुछ लोगों को सुरक्षा चाहिए थी... और कुछ नहीं तो लोगों को उनका शिष्य होने का मान और मुफ़्त का खाना तो मिलता ही था। इसलिए जब बलि देने की बात आई तब ये सब लोभी शिष्य ग़ायब होने लगे और कुछ ही समय में उनका एक भी शिष्य उनके पास नहीं बचा।

यह देखकर चांगदेव को बड़ी निराशा हुई और उन्होंने संत ज्ञानेश्वर से निवेदन किया, 'महाराज, कोई शिष्य बलि के लिए तैयार नहीं हुआ... अतः मैं स्वयं की

बलि देने के लिए तैयार हूँ मगर आप मुझ पर कृपा करें और मुझे उन पैंसठ ओवियों का अर्थ बताकर कृतार्थ करें।' इस पर ज्ञानेश्वर ने हँसकर कहा, 'हमने किसी और की बलि थोड़ी न माँगी थी आपसे! आपको अगर आत्म ज्ञान चाहिए तो स्वयं की ही बलि देनी होगी। अर्थात आपको अपने स्वयं के अलग अस्तित्व की बलि देनी होगी। आपके अंदर जो चांगदेव स्वयं को सभी से अलग मानकर बैठा है, उस अहंकार की बलि देनी होगी। तभी पैंसठ ओवियों का अर्थ आपको स्वअनुभव से समझ में आएगा।' यह सुनकर चांगदेव हर्षित हुए और इस पूरी योजना का उद्देश्य भी समझ गए कि संत ज्ञानेश्वर उन्हें उनकी मिथ्या शिष्य मंडली से मुक्त करना चाहते थे।

गुरु बलि के लिए तैयार करते हैं

एक सच्चा गुरु ही अपने शिष्य से अहंकार की बलि माँग सकता है। वह उसकी 'मैं शरीर हूँ... मैं दूसरों से अलग हूँ... मेरा अलग अस्तित्व है...।' जैसी ग़लत मान्यताओं पर प्रहार करता है। सच्चा गुरु शिष्य को भक्ति की ताक़त से परिचित कराता है, उसे अध्यात्म का सही अर्थ समझाता है और उसे इस तरह से तैयार करता है कि वह सहज ही अपने व्यक्तिगत् 'मैं' की बलि देने को तैयार हो जाए।

जो शिष्य 'मैं' को त्यागने नहीं बल्कि 'मैं' की सेवा करने हेतु अध्यात्म में आते हैं, वे सच्चे गुरु के पास से जल्द ही भाग खड़े होते हैं और कोई ऐसा राहत गुरु खोजते हैं, जहाँ उनके स्वार्थ पूरे हो सकें, उनके अहंकार की सेवा हो सके। संत ज्ञानेश्वर से मिलने से पहले चांगदेव ऐसे ही राहत गुरु थे। वे अपनी सिद्धियों द्वारा शिष्यों के अहंकार को तृप्त करते थे और शिष्य उनके जयकारे करके, उनकी तारीफें करके, झूठी श्रद्धा दिखाकर चांगदेव के अहंकार को संतुष्ट करते थे। मगर जब चांगदेव को सच्चे गुरु का साथ मिला तो उन्हें अपनी ग़लती समझ में आई और उनका 'मैं' स्वयं की बलि देने को तैयार हो गया। स्वयं की बलि देकर भक्ति करने से उन्हें उस आत्मज्ञान की प्राप्ति हुई, जिसे पाने में उसकी समस्त सिद्धियाँ विफल हो गई थीं।

मनन सवाल

1. आपका अध्यात्म से जुड़ने के पीछे क्या मूल लक्ष्य है? शक्ति, सुरक्षा, सिद्धि प्राप्ति अथवा केवल 'स्वअनुभव'?
2. आपकी नज़र शक्ति या भक्ति में से पहले किस पर जाती है? आपको दोनों में से क्या ज्यादा आकर्षित करता है?
3. क्या आप स्वअनुभव पाने के लिए अपने स्वार्थी 'मैं' की बलि देने को तैयार हैं?

अध्याय 14

मृत्यु का मनन उत्सव
संजीवनी महासमाधि

एक 'निःस्वार्थ जीवन' की इससे बड़ी अभिव्यक्ति क्या होगी कि पृथ्वी पर वह जीवन लाखों-करोड़ों लोगों की जाग्रति के लिए निमित्त बने और उस जीवन का अंत भी लोगों को बहुत कुछ सिखा जाए।

संत ज्ञानेश्वर ने लोगों के लिए अपनी देह त्याग की प्रक्रिया को भी मृत्यु का महा-मनन उत्सव बना दिया। उनकी संजीवन समाधि ने मृत्यु के भय में जी रहे सामान्य लोगों को उस अवस्था से परिचित कराया, जहाँ जीवन और मृत्यु का भेद ही खत्म हो जाता है। जहाँ शरीर की मृत्यु भय और अंत का नाम नहीं बल्कि एक नए जीवन की शुरुआत होती है। जहाँ मृत्यु भी जाग्रति का कारण बनती है। आइए, संत ज्ञानेश्वर के इस मृत्यु के महा-मनन उत्सव को गहराई से समझते हैं।

संत ज्ञानेश्वर की महासमाधि

एक बार निवृत्तिनाथ अपनी झोपड़ी में बैठे हुए थे। संत ज्ञानेश्वर पास ही चरणों में लेटे-लेटे बात कर रहे थे। सोपानदेव घर के कामों में मुक्ताबाई का हाथ बँटा रहे थे। संत ज्ञानेश्वर यूँ ही सहज भाव से निवृत्तिनाथ से कहने लगे, 'एक ऐसा विचार आया है कि संजीवनी[1] समाधि ले ली जाए। आप क्या कहते हैं?' निवृत्तिनाथ कुछ नहीं बोले,

---

[1] समाधि की अवस्था में ही देह त्यागना

मौन ही रहे। संत ज्ञानेश्वर ने अपनी बात फिर से दोहराई। कोई जवाब न मिलने पर उन्होंने समाधि की बात नहीं छेड़ी। निवृत्तिनाथ के मौन रहने तथा समाधि का उत्तर न देने पर भी संत ज्ञानेश्वर ख़ुश थे क्योंकि वे जानते थे कि निवृत्तिनाथ का जवाब 'हाँ' नहीं था मगर 'ना' भी नहीं था। दोनों गुरु-शिष्य के बीच वह मौन में हुआ संवाद था।

संत ज्ञानेश्वर को समाधि लेने का विचार अचानक नहीं आया था। इंसान के अंदर उठनेवाले प्रत्येक विचार को कोई अन्य विचार, कोई घटना, कोई दृश्य प्रेरित करता है या वह स्त्रोत से आता है। उन्होंने कहीं न कहीं महसूस किया कि अब तक इस शरीर के साथ सत्य प्रसार का कार्य हुआ, अब इसे त्यागकर, इस कार्य को आगे बढ़ाना है। उनकी महासमाधि लोगों में कहीं अधिक जाग्रति ला सकती है।

संत ज्ञानेश्वर अपनी समाधि का निर्णय स्वयं ले सकते थे मगर उन्होंने गुरु की आज्ञा लेना आवश्यक समझा। गुरु की सहमति के बगैर वे समाधि नहीं लेना चाहते थे। निवृत्तिनाथ ने ज्ञानेश्वर को पहली बार में समाधि के लिए 'हाँ' नहीं कहा, इसका कारण भाई के प्रति मोह या उनकी उम्र का कम होना नहीं था। दरअसल वे दोनों ही सहज समाधि की अवस्था में थे। शरीर रहे या न रहे, उनके लिए कोई फ़र्क नहीं था। इसलिए कुछ दिनों के बाद जब संत ज्ञानेश्वर ने फिर से समाधि लेने का विचार रखा तब निवृत्तिनाथ ने आज्ञा देते हुए कहा, 'ठीक है, जैसी तुम्हारी इच्छा।' निवृत्तिनाथ के अनुसार पहले समाधि के लिए उपयुक्त समय नहीं था। कारण संत ज्ञानेश्वर के शरीर से और भी अभिव्यक्ति होनी थी। उपयुक्त समय आने पर उन्होंने समाधि लेने की अनुमति दे दी। धीरे-धीरे यह खबर चारों और फैल गई कि संत ज्ञानेश्वर संजीवन समाधि लेने जा रहे हैं। उनके भक्तों और शिष्यों को उनके वियोग का विचार सताने लगा। दूर-दूर से सभी लोग संत ज्ञानेश्वर की समाधि से पूर्व दर्शन करने आलंदी आने लगे। आलंदी में पवित्र इंद्रायणी के तीर (तट) पर सिद्धेश्वर का विख्यात प्राचीन मंदिर है। यह विश्वास किया जाता है कि उस शिव मंदिर के नंदी के नीचे एक गुफा है, जिसे संत ज्ञानेश्वर द्वारा समाधि के लिए चुना गया। संत नामदेव के पुत्रों ने उस गुफा को गोबर से लीपकर अच्छी तरह से साफ भी किया। आज भी वह स्थान एक 'अजान वृक्ष' के पास है।

समाधि में बैठने से पूर्व संत ज्ञानेश्वर ने अपने बहन-भाइयों को गले लगाया, संतों को नमस्कार किया। फिर वे अपने गुरु निवृत्तिनाथ की शरण में गए उनके चरण छुए। दोनों भाई और गुरु-शिष्य अंतिम बार गले मिले। उनके समाधिस्थल को शुभ्र वस्त्र के आसन, तुलसी के पत्तों और सुगंधित पुष्पों से सजाया गया। गंगा और अन्य पवित्र नदियों का जल संत ज्ञानेश्वर के ऊपर छिड़का गया। फिर निवृत्तिनाथ हाथ

पकड़कर ज्ञानेश्वर को समाधि स्थल तक ले गए। संत ज्ञानेश्वर आसन पर बैठ गए। उनके सामने ज्ञानेश्वरी रखी गई थी। वहाँ उपस्थित समस्त सज्जनों को तीन बार वंदन करके संत ज्ञानेश्वर समाधि में चले गए। निवृत्तिनाथ ने बाहर आकर समाधि पर शिला रख दी। तब संपूर्ण परिसर में संत ज्ञानेश्वर के नाम का जय-जयकार होने लगा। बाद में नौ दिन श्री सिद्धेश्वर के मंदिर में कीर्तन होते रहे, अभंग गाए गए और दशमी के दिन सभी संतों ने भोजन-समारंभ किया।

इस प्रकार मात्र 21 वर्ष की अल्पायु में संत ज्ञानेश्वर आलंदी में समाधिस्थ हुए। इसके सालभर बाद उनके छोटे भाई सोपानदेव ने सासवड नामक गाँव में समाधि ली। तत्पश्चात मुक्ताबाई मेहूण (मुक्ताईनगर) गाँव में तापी नदी के तट पर समाधिस्थ हुई और सबसे अंत में संत निवृत्तिनाथ ने त्र्यंबकेश्वर में समाधि ली। इस प्रकार चारों बहन-भाइयों ने अपने अल्प जीवनकाल में दिव्य भक्ति और निःस्वार्थ सेवा की उच्चतम अभिव्यक्ति कर, समाधि में रहते हुए ही देह को छोड़ दिया। इन चार दिव्य बालकों के जीवन चरित्र युगों-युगों तक लोगों को भक्ति और निःस्वार्थ सेवा पथ पर चलने की प्रेरणा देते रहेंगे और उनकी समाधि लोगों से मृत्यु पर सकारात्मक मनन करवाती रहेगी।

समाधि का क्या अर्थ है?

संत ज्ञानेश्वर की 'संजीवनी समाधि' पर आगे बात करने से पहले 'समाधि' का अर्थ जानना आवश्यक है। 'समाधि' चेतना की वह उच्चतम अवस्था है, जहाँ अनुभव, अनुभवकर्ता और जिसका अनुभव किया जा रहा है, तीनों का भेद समाप्त हो जाता है। जाननेवाला, जिसे जाना जा रहा है और जानने का बोध तीनों एक हो जाते हैं। जैसे समुंदर से उठी लहर वापस समुंदर में ही विलीन हो जाए और फिर जब भी उठे तो इसी बोध के साथ कि वह समुंदर ही है, लहर नहीं। इस तरह जब एक इंसान अपने अलग होने का भाव छोड़कर, स्वयं के भीतर स्थित परमचेतना (सेल्फ, स्त्रोत) से एकरूप हो जाए और फिर उसी अवस्था से, उसी दृष्टि से जीवन-निर्वाह कर, अभिव्यक्ति करे तो समझिए कि वह समाधि की अवस्था में है। इसी अवस्था को मोक्ष, आत्मबोध, आत्मसाक्षात्कार, पूर्णमुक्ति आदि कहा गया है।

समाधि पर बात चले तो कल्पना में किसी पेड़ के नीचे या शांत जगह पर ध्यान में बैठे साधक का चित्र सामने उभरता है। पर ज़रूरी नहीं कि समाधि में इंसान सिर्फ बैठा ही रहे या बैठकर उठे ही नहीं। समाधि में रहते हुए भी संसार में अभिव्यक्ति की जा सकती है। जैसे जीज़स, बुद्ध, गुरु नानक, कबीर, रैदास, मीरा, संत ज्ञानेश्वर,

विवेकानंद, रमण महर्षि आदि संतों ने की। ऐसे भी अनेक योगी-साधक हुए हैं, जो सालों-साल समाधि की अवस्था में ध्यान मग्न रहे। संसार उनके बारे में कभी जान ही नहीं पाया क्योंकि उन्होंने संसार में आकर कभी अभिव्यक्ति नहीं की। मगर वे समाधि की अवस्था में ही रहकर, अपनी प्रार्थनाओं और शुद्ध, सकारात्मक विचारों के ज़रिए संसार का भला करते रहे। आइए, समाधि के कुछ प्रकार जानें।

जन समाधि : जन-जन के लिए समाधि – नींद

क्या आप जानते हैं – गहरी नींद भी समाधि की ही एक अवस्था है? यह जन समाधि है, जो हर इंसान अनुभव करता है। हर शरीर में सेल्फ, सेल्फ पर जाए यह उसकी ज़रूरत है। इसलिए सेल्फ इंसान को गहरी नींद का अनुभव देता है। गहरी नींद में इंसान समाधि की अवस्था में ही रहता है, जहाँ कोई विचार नहीं होते... 'मैं' का भाव नहीं होता। नींद रूपी समाधि कुदरत का वरदान है, जो सबको मिलता है। कुदरत इंसान को समाधि का स्वाद देती है कि 'चलो, समयातीत अवस्था का स्वाद लो। वह अवस्था जो समय और स्पेस से भी परे है। बेहोशी में ही सही, कुछ समय के लिए तो 'मैं' को छोड़ अपने वास्तविक स्वरूप पर वापस जाओ।'

इसलिए जब भी हम अच्छी और गहरी नींद लेकर उठते हैं तब हमें पता ही नहीं चलता कि कितना समय हुआ, इस दौरान हम कहाँ थे, हमारे विचार कहाँ चले गए थे। हम घड़ी देखकर ही जान पाते हैं कि हम कितने घंटे सोए। आज नींद कम हुई... ज्यादा हुई, घड़ी ही हमारे लिए निर्णय लेती है। अच्छी नींद लेकर हम फ्रेश, तरो-ताज़ा महसूस करते हैं। यदि नींद न हो या कच्ची नींद हो, सपनों में ही घूमते रहे तो हम सोकर भी थके-थके से रहते हैं। स्वप्न या विचारोंवाली नींद समाधि की अवस्था नहीं होती। जब समाधि की यह अवस्था जाग्रत होकर ध्यान में पाई जाए तो वह जाग्रत और समझभरी समाधि कहलाती है, जो बहुत लाभप्रद होती है। वह हमें जाग्रत अवस्था में सेल्फ से जोड़कर, अव्यक्तिगत कार्यों के लिए तैयार करती है।

सविकल्प समाधि

सविकल्प समाधि में समाधि तक पहुँचने के लिए या ध्यान में बैठने के लिए एक विकल्प लिया जाता है। विकल्प यानी एक आधार। वह ध्यान में उतरने का आई-कार्ड या आधार-कार्ड होता है। कुछ लोग बिना आधार-कार्ड (प्रवेश पत्र) के समाधि में नहीं जा सकते क्योंकि अभी नए-नए हैं। अंदर के जगत से उनकी अभी ज्यादा जान-पहचान नहीं हुई इसलिए उन्हें आधार-कार्ड की ज़रूरत पड़ती है।

आधार लेकर लोग ध्यान में जाते हैं। जैसे कोई साँस का आधार लेता है, कोई किसी विधि का आधार लेता है। इसी तरह किसी मंत्र का, संगीत का, काल्पनिक चित्र का या किसी प्रश्न का, जैसे 'मैं कौन हूँ' या 'मैं क्या नहीं हूँ?' आदि आधार लेकर इंसान अंदर की यात्रा शुरू कर समाधि में पहुँचता है। आरंभ में इस प्रकार के विकल्प ध्यान में बैठने के लिए मदद करते हैं क्योंकि बिना आधार के मन कहीं टिकने को तैयार नहीं होता। शरीर बैठने को तैयार नहीं होता। आधार के सहारे मन और शरीर स्थिर हो पाते हैं। विचारों को एक दिशा मिलती है, एकाग्रता बढ़ती है। समाधि का स्वाद मिलता है।

निर्विकल्प समाधि

जब साधक सविकल्प समाधि में पक जाता है तब वह निर्विकल्प समाधि की ओर बढ़ता है। निर्विकल्प समाधि यानी जिस समाधि में किसी विकल्प की या आधार की ज़रूरत ही नहीं रह जाती है। मन और शरीर इतने सध जाते हैं कि आसानी से ध्यान की गहराई में उतरा जा सकता है। यूँ समझिए, समाधि से इतनी जान-पहचान हो चुकी कि अब प्रवेश पत्र दिखाने की ज़रूरत ही नहीं रही। जब मर्ज़ी ध्यान में बैठे और सीधे समाधि में उतर गए।

सहज समाधि

निर्विकल्प समाधि के बाद आती है सहज समाधि। यह समाधि की उच्चतम अवस्था है। सहज समाधि में बैठने की, आँख बंद करने की भी ज़रूरत नहीं होती। साधक चलते-फिरते, उठते-बैठते समाधिस्थ ही है। मानो समाधि में ही उसका घर बन गया। उसी अवस्था में जी रहा है। उदाहरण के लिए संत कबीर कपड़ा बुनते हुए, दोहे गाते हुए और लोगों को ज्ञान देते हुए समाधि में ही थे। भगवान बुद्ध ने भी समाधि में रहते हुए दुःख मुक्ति की अवस्था का प्रचार-प्रसार किया, लोगों को शिक्षाएँ दीं। गुरु नानक ने यात्राएँ कर लोगों में जाग्रति लाने का प्रयास किया।

इसी तरह संत निवृत्तिनाथ भी समाधि में जी रहे थे मगर उनका नाम ज्यादा नहीं लिया जाता। संत ज्ञानेश्वर का नाम अधिक लिया गया है क्योंकि उनकी ज्यादा दिखनेवाली भूमिका थी। साथ ही उन्होंने संजीवनी समाधि ली। हालाँकि उन चारों संत-संतानों के लिए इस बात का महत्त्व नहीं था कि किस का नाम हो रहा है और किस का नहीं। वे सभी जानते थे कि सभी एक ही (सेल्फ) हैं। वे अपनी मौज में थे और अपनी भूमिका अनुसार अभिव्यक्ति कर रहे थे।

समाधि का शरीर की मृत्यु से संबंध नहीं है

कुछ लोग अज्ञान में समाधि को शरीर त्यागने से जोड़ लेते हैं। उनके आगे 'समाधि' शब्द कहा तो उन्हें कब्र की याद आती है। जैसे किसी प्रसिद्ध इंसान ने जहाँ शरीर त्यागा, वहाँ उसके नाम से कोई स्मारक बनाकर उसे समाधि-स्थल कह दिया जाता है मगर कब्र, समाधि नहीं होती। लोग कहते हैं, 'हमें फलाँ इंसान की समाधि का दर्शन करना है।' इसके पीछे यह अर्थ होता है कि उस जगह, उस इंसान का शरीर दफन है या उसके शरीर अवशेष हैं, जहाँ जाकर उन्हें कुछ लाभ मिलेगा, उनकी मन्नत पूरी होगी। जबकि समाधि का बहुत गहरा अर्थ है। वह चेतना की उच्चतम अवस्था है। उसका शरीर छोड़ने या न छोड़ने से, अभिव्यक्ति करने या न करने से कोई संबंध नहीं है। ज्ञानेश्वर के माता-पिता ने जल समाधि ली। वह देहांत प्रायश्चित था मगर परम योग समाधि नहीं थी। उन्होंने शरीर इस उद्देश्य से छोड़ा था कि उनके बच्चों को समाज में सम्मान मिले। वह इच्छामुक्ति, पूर्णमुक्ति की अवस्था नहीं थी।

जैन धर्म में कुछ लोग संथारा लेते हैं यानी इच्छा मृत्यु धारण करते हैं। इसमें वे पहले गुरु से आज्ञा लेते हैं। गुरु उनकी आध्यात्मिक तैयारी देखकर ही उन्हें ऐसा करने की अनुमति देते हैं। इसमें वे धीरे-धीरे चीज़ों को छोड़ते हैं - जैसे पहले खाना बंद कर देते हैं, फिर पानी बंद कर देते हैं। इस तरह शरीर खुद-ब-खुद खाना-पानी न मिलने की वजह से धीरे-धीरे-धीरे मृत्यु को प्राप्त होता है। अब यहाँ भी इसे समाधि कहा जाए या नहीं, यह इस बात पर निर्भर करता है कि उस समय उस इंसान की समझ का स्तर क्या है, उसकी चेतना कैसी है, वह किस समझ के साथ शरीर छोड़ रहा है। क्या वहाँ भी वही समझ और चेतना है, जो संत ज्ञानेश्वर और जीज़स के शरीर त्याग करते समय थी तो वह है महासमाधि अन्यथा नहीं।

ईसा मसीह और मंसूर की सूली समाधि

ईसा मसीह ने अपने जीते जी अनेक चमत्कार किए मगर सूली पर चढ़ते हुए उन्होंने कोई चमत्कार नहीं किया। क्योंकि वे जानते थे कि उस वक्त उनके शरीर को बचाने से ज्यादा शरीर की मृत्यु लोगों को बेहतर सिखाएगी, लोगों की चेतना बढ़ाएगी। वे उस वक्त समाधि की अवस्था में थे, आनेवाली पीढ़ियों का भला देख पा रहे थे। इसलिए उन्होंने शरीर पर हो रहे अत्याचारों पर कोई प्रतिक्रिया नहीं की।

मुस्लिम सूफ़ी संत मंसूर की समाधि भी ईसामसीह जैसी ही थी। उन्होंने स्वअनुभव पर स्थापित होने के बाद पूरे साहस और निडरता से परम सत्य 'अनल-हक' (मैं ही सत्य हूँ) का उद्घोष किया। उस समय के लोग उनकी बातों को समझ नहीं पाए और

उन्हें अल्लाह का विरोधी करार दे दिया गया। उन्हें बहुत सताया गया, शारीरिक और मानसिक प्रताड़नाएँ दी गईं और अंत में फाँसी पर चढ़ा दिया गया। उन्होंने हँसते-हँसते फाँसी को स्वीकार किया मगर 'अनल-हक' का उद्घोष करना मरते दम तक बंद नहीं किया। उनकी मृत्यु भी लोगों की जाग्रति का निमित्त बनी और आज भी बन रही है।

श्रीराम की जलसमाधि

श्रीराम ने भी संत ज्ञानेश्वर के माता-पिता की तरह नदी में जल मग्न होकर देह त्याग किया था। मगर वह देहांत प्रायश्चित नहीं था, न ही वह दुःखों से घबराकर या निराशा में की गई आत्महत्या थी। उनका देह त्याग महासमाधि था क्योंकि वह उन्होंने चेतना की उच्चतम अवस्था में किया था। कहा जाता है जब श्रीराम ने सरयू नदी में जल समाधि ली तब उन्होंने देवताओं का आवाहन किया कि इस नदी में वे देह को समर्पित कर रहे हैं। कहानियों में आता है कि उस समय जिन्होंने भी सरयू नदी में स्नान किया वे मुक्त हो गए।

अर्थात जिस नदी में श्रीराम ने समाधि ली वह उच्चतम चेतना की नदी थी। जो भी इस नदी में था यानी चेतना के उस स्तर में बहा, जिसमें श्रीराम थे तो वह मुक्त हुआ। मगर लोगों ने इसका शाब्दिक अर्थ पकड़ लिया। अतः उस मुहूर्त में नदी में नहाने की प्रथा बन गई ताकि मोक्ष प्राप्ति हो सके। जबकि नदी कोई भी हो, समय कोई भी हो, श्रीराम की चेतना के स्तर पर पहुँचकर मुक्ति ही है, समाधि ही है।

संत ज्ञानेश्वर की संजीवनी समाधि

संत ज्ञानेश्वर ने संजीवनी समाधि ली थी। जिसमें वे ध्यान में बैठे और फिर वापस नहीं उठे। शरीर की मृत्यु होने तक वे स्व में ध्यान मग्न ही रहे। संत ज्ञानेश्वर ने अपने जीवन से लोगों को बहुत कुछ सिखाया, अब वे मृत्यु से सिखाना चाहते थे। वैसे तो वे जीते-जी भी समाधि में ही थे मगर लोगों को समाधि अवस्था पर, मृत्यु पर मनन करवाने के लिए उन्होंने संजीवनी समाधि ली। सामान्य लोगों को जब तक कुछ ठोस, स्थूल घटते हुए दिखाई नहीं देता तब तक वे समझते नहीं हैं।

संत ज्ञानेश्वर ने ज्ञान को सरल और लोकभाषा में लिखने का ठोस क़दम उठाया तो ज्ञानेश्वरी, अमृत अनुभव, चाँगदेव पासष्ठी आज ठोस रूप में उपलब्ध हैं वरना ज्ञान तो पहले भी था और आज भी है। इसलिए लोग ज्ञान की बातें देख पाते हैं, सोच पाते हैं, सुन पाते हैं, उन्हें समझने का प्रयास कर पाते हैं। अगर ऐसी ठोस अभिव्यक्तियाँ न हुईं होतीं तो लोगों तक परम ज्ञान नहीं पहुँचता।

यदि संत ज्ञानेश्वर संजीवनी समाधि न लेते तो उस समय लोग मृत्यु पर मनन नहीं कर पाते। क्योंकि समाज में लोग मृत्यु के नाम से ही इतने डरे हुए हैं कि मृत्यु के बारे में सोचना भी इंसान को तकलीफदायक लगता है। अपनी मृत्यु क्या, अपने रिश्तेदारों में से किसी की मृत्यु के बारे में सोचकर ही उसे डर घेर लेता है। ऐसे में जब कोई जीवित ही हँसते हुए स्थिरचित्त होकर अपनी मृत्यु को स्वीकारता है तब लोग मृत्यु पर अलग तरह से सोचने पर मजबूर होते हैं।

संत ज्ञानेश्वर ने अपनी संजीवनी समाधि को मनन उत्सव बनाया। उन्होंने लोगों के सामने कई प्रश्न खड़े किए। जैसे- क्या इतनी कम उम्र में भी ऐसी अवस्था पाई जा सकती है? वृत्तियों से मुक्त हुआ जा सकता है? क्या शरीर से इस कदर चिपकाव खत्म किया जा सकता है कि जीने और मरने का भेद ही समाप्त हो जाए? वह कौन सा ज्ञान है, जिसे पाकर इंसान ऐसी चेतना पा सकता है? इन सभी सवालों के जवाब संत ज्ञानेश्वर और उनके भाई-बहनों का जीवन चरित्र था। और यह कार्य उन्होंने मात्र 21 साल की उम्र में किया।

जब वे समाधि ले रहे थे तब वहाँ उनके शिष्य और भक्त उपस्थित थे। नामदेव अभंग लिख रहे थे, जिन्हें आज भी गाया जाता है। आज भी लोग पुणे के आलंदी क्षेत्र में उस स्थान पर जाकर, उनकी समाधि पर मनन करते हैं।

उनके बाक़ी भाई बहन ने भी 3-4 साल के अंदर-अंदर देहांत समाधि ले ली थी। ऐसे शरीरों में सेल्फ शरीर के अंदर भी समाधि में है और शरीर के बाहर भी। इन दोनों अवस्थाओं के अंतर को यदि शब्दों में कहा जाए तो जब समाधि में शरीर जीवित है तब मौन में ज्ञान है, ईश्वर है यानी मौन में ज्ञानेश्वर है। जब समाधि में शरीर जीवित नहीं है तब मौन में मौन है। बस यही फ़र्क है। शरीर के माध्यम से, मौन से ईश्वर प्रकट होकर अभिव्यक्ति करता है। बिना शरीर के मौन से मौन प्रकट होता है और मौन में ही विलीन होता है।

मनन सवाल

1. आपकी मृत्यु के बारे में क्या धारणाएँ हैं?
2. क्या आपने कभी मृत्यु पर सकारात्मक मनन किया है?
3. संत ज्ञानेश्वर की संजीवनी समाधि को समझने के बाद आपकी मृत्यु संबंधी पूर्व धारणाओं और डरों में क्या बदलाव आएँ हैं?

खण्ड 2
संत ज्ञानेश्वर की शिक्षाएँ और रचनाएँ

ज्ञान सागर
उच्च चेतना का संचार

संत ज्ञानेश्वर और उनके संघ का एक ही लक्ष्य था – जन-जन तक सच्चा आध्यात्मिक ज्ञान पहुँचाना, उनके भीतर उच्च चेतना का संचार करना। समाज की ग़लत मान्यताओं, कुरूतियों को दूर कर उनके जीवन को उच्चतम ज्ञान से प्रकाशित करना।

समाज में हर तरह के लोग होते हैं। कुछ बिल्कुल भोले-भाले जो ज्ञान, साधना की बड़ी-बड़ी बातों को नहीं समझते मगर वे ईश्वर से प्रेम कर सकते हैं। उनकी दिल से भक्ति कर सकते हैं। ऐसे लोगों के लिए संत ज्ञानेश्वर ने 'हरि नाम' सिमरन का आसान रास्ता सुझाया। इसके लिए उन्होंने भक्तिभाव से भरे अनेक अभंगों, भजनों और 'हरिपाठ' ग्रंथ की रचना की जिसमें ईश्वर के हरि (विट्ठल) रूप की स्तुति की गई है।

दूसरी तरह के वे लोग होते हैं जो भक्ति करना चाहते हैं मगर ज्ञान को भी बुद्धि से समझना चाहते हैं। उनके मन में ऐसे सवाल उठते हैं, कर्म क्या है, भक्ति क्या है, जन्म और मृत्यु का क्या कारण है, ईश्वर क्या है, जीव क्या है, दुःख का क्या कारण है... आदि।

समाज के ऐसे तबके की आवश्यकता को समझते हुए संत ज्ञानेश्वर ने गुरु निवृत्तिनाथ की आज्ञा से श्रीमत् भगवत् गीता पर भाष्य (सरल भावार्थ) लिखा। वे

जानते थे कि भगवत् गीता के लिए जनसामान्य के हृदय में परम आदर का स्थान है। इसमें कर्म, ज्ञान, भक्ति और योग इन चार मार्गों को विस्तार से प्रस्तुत किया गया है। इसमें ज्ञान के प्यासे लोगों को अपने सभी सवालों के जवाब मिलेगे। यह सरल गीता भाष्य 'ज्ञानेश्वरी' ग्रंथ कहलाया। जिसने जन-जन तक गीता का उच्चतम ज्ञान पहुँचाया।

इसके बाद कुछ लोग ऐसे भी थे जो उच्चअवस्था के साधक थे और स्वबोध पाना चाहते थे। वे ईश्वर को और स्वयं को अनुभव से जानना चाहते थे। ऐसे साधको के लिए संत ज्ञानेश्वर ने 'अमृतानुभव' रचा। जिसमें उन्होंने ब्रह्म (सेल्फ) ,जीव और प्रकृति की वास्तविकता का एवं आत्मसाक्षात्कार की अवस्था का बड़े ही स्पष्ट रूप से वर्णन किया।

इसके अतिरिक्त संत ज्ञानेश्वर ने योगी चांगदेव को 65 ओवियों का पत्र लिखा था जो 'चांगदेव पासष्ठी' के नाम से प्रसिद्ध है। इसकी एक-एक ओवी उच्चतम आध्यात्मिक ज्ञान (ब्रह्मज्ञान) का ख़ज़ाना है।

संत ज्ञानेश्वर द्वारा लिखित रचनाएँ इतनी विस्तृत हैं कि उन सभी को इस खण्ड में सम्मिलित करना संभव नहीं है। अतः आप इन सभी रचनाओं के कुछ भागों को उनके भावार्थ सहित समझेंगे।

अध्याय 15

किसका जन्म, मृत्यु किसकी

अविनाशी कौन

इस अध्याय में ज्ञानेश्वरी की कुछ ओवियाँ प्रस्तुत की गई हैं। इनमें संत ज्ञानेश्वर ने गीता के उन श्लोकों का अर्थ उदाहरण देकर विस्तार से समझाया है जिनमें श्रीकृष्ण अर्जुन को पृथ्वी पर जीव के जन्म और मृत्यु की भ्रामक घटना की वास्तविकता बता रहे हैं ताकि वह अपने परिजनों की संभावित मृत्यु की चिंता और शोक करना छोड़ दे।

अर्जुना सांगेन आइक । एथ आम्ही तुम्ही देख ।
आणि हे भूपति अशेख । आदिकरुनी ।।

नित्यता ऐसेचि असोनी । ना तरी निश्चित क्षया जाउनी ।
हे भ्रांति वेगळी करुनी । दोन्ही नाहीं ।।

हे उपजे आणि नाशे । तें मायावशें दिसे ।
एर्हपवीं तत्त्वता वस्तु जें असे । तें अविनाशचि ।।

जैसें पवनें तोय हालविलें । आणि तरंगाकार जाहलें ।
तरी कवण कें जन्मलें । म्हणों ये तेथ? ।।

तेंचि वायूचें स्फुरण ठेलें । आणि उदक सहज सपाट जाहलें ।
तरी आतां काय निमालें । विचारीं पां ।।

भावार्थ – हे अर्जुन, सुनो! यदि हम कल्पना कर लें कि तुम, मैं और यहाँ जो भी उपस्थित राजा और अन्य लोग हैं, वे हमेशा ऐसे ही जीवित रहेंगे अथवा नष्ट हो

जाएँगे तो ये दोनों ही कल्पनाएँ भ्रमपूर्ण हैं। वास्तव में जीवित रहना और मर जाना, ये दोनों बातें ही मिथ्या हैं जो माया के कारण सत्य जान पडती हैं। क्योंकि हर किसी के भीतर जो मूलभूत तत्व (सेल्फ) है, वह अविनाशी (जिसका नाश न हो सके), अजन्मा है।

जैसे जब तेज हवा चलती है तो पानी हिलने लगता है और तरंगों का रूप ले लेता है। फिर वह तरंगित पानी धीरे-धीरे शांत होकर पानी में ही विलीन हो जाता है और पानी सपाट-समतल हो जाता है। तो अब तुम विचार करो कि वहाँ कौन उत्पन्न होता है और कौन नष्ट होता है? अर्थात पानी ही तरंग के रूप में आता है और जब वह तरंग शांत होती है तो पानी ही पानी में मिल जाता है। वहाँ न कोई बनता है, न नष्ट होता है। जो दिखता है बस आभास है। ऐसे ही किसी प्राणी का जन्म लेना और मरना भी आभास मात्र है क्योंकि वह अपने मूल रूप में अविनाशी, अजन्मा ब्रह्म है जो जन्म से पहले भी रहता है और मृत्यु के बाद भी रहता है।

एथ कौमारत्व दिसे । मग तारुण्यीं तें भ्रंशे ।
परी देहचि हा न नाशे । एकेकासवें ।।

तैसीं चैतन्याच्या ठायीं । इयें शरीरांतरें होती जाती पाहीं ।
ऐसें जाणे तया नाहीं । व्यामोहदुःख ।।

भावार्थ – शरीर अपने मूलरूप में सदा एक सा ही रहता है मगर विभिन्न अवस्थाओं के कारण उसमें भेद नज़र आते हैं। उदाहरण के लिए जन्म के बाद पहले शरीर की बाल्या अवस्था आती है। फिर बाल्य अवस्था नष्ट होकर युवा अवस्था आती है। तो क्या बाल्या अवस्था नष्ट होने पर शरीर नष्ट हो जाता है? नहीं। शरीर रहता है, बस उसकी अवस्था में परिवर्तन होता है। इसी तरह चैतन्य (सेल्फ) का अनुभव सदा एक होने के बावजूद भी शरीर की वजह से बाहरी अवस्था में परिवर्तन होता रहता है – कभी वह भौतिक शरीर की अवस्था (आसक्ति) में रहता है, कभी उससे मुक्त। अर्थात जन्म, जीवन, मृत्यु और पुनः जन्म... इस प्रकार चैतन्य विभिन्न अवस्थाओं से गुज़रता रहता है। जो इस बात को अच्छी तरह समझ लेता है, उसे न तो अपने या किसी दूसरे के शरीर से मोह होता है, न ही उसके लिए दुःख होता है।

जैसें जीर्ण वस्त्र सांडिजे । मग नूतन वेढिजे ।
तैसें देहांतरातें स्वीकारिजे । चैतन्यनाथें ।।

भावार्थ – जैसे लोग पुराने वस्त्रों को त्यागकर नए वस्त्र पहनते हैं, वैसे ही चैतन्य (सेल्फ) पुराने शरीर का त्याग कर, नया शरीर धारण करता है।

अध्याय 16

हीरे को कौड़ी में मत तोल

ईश्वर पाने की शुभेच्छा

प्रस्तुत ओवी में संत ज्ञानेश्वर उन लोगों पर कटाक्ष कर रहे हैं, जो सदियों से चले आ रहे कर्मकाण्डों, हवन, यज्ञ, रीति-रिवाजों को पूरे मन से और सही तरीक़े से निभाते हैं। उनके लिए प्रभु को प्रसन्न करने का यही तरीक़ा है। वे ये सब कर्मकाण्ड करते हैं मगर इनके चक्कर में उस परमचैतन्य को ही भूल जाते हैं, जिसके लिए ये सब आयोजन किए जा रहे हैं। उनका सारा ध्यान विधियों के बदले प्राप्त होनेवाले अस्थायी फल जैसे सुख, सांसारिक सफलता और समृद्धि, भोग-विलास, स्वर्ग, सिद्धि... आदि पर ही लगा होता है।

सायासें पुण्य अर्जिजे । मग संसारु कां अपेक्षिजे ? ।
परी नेणती ते काय कीजे । अप्राप्य देखें ।।

जैसी रांधवणी रससोय निकी । करूनियां मोलें विकी ।
तैसा भोगासाठीं अविवेकी । धाडिती धर्मु ।।

म्हणोनि आइकें पार्था । याचिपरी पाहतां ।

भावार्थ – इतने कष्ट उठाकर विधि-विधान संपन्न किए, यज्ञ, हवन, दान, पूजा-पाठ कर पुण्य कमा रहे हैं तो उसके बदले सांसारिक इच्छाएँ पूरी होने की उम्मीद क्यों कर रहे हैं? इतनी मेहनत करके बदले में उसे क्यों नहीं पाना चाहते, जो सबसे कीमती और बहुत मुश्किल से प्राप्त होनेवाला (सेल्फ, स्वअनुभव) है? अपने पुण्यों को

ईश्वर के बदले तुच्छ सांसारिक लाभों के लिए क्यों गँवा रहे हैं?

पर अज्ञानी लोगों को यह बात नहीं समझ आती कि उस लक्ष्य पर नज़र रखें, जो अब तक मिला नहीं है। (अर्थात छोटी-छोटी अस्थायी चीज़ों के बजाय उच्चतम लक्ष्य (आत्मसाक्षात्कार) पर नज़र रखें।

यह ठीक ऐसा ही है जैसे कोई इंसान खूब मेहनत कर अपनी पसंद का बढ़िया भोजन तैयार करे, जिसे खाकर उसे संतुष्टि और आनंद मिलनेवाला हो। मगर थोड़े पैसों के लालच में वह उसे बेच दे। (अर्थात अपने परिश्रम की बहुत कम कीमत वसूले)। ठीक ऐसे ही मूर्ख लोग झूठे सुख और भोगों के लिए अपना धर्म बेच देते हैं। हे अर्जुन, जो लोग ज्ञान की बातों में उलझे तो रहते हैं पर उसे जीवन में नहीं उतारते और निष्काम होकर (बिना फल की इच्छा के) कर्म, पूजा, ध्यान आदि नहीं करते, उनके भीतर बुरी बुद्धि डेरा जमाकर रहती है।

संत ज्ञानेश्वर के कहने का तात्पर्य यह है कि हमारे आध्यात्मिक कर्मों (प्रार्थना, ध्यान, भजन, पूजा, मनन, श्रवण, दान आदि) का उद्देश्य सांसारिक लाभ, सिद्धि प्राप्ति, अहंकार की संतुष्टि जैसे व्यक्तिगत स्वार्थ न होकर, सिर्फ और सिर्फ ईश्वर प्रेम और उसे पाने की शुभ इच्छा होनी चाहिए।

अध्याय 17

निष्काम कर्मयोग
अकर्म योग रहस्य

गीता की मुख्य समझ 'निष्काम कर्म योग' है। निष्काम का अर्थ है – बिना किसी कामना या अपेक्षा के। जब किसी कर्म से किसी तरह की इच्छा या उम्मीद नहीं जुड़ी होती तो वह कर्म निष्काम कहलाता है। गीता के वचन सुनाकर श्रीकृष्ण ने अर्जुन को इसी रास्ते पर लाने का प्रयास किया।

जब किए गए कर्म से न कोई चिपकाव हो, न ही नफ़रत, न ही कोई आशा हो, न कोई अपेक्षा, न उसके पूरा होने से सुख मिले, न ही अहंकार बढ़े और न मन श्रेय (क्रेडिट) लेकर मोटा हो... साथ ही जब कर्म के असफल होने पर न वह दुःख और निराशा का कारण बने, न ही क्रोध का... तो वह निष्काम कर्म होता है।

निष्काम कर्म करना तभी संभव हो पाता है जब व्यक्ति को यह समझ मिलती है कि 'मैं कर्ता (शरीर) नहीं हूँ। इस शरीर रूपी यंत्र का उपयोग कर ईश्वर ही हर कर्म कर रहा है। यह संसार उसी का खेल है, जिसमें वही अलग-अलग शरीरों के माध्यम से खेल रहा है।' इस समझ के मिलते ही इंसान अपना हर करने योग्य कर्म पूरे उत्साह से, अपना 100 प्रतिशत देकर, बिना फल की आशा के करता है। वह 'मैंने किया...' जैसा कर्ताभाव भी नहीं रखता। ऐसा कर्म बंधन का नहीं बल्कि मुक्ति का कारण बनता है क्योंकि उसका कोई कर्मबंधन नहीं बनता।

निष्काम कर्म को सरल भाषा में 'अकर्म' भी कह सकते हैं। अकर्म यानी जो कर्म होकर भी नहीं होने के बराबर हुआ। क्योंकि उसका कोई कर्मबंधन भी नहीं बना। इन कर्मों को करते हुए ईर्ष्या, मोह, नफ़रत, अहंकार, श्रेय जैसे मानसिक विकार नहीं होते। अकर्म वह अवस्था है जहाँ कर्म भी भक्ति बन जाता है क्योंकि हर कर्म ईश्वर को ही अर्पण होता है।

यही बात श्रीकृष्ण अर्जुन को समझा रहे हैं, जो योद्धा होते हुए भी 'युद्ध नहीं करूँगा', कहकर हथियार डालकर बैठा है। आइए, निष्काम कर्म अथवा अकर्म योग रहस्य को समझा रही ज्ञानेश्वरी की कुछ ओवियों की समझ प्राप्त करते हैं।

म्हणोनि आइकें पार्था । याचिपरी पाहतां ।
तुज उचित होय आतां । स्वकर्म हें।।

आम्हीं समस्तही विचारिलें । तंव ऐसेचि हें मना आलें ।
जें न सांडिजे तुवां आपुलें । विहित कर्म ।।

परी कर्मफळीं आस न करावी । आणि कुकर्मीं संगति न व्हावी ।
हे सत्क्रियाचि आचरावी । हेतूविण ।।

भावार्थ – हे अर्जुन! कर्मयोग के सिद्धांत के अनुसार अपने कर्तव्य कर्म का आचरण करना ही तुम्हारे लिए सही है। (अर्जुन एक क्षत्रिय योद्धा हैं, उनका कर्तव्य है- सही कारण होने पर युद्ध करना। भले ही यह हिंसापूर्ण कार्य है मगर अर्जुन के लिए यही धर्म है। युद्ध न करना उनके लिए अधर्म और ज़िम्मेदारी से मुँह मोड़ना है।)

सारी बातों पर विचार करने के बाद तुम्हारे लिए यही सही है कि तुम्हें अपना कर्तव्य कर्म नहीं छोड़ना चाहिए। और ऐसा करते समय तुम्हें कर्म (यहाँ युद्ध ही अर्जुन का कर्म है) के परिणाम के बारे में नहीं सोचना चाहिए। साथ ही बुरे कर्म की संगति भी नहीं होनी चाहिए। युद्ध करते हुए मन में किसी के प्रति भी नफ़रत, मोह, क्रोध, कपट आदि बुरे भाव नहीं होने चाहिए।

तुम हर तरह की इच्छाओं से मुक्त होकर अपने कर्तव्य का पालन करते रहो। अर्थात हमारी ही जीत हो... फलाँ व्यक्ति जीवित रहे और फलाँ मर जाए... युद्ध टल जाए... जैसी कोई भी इच्छा मन में रखे बिना अपना कर्तव्य समझकर, 100 प्रतिशत उपस्थित होकर सही तरीक़े से युद्ध करो।

कीं प्राप्तकर्म सांडिजे । येतुलेनि नैष्कर्म्य होईजे ।
हें अर्जुना वायां बोलिजे । मूर्खपणें ।।

सांगैं पैलतीरा जावें । ऐसें व्यसन कां जेथ पावे ।
तेथ नावेतें त्यजावें । घडे केवीं? ।।

ना तरी तृप्ति इच्छिजे । तरी कैसेनि पाकु न कीजे ।
कीं सिद्धुही न सेविजे । केवीं सांगैं? ।।

भावार्थ – हे अर्जुन! तुम्हें संसार में तुम्हारी भूमिका अनुसार जो कर्तव्य कर्म प्राप्त हुए हैं, उन्हीं का त्याग कर बैठ जाना और फिर यह समझ लेना कि इतने से ही निष्कर्मता (अकर्म की अवस्था) सिद्ध हो जाएगी, यह बात मूर्खता की है।

देखो, यदि नदी पानी से भरी है और उस पार जाना है तो नाव का प्रयोग किए बिना कैसे जाएँगे? ऐसे समय पर नाव का त्याग कर देने में कोई समझदारी नहीं है। यदि भूख मिटाने की चाह हो तो उस समय भोजन क्यों न पकाया जाए? अथवा यदि भोजन पका लिया गया हो तो खाया क्यों न जाए?

संत ज्ञानेश्वर के कहने का तात्पर्य यह है कि सिर्फ बाहरी तौर पर कर्म न करने से वह अकर्म नहीं बन जाता है। वह कामचोरी अथवा नासमझी ही होती है। ज़रूरी और सही कर्मों को करना नहीं छोड़ना चाहिए बल्कि उनको करते हुए अपना कर्ताभाव छोड़ना चाहिए।

हें न ठकेचि जरी कांहीं । तरी सांडिलें तें कायी ।
म्हणौनि कर्मत्यागु नाहीं । प्रकृतिमंता ।।

कर्म पराधीनपणें । निपजतसे प्रकृतिगुणें ।
येरी धरीं मोकलीं अंतःकरणें । वाहिजे वायां ।।

भावार्थ – जब तक माया का आधार बना हुआ है तब तक कर्मों का त्याग नहीं हो सकता। (इंद्रियाँ अपना कार्य जैसे सुनना, देखना, स्पर्श महसूस करना, भूख लगना, नींद आना, जन्म-मृत्यु... आदि सभी प्रकृति द्वारा संचालित और प्रेरित स्वभाविक कर्म हैं, जो बंद नहीं हो सकते।) माया के स्वभाव से ही सब कर्म खुद से ही, स्वाभाविक रूप से हो रहे हैं। जब तक माया का प्रभाव है तब तक जबरदस्ती कर्मों को कितना भी रोकने का प्रयास करें, वे होंगे ही। अंतःकरण को कितना भी बलपूर्वक काम करने से रोकें, यह प्रयास विफल ही होगा। (यदि बाहरी क्रिया को रोक भी दिया जाए तो भी सोचने का, महसूस करने का मानसिक कर्म तो होंगे ही। अर्थात कर्मों को होने से रोका नहीं जा सकता बल्कि उनसे होनेवाले चिपकाव और कर्ताभाव को छोड़कर ही उन्हें निष्काम कर्म (अकर्म) बनाया जा सकता है।)

जो अंतरीं दृढ । परमात्मरूपीं गूढ ।
बाह्य भागु तरी रूढ । लौकिकु जैसा ।।

तो इंद्रियां आज्ञा न करी । विषयांचें भय न धरी ।
प्राप्त कर्म नाव्हेरी । उचित जें जें ।।

तो कर्मेंद्रियें कर्मीं । राहटतां तरी न नियमी ।
परी तेथिचेनि उर्मीं । झांकोळेना ।।

तो कामनामात्रें न घेपे । मोहमळें न लिंपें ।
जैसें जळीं जळें न शिंपे । पद्मपत्र ।।

भावार्थ – जो मन से दृढ़ (अकंप) होता है, जो आंतरिक रूप से अपने परमात्मा से मिलकर एक हो जाता है यानी अपने हृदयस्थान पर रहनेवाले सेल्फ से मिलकर स्वअनुभव पर स्थापित हो जाता है। किंतु बाहर से सामान्य संसारी लोगों की तरह ही काम करता है...जो अपनी इंद्रियों का उपयोग तो करता है मगर उनके विषयों में फँसता नहीं... जो सहज प्राकृतिक कर्मों को अज्ञान से रोकता नहीं... और जो अपने लिए कुदरत से आ रहे करने योग्य कर्मों को, उनमें बिना उलझे पूरे करता रहता है...और कर्मों के विकारों (कर्ताभाव, अहंकार, फल... आदि) से चिपकता नहीं... वह कभी इच्छाओं का गुलाम नहीं बनता अर्थात मुक्त जीवन जीता है । मोह का मैल (अविवेक रूपी मैल) उसे कभी नहीं लगता।

जैसे कमल का पत्ता जल में रहकर भी जल से नहीं भीगता, ठीक वैसे ही वह भी संसार में रहकर, बिना किसी चिपकाव के अपने सांसारिक दायित्वों को पूरा करता है पर देखने में सामान्य संसारी की ही भाँति प्रतीत होता है। जैसे जल के संपर्क से सूर्य की छवि पृथ्वी की वस्तुओं की ही भाँति दिखाई पड़ती है, वैसे ही वह भी सामान्य दृष्टि से देखने पर सामान्य मनुष्यों की ही भाँति दिखाई देता है। वास्तव में ऐसे गुणोंवाले मनुष्य को ही निष्कामकर्म योगी (तेजसंसारी) समझना चाहिए।

तूं योगयुक्त होऊनी । फळाचा संगु टाकुनी ।
मग अर्जुना चित्त देउनी । करीं कर्में ।।

परी आदरिलें कर्म दैवें । जरी समाप्तीतें पावे ।
तरी विशेषें तेथ तोषावें । हेंही नको ।।

कीं निमित्तें कोणें एकें । तें सिद्धी न वचतां ठाके ।
तरी तेथिंचेनि अपरितोखें । क्षोभावें ना ।।

आचरतां सिद्धी गेलें । तरी काजाची कीर आलें ।
परी ठेलियाही सगुण जहालें । ऐसेंचि मानीं ।।

देखैं जेतुलालें कर्म निपजे। तेतुलें आदिपुरुषीं अर्पिजे ।
तरी परिपूर्ण सहजें । जहालें जाणैं ।।

देखैं संतासंतकर्मीं । हें जें सरिसेंपण मनोधर्मीं ।
तेचि योगस्थिति उत्तमीं । प्रशंसिजे ।।

भावार्थ – तुम अकर्म की भावना (कर्ताभाव को त्यागकर) के साथ कर्म करो और उसके परिणाम के बारे में सोचना छोड़ दो। पूरे मन से अपने कर्तव्य धर्म का पालन करो। जो काम तुम करोगे उसके पूरा होने पर ख़ुशी से फूलो मत और यदि वह विफल हो जाए तो दुःखी मत हो। ऐसी समझ रखो कि काम सफल हुआ तो भी ठीक, नहीं हुआ तो भी ठीक, दोनों स्थिति में समान रहो। जो काम होता जाए उसका कर्ता भाव और फल ईश्वर को अर्पण करते चलो। बस फिर वे काम सहजता से पूरे होते जाएँगे। हे अर्जुन! अपने कर्तव्य कर्म चाहे संतोष देनेवाले हों या कष्ट देनेवाले हों, उन्हें करते हुए अपने मन व वृत्तियों को शांत और समभाव (सफलता-असफलता में समान) रखना चाहिए और यही समभाव, निष्काम कर्म योग (अकर्म) की उत्तम स्थिति है।

इंद्रियें न कोंडीं । भोगातें न तोडीं ।
अभिमानु न संडीं । स्वजातीचा ।।

कुळधर्मु चाळीं । विधिनिषेध पाळीं ।
मग सुखें तुज सरळी । दिधली आहे ।।
परी मनें वाचा देहें । जैसा जो व्यापारु होये ।
तो मी करीतु आहें । ऐसें न म्हणें ।।

करणें कां न करणें । हें आघवें तोचि जाणे ।
विश्व चळतसे जेणें । परमात्मेनि ।।

उणयापुरेयाचें कांहीं। उरों नेदि आपुलिया ठायीं।
स्वजाती करूनि घेई। जीवित्व हे।।

भावार्थ – अपनी इंद्रियों को उनके स्वाभाविक कार्यों से मत रोको, भोगों का त्याग मत करो। (सहज रूप से संतुलित भोग करो, अति से बचो और उनसे नफ़रत भी मत करो) अपनी जाति-धर्म (दर्जी का धर्म है कपड़े सीने) का महत्त्व भी मत

त्यागो। अपने कुल–धर्म (सामाजिक–पारिवारिक कर्तव्य) का पालन करते चलो। विधि–निषेध (डू और डोंट) का ध्यान रखो । अर्थात सही और ग़लत में फ़र्क समझते हुए, 'क्या करना है, क्या नहीं करना है' इस बात को ध्यान में रखते हुए ही संसार में व्यवहार करो।

इस प्रकार का जीवन जीने की तुम्हें पूरी आज़ादी है। पर मन, वचन और शरीर से जो–जो कर्म हों (भाव, विचार, वाणी, क्रिया से), उनके विषय में तुम कभी यह मत कहो कि 'ये कर्म मैंने किए हैं।' करना और न करना तो केवल परमात्मा ही जानता है, जो इस विश्व को चलानेवाला है। यह कर्म छोटा है और यह कर्म बड़ा है, इस बात का विचार भी तुम अपने मन में कभी मत लाओ। स्वयं को अपने भीतर के स्त्रोत से जोड़कर (सेल्फ से ही मार्गदर्शन लेकर और उसे ही कर्ता मानकर) अपने जीवन के सभी कर्तव्य कर्मों को पूरा करो।

अध्याय 18

भक्तियोग
सरल समर्पित मार्ग

भक्ति, भाव का मार्ग है। यह बेशर्त प्रेम का दूसरा नाम है। प्रेम जब इतना निःस्वार्थ और समर्पित हो जाए कि उसमें अहंकार (व्यक्ति, मैं का भाव) बिलकुल समाप्त हो जाए तो समझिए, प्रेम भक्ति बन गया। ईश्वर को पाने के लिए भक्ति को सबसे आसान मार्ग बताया गया है क्योंकि इसमें कठिन साधनाएँ नहीं करनी पड़ती, शरीर को कष्ट नहीं देने पड़ते। ईश्वर के प्रेम में भक्त का अहंकार सहज ही समर्पित होकर वृत्तियाँ छूट जाती हैं।

यह ज्ञानयोग की तुलना में अधिक सरल मार्ग है। ज्ञानयोग और कर्मयोग को बुद्धि से सोचना-समझना पड़ता है मगर भक्ति की धारा इंसान के हृदय से सहज ही फूट पड़ती है। उसके लिए कुछ भी सोचने-समझने, पढ़ने की ज़रूरत नहीं होती है। भक्ति में डूबकर अपने आराध्य देव का नाम लेने से ही भक्त अंदर से खाली (निर्विचार) हो सकता है, उसे स्वअनुभव मिल सकता है। इसीलिए भक्ति में नाम स्मरण की बड़ी महिमा बताई गई है। ज्ञानी के मंत्रों-श्लोकों से ज़्यादा भक्त की पुकार ईश्वर को ज़्यादा स्पष्टता से सुनाई देती है।

संत ज्ञानेश्वर ने ज्ञानेश्वरी में लिखा है कि 'माया नदी में बड़े-बड़े ज्ञानी डूबने लगते हैं, योग से भी इसे पार करना मुश्किल है लेकिन जिसके होठों पर सदा हरि नाम रहता है, उसके लिए माया नदी का जल रहता ही नहीं है।' इस तरह भक्ति ही

सबसे अच्छा मार्ग है। यह एक ऐसा मार्ग है, जिस पर सभी लोग आसानी से चल भी सकते हैं। आइए, ज्ञानेश्वरी की कुछ ओवियों के माध्यम से भक्ति के महत्त्व को समझते हैं।

कां वर्षाकाळीं सरिता । जैसी चढों लागें पांडुसुता ।
तैसी नीच नवी भजतां । श्रद्धा दिसे ।।

परी ठाकिलियाहि सागरु । जैसा मागीलही यावा अनिवारु ।
तिये गंगेचिये ऐसा पडिभरु । प्रेमभावा ।।

तैसें सर्वेंद्रियांसहित । मजमाजीं सूनि चित्त ।
जे रात्रिदिवस न म्हणत । उपासिती ।।

इयापरी जे भक्त । आपणपें मज देत ।
तेचि मी योगयुक्त । परम मानीं ।।

भावार्थ – जैसे बारिश के मौसम में नदियों का जलस्तर बढ़ने लगता है, वैसे ही जब इंसान भक्ति में डूबकर दिन-रात भजन-कीर्तन और ईश्वर का ध्यान करता रहता है, तब उसकी श्रद्धा भी दिनोंदिन बढ़ती जाती है। जिस समय नदी समुंदर के निकट पहुँच जाती है, वह शांत लगती है मगर उस समय भी उसके पीछेवाला प्रवाह तेज और लगातार बना रहता है। बस यही बात ईश्वर प्रेम के संबंध में भी है। (अर्थात स्वअनुभव के निकट पहुँचकर भी भक्ति का प्रवाह कम नहीं होता बल्कि दिनोंदिन बढ़ता ही जाता है।)

जो लोग अपनी सारी इंद्रियों (इंद्रियों द्वारा किए जा रहे कर्मों) के साथ अपने मन को मुझमें समर्पित करके समय-असमय का कुछ भी विचार किए बिना, हर पल मेरी भक्ति करते हैं और अपने सभी कर्तव्य पूरे करते हैं (भक्ति को अपनी क्रियाओं में भी उतारते हैं, ईश्वर को कर्ता मानकर कर्म करते हैं।) ऐसे भक्तों को मैं परम योगी समझता हूँ।

मग निःसीमु भाओ उल्हासें । मज अर्पावियाचेनि मीसें ।।
फल एक आवडे तैसें । भले तेयाचें ।।

मग भक्तु माझेयाकडें अलुमालु दाखवी । आणि मीं दोन्हीं हात ओडवीं ।।
मग देंटु न संडितां सेवीं । आदरेंसीं ।।
पैं गा भक्तीचेनि नावें । फूल मज येक देयावें ।।

तें लेखें तरि मियां तुरुंबावें । परि मुखीं चिं घालीं ।।
हें असो काइसीं फुलें । पान चि एक आवडतें जालें ।।

तें साजुक ही न्हवे सूकलें । भले तैसें ३।।

परि सर्व भावें भरलें देखें । आणि भूकैला ऐसा अमृतें तोखे ।
तें पत्र चि परि तेणें सुखें । आरोगुं लागें ।।

भावार्थ – जब कोई भक्त पूरे प्रेम से भरकर किसी भी प्रकार का फल मुझे देने के लिए आगे बढ़ाता है, तब मैं बड़ी ख़ुशी से उसे लेने के लिए अपने दोनों हाथ आगे बढ़ा देता हूँ। यहाँ तक कि उसके फल की डंडी तोड़ने तक के लिए भी नहीं रुकता और बड़े प्रेम से ज्यों का त्यों उसे ग्रहण करता हूँ।

हे अर्जुन! यदि मेरा कोई भक्त भक्तिपूर्वक एक फूल भी मुझे देता है तो उस समय मैं भक्त के प्रेम से इतना अधिक भर जाता हूँ कि वह फूल भी मैं सूँघने के बजाय अपने मुँह में रखकर खा जाता हूँ। फूल की तो बात ही क्या है, यदि मेरा भक्त एक पत्ता भी अर्पित करता है तो भी मैं यह नहीं देखता कि वह पत्ता ताज़ा है अथवा बासी या सूखा हुआ। मैं तो सिर्फ अपने भक्त का प्रेमभरा भाव ही देखता हूँ और वह पत्ता भी मैं वैसे ही सुखपूर्वक खाकर संतुष्ट होता हूँ, जैसे कोई भूखा इंसान अमृत पीकर संतुष्ट होता है ।

तात्पर्य : ईश्वर वस्तुओं या भोग का नहीं बल्कि भाव का भूखा होता है। जो कुछ भी उसे पूरे भाव व श्रद्धा से अर्पित किया जाए, वह ज़रूर ग्रहण करता है। ईश्वर के लिए कर्मकाण्ड, विधि-विधान, मंत्रोच्चारण महत्त्वपूर्ण नहीं होते हैं बल्कि उनके पीछे छिपी भक्त की भावना महत्त्वपूर्ण होती है।

पैं आपुलें जें साचें । तें कल्पांतिं हिं न वचे ।
हें जाणूनि गतांचें । न शोची जो ।।

जेया परौतें नाहिं । तें जाला आपुलां ठांइं ।।
या लागि काहिं । आकांक्षी ना ।।

वोखटें ना गोमटें । या काइसेया ही ना भेटे ।।
राति देऊ न घटे । सूर्यु जैसा ।।
ऐसा बोधू चि केवलू । होउनियां निश्चलू ।।
यावरि भजनशीलु । माझां ठांइ ।।

तरि तेया ऐसें दुसरें । आम्हां पढियंतें सोयरें ।।
नाहिं गा साचोकारें । तूझी आण ।।

भावार्थ – जिस भक्त को विश्वास होता है कि आत्मसाक्षात्कार से बड़ी संसार में कोई उपलब्धि नहीं, उसे सांसारिक भोग-विलासों में आनंद नहीं आता। जो अनुभव से जान जाता है कि मैं ही पूरा विश्व हूँ (संसार में मुझसे अलग कुछ नहीं) और इस

कारण उसका दूसरों से भेदभाव, अलग मैं का भाव मिट जाता है।

जिसे इस बात का विश्वास हो जाता है कि मेरा मूल तत्त्व (मूल पहचान, सेल्फ) अनंत समय तक भी नष्ट नहीं होगा, वह रोज़ाना होनेवाली छोटी-छोटी बातों से दुःखी नहीं होता। वह किसी सांसारिक वस्तु की इच्छा नहीं रखता। वह अच्छे-बुरे का भेद नहीं करता। उसके पास भेद करनेवाली नज़र ही नहीं रहती, उसके लिए सभी समान हो जाते हैं। जैसे मुक्ताबाई को कुत्ता, फूल, दुश्मन, दोस्त... सभी में विट्ठल के ही दर्शन होते थे।

जैसे सूरज के लिए रात और दिन नहीं होता क्योंकि जहाँ सूरज है, वहाँ हमेशा प्रकाश ही रहता है, वैसे ही आत्मसाक्षात्कारी इंसान ज्ञान की ही मूर्ति बन जाता है। उसकी सत्य की समझ हमेशा बनी रहती है। इसके साथ ही यदि वह मेरा प्रेम से भरा अनन्य भक्त भी है तो ऐसे ज्ञानी भक्त से प्यारा मुझे संसार में और कुछ नहीं है।

अध्याय 19

ज्ञान योग

ज्ञान युक्त कर्म भक्ति है

ज्ञान के बिना भक्ति और कर्म अधूरे एवं दिशाहीन हैं। ज्ञान ही भक्ति और कर्म को सही दिशा देता है, उन्हें मंज़िल तक पहुँचाता है। आइए, इसे एक छोटे से उदाहरण से समझते हैं। एक चूहा एक टोकरे को रातभर कुतरता रहा, उसमें छेद बनाता रहा। देखा जाए तो चूहे ने रातभर कितना कर्म किया मगर सुबह जैसे ही टोकरे में छेद तैयार हुआ, उसमें से साँप बाहर आ गया और उसने चूहे को मार डाला। जब चूहा कुतरने का कर्म कर रहा था तब यदि कोई उसे ज्ञान होता कि 'तुम्हारे कर्मों का तुम्हें इस तरह फल मिलनेवाला है' तो वह ईश्वर को कितने धन्यवाद देता। तात्पर्य – समय पर मिला सही ज्ञान हमारे वर्तमान के कर्म सुधार सकता है।

ज्ञान के बिना भक्ति, अंधभक्ति और बिज़नेस भक्ति (जिसमें मात्र व्यक्तिगत इच्छाएँ पूरी करने के लिए ईश्वर को ख़ुश करने की कोशिश की जाती है) बन जाती है। जब कि ज्ञान से भरी भक्ति इंसान को उसकी असली पहचान करा सकती है, उसे आत्मसाक्षात्कार करा सकती है। आत्मसाक्षात्कार इंसान की उच्चतम संभावित अवस्था है। श्रीकृष्ण ने गीता में कहा है कि 'मुझे 'ज्ञानी भक्त' सबसे अधिक प्रिय है। एक इंसान जब समझ के साथ भक्ति कर उसे अपने कर्मों में भी उतारता है (ईश्वर को कर्ता मानकर, उसी के लिए सही कार्य करता है), वही सही मायने में ज्ञानी भक्त होता है।'

संत ज्ञानेश्वर ने 'ज्ञानेश्वरी' ग्रंथ में ज्ञान के विषय को अपनी ओवियों द्वारा विस्तारपूर्वक समझाया है। इस अध्याय में ऐसी ही कुछ ओवियाँ उनके अर्थ सहित शामिल की गई हैं। आइए, इन्हें पढ़कर ज्ञान के महत्त्व को संत ज्ञानेश्वर के नज़रिए से समझते हैं।

ग्रासा एका अन्नासाठीं। अंधु धांवताहे किरीटी।
आडळला चिंतामणी पायें लोटी।आंधळेपणे।।

तैसें ज्ञान जै सांडुनि जाये। तै ऐसी हे दशा आहे।
म्हणोनि कीजे तें केलें नोहे। ज्ञानेंवीण।।

आंधळेया गरूडाचे पांख आहाती। ते कवणा उपेगा जाती।
तैसे सत्कर्माचे उपखे ठाती। ज्ञानेंवीण।।

भावार्थ – हे अर्जुन, जैसे कोई अंधा खाने के एक निवाले के लिए दर-दर की ठोकरें खाता रहता है और अपने अंधेपन के कारण पैरों तले आनेवाली चिंतामणि (एक बेशकीमति मणि) को ठोकर मार देता है, ज्ञान के बगैर लोगों का ऐसा ही हाल होता है। (अर्थात अज्ञान के कारण वे उच्चतम लक्ष्य को पहचान नहीं पाते और छोटी-छोटी चीज़ों को ही महत्त्वपूर्ण मानकर उसमें उलझे रहते हैं।) इसीलिए इंसान को जो कुछ महत्त्वपूर्ण कार्य करना चाहिए, ज्ञान के अभाव में वह उसे करता ही नहीं। उदाहरण के लिए अंधे गरुड के भी पंख होते हैं पर वे उसके किस काम के?(बिना देखे वह ऊँची ऊँडान नहीं उड़ सकता) इसी प्रकार ज्ञान के बिना अच्छे कर्मों का परिश्रम भी बेकार जाता जाता है।

संत ज्ञानेश्वर के कहने का तात्पर्य यह है कि यदि सही समझ नहीं है तो इंसान न तो करने योग्य कामों को पहचान पाता है, न ही उन्हें अकर्ता भाव के साथ सही तरीक़े से कर पाता है, जिस कारण उसे स्वअनुभव की उच्चतम अवस्था प्राप्त नहीं हो पाती।

तो पहिला आर्तु म्हणिजे। दुसरा जिज्ञासु बोलिजे।
तिजा अर्थार्थी जाणिजे। ज्ञानिया चौथा।।

तेथ आर्तु तो आर्तीचेनि व्याजें ।
जिज्ञासु तो जाणावयालागीं भजे ।तिजेनि तेणें इच्छिजे । अर्थसिद्धि ।।

मग चौथियाच्या ठायीं । कांहींचि करणें नाहीं ।
म्हणौनि भक्तु एकु पाहीं । ज्ञानिया जो ।।

जे तया ज्ञानाचेनि प्रकाशें । फिटलें भेदाभेदांचें कडवसें ।
मग मीचि जाहला समरसें । आणि भक्तुही तेवींचि ।।

भावार्थ – चार प्रकार के भक्त ईश्वर को याद करते हैं – 1) आर्त (दुःखी) यानी

जो किसी समस्या के कारण दुःख से पीड़ित है, 2) जिज्ञासु (खोजी) यानी जिसे ज्ञान को जानने की इच्छा है, 3) अर्थार्थी (भौतिक सुख-सुविधा, प्रतिष्ठा, धन का प्रेमी) यानी जिसे केवल सांसारिक सुखों को पाने की इच्छा है और सबसे अंत में 4) ज्ञानी, जो उच्चतम ज्ञान प्राप्त करने की इच्छा रखता है।

पहले प्रकार का भक्त अपने दुःखों को दूर करने के लिए ईश्वर की भक्ति करता है। (ऐसी भक्ति सकाम या बिज़नेस भक्ति होती है, यह तब तक ही रहती है जब तक राहत नहीं मिलती, उसके बाद भक्ति भी बंद हो जाती है।)

दूसरे प्रकार के जिज्ञासु भक्त ज्ञान को जानने के लिए भक्ति करते हैं (ऐसे भक्त अकसर ज्ञान - शास्त्रों, विधि-विधाओं, वाद-विवाद, तर्कों में फँस जाते हैं। इनकी भक्ति बुद्धि के स्तर पर ही होती है।)

तीसरे अर्थार्थी लोग भौतिक वस्तुओं की प्राप्ति के लिए ईश्वर के भक्त होते हैं। (ऐसे लोग सांसारिक सफलताओं, मान-सम्मान के लिए ही दान-पुण्य, सेवा, यज्ञ एवं अन्य कर्मकाण्ड कर, ईश्वर को प्रसन्न रखने की कोशिश करते हैं। इन्हें डर होता है कि यदि ये सब नहीं करेंगे तो ईश्वर नाराज होकर इनकी संपदा, मान-सम्मान छीन लेगा।)

किंतु चौथे प्रकार के जो भक्त होते हैं, उनमें ऐसी कोई इच्छा बाक़ी नहीं होती, जिसे वे भक्ति करके पूरी करना चाहते हों। (ऐसे भक्त सिर्फ ईश्वर-प्रेम के कारण निष्काम भक्ति करते हैं। वे अपना जीवन इसी भावना से जीते हैं- 'तुम्हें जो लगे अच्छा, वही मेरी इच्छा') यही कारण है कि ऐसे ज्ञानी लोग ईश्वर के सच्चे भक्त होते हैं। ज्ञान के प्रकाश से ऐसे भक्तों का भेदभावरूपी अंधकार समाप्त हो जाता है। (अर्थात उनकी माया की दृष्टि समाप्त हो जाती है, जो जीवों को चैतन्य से अलग दिखाती है। उन्हें हर किसी में वही एक चैतन्य दिखाई देता है।) इसीलिए ज्ञानी भक्त ईश्वर के सबसे प्रिय भक्त होते हैं।

ह्मणौनि आपुलालेया हिताचेनि लोभें ।मज आवडे तो ही भगतु झोंबे ।
परि मीं चि करीं वालभें । ऐसा ज्ञानियां एकु ।।

पाहे पां दुभतेयाचिया आशा । जग चि धेनू करित आहे फांसा ।
परि दोरेंविण कैसा । वत्साचा बली ।।

कां जें तनुमनुप्राणें । तें आणिक कांहीं चि नेणे ।
देखे तेयातें ह्मणे । हे माये चि कीं ।।

तें एणें मानें अनन्यगति । ह्मणौनि धेनू हीं तैसी चि प्रीति ।
एयालागि लक्ष्मिपति । बोलिले साच ।।

भावार्थ – (श्रीकृष्ण अर्जुन को बता रहे हैं कि) केवल अपने काम बनाने के लिए, स्वार्थी होकर जिसे देखो, वही मेरा भक्त बनकर मेरे पीछे लगा हुआ है (मेरी सकाम या बिज़नेस भक्ति कर रहा है) मगर केवल ज्ञानी भक्त ही ऐसा है, जिसका प्रिय पात्र सिर्फ मैं ही रहता है। (जो सिर्फ मुझे पाने के लिए ही मेरी भक्ति करता है)

मानो, दूध पाने के लालच से लोग गाय को डोरी से बाँधकर रखते हैं, उसकी सेवा करते हैं। पर गाय का बछड़ा बिना किसी डोरी से बंधा ही गाय के बंधन में पड़ा रहता है। उससे चिपटा रहता है। इसका प्रमुख कारण यही है कि तन, मन और प्राण से वह बछड़ा अपनी माँ के साथ ही जुड़ा होता है। उसे माँ के सिवाय और कुछ नहीं सूझता। वह गाय को देखते ही सोचता है कि 'बस यही मेरी माँ है। मेरा सब कुछ है।'

इसी तरह वह गाय देखती है कि 'मेरे बिना यह बछड़ा असहाय और अनाथ है।' उस समय वह भी उस बछड़े पर वैसी ही पक्की प्रीति रखती है। ज्ञानी भक्त भी ऐसा ही होता है।

तात्पर्य – ज्ञानी भक्त सिर्फ ईश्वर के प्रेम में उसे पाने के लिए भक्ति करता है, जैसे मीरा ने की थी। ईश्वर के अलावा उसे किसी दूसरे लाभ की चाहत नहीं होती। उसका ईश्वर से सिर्फ प्रेम का बंधन होता है, डर या इच्छाओं का नहीं।

ऐकें जया प्राणियाचां ठायीं । इया ज्ञानाची आवडी नाहीं ।
तयाचें जियालें म्हणों काई । वरी मरण चांग ।।

शून्य जैसें गृह । कां चैतन्येंवीण देह ।
तैसें जीवित तें संमोह । ज्ञानहीना ।।

अथवा ज्ञान कीर आपु नोहे । परी ते चाड एकी जरी वाहे ।
तरी तेथ जिव्हाळा कांही आहे । प्राप्तीचा पैं ।।

वांचूनि ज्ञानाची गोठी कायसी । परी ते आस्थाही न धरी मानसीं ।
तरी तो संशयरूप हुताशीं । पडिला जाण ।।

भावार्थ – श्रीकृष्ण अर्जुन को समझाते हुए कहते हैं कि जिस इंसान के मन में उच्चतम ज्ञान (जिस ज्ञान को पाने के बाद स्वअनुभव मिलता है) को पाने की इच्छा न हो, उसका ज़िंदा रहने के बजाय मर जाना ही अच्छा है। (वह ज़िंदा होकर भी मरे के समान है क्योंकि वह अपने जीवन का लाभ ही नहीं उठा रहा है।) जैसे उजड़ा हुआ घर होता है अथवा प्राणों के बगैर देह होती है, वैसे ही ज्ञान के बिना जीवन भी सिर्फ भ्रम (ग़लत मान्यताओं, धारणाओं) से भरा हुआ ही होता है। ज्ञान के बगैर इंसान की कोई कीमत नहीं है।

यदि किसी इंसान की ऐसी अवस्था हो कि उसे यह ज्ञान तो नहीं मिला मगर उसके मन में ज्ञान के प्रति कुछ आदरभाव या प्यास है तो उसके लिए कभी न कभी ज्ञान पाना संभव होता है। यदि किसी इंसान में ज्ञान भी न हो और उसके मन में ज्ञान के प्रति कोई आदर भी न हो तो उसके बारे में यह जान लेना चाहिए कि वह संशय (अविश्वास, भ्रम) की आग में जल गया है। (ज्ञान के प्रति अविश्वास, ग़लत मान्यताएँ ही उसे पाने के सारे रास्ते बंद कर देते हैं।)

खण्ड 3
अंतिम सत्य का अनुभव

अध्याय 20

वह 'एक' ही है

अमृतानुभव – 1

गीता के उच्चतम ज्ञान को 'ज्ञानेश्वरी' के द्वारा आम जनता तक लाने का महान कार्य संत ज्ञानेश्वर द्वारा हुआ। लेकिन फिर भी कुछ सत्य के प्यासे लोग संत ज्ञानेश्वर से उनके व्यक्तिगत आध्यात्मिक अनुभवों को जानना चाहते थे। खोजियों के मन में उठी यह इच्छा जानकर, गुरु निवृत्तिनाथ ने संत ज्ञानेश्वर से कहा – 'तुमने ज्ञानेश्वरी की टीका से आम लोगों में ज्ञान और भक्ति तो जगा दी है, अब तुम सत्य के खोजियों को अपनी साधना के अनुभव बताओ और उन्हें प्रेरित करो।'

गुरु की आज्ञा को सम्मान देते हुए संत ज्ञानेश्वर ने दस दिनों तक लोगों को अपनी साधना के अनुभवों पर प्रवचन दिए। इन सभी प्रवचनों को मिलाकर जो ग्रंथ बना, उसे 'अमृतानुभव' नाम दिया गया। दस अध्यायों में विभाजित यह ग्रंथ संत ज्ञानेश्वर की मोक्ष साधना का सार है।

संत ज्ञानेश्वर ने अपनी ओवियों के माध्यम से खोजियों को उस परम सत्य के बारे में बताया है, जिसे उन्होंने अनुभव से जाना। उन्होंने परमचैतन्य (सेल्फ, ब्रह्म) और इस संसार की वास्तविकता को अनुभव से जाना। अनुभव की यह अवस्था ही आत्मसाक्षात्कार, मोक्ष, स्वबोध कहलाती है, जहाँ इंसान की नज़र पर पड़े सारे अज्ञान और माया के परदे हट जाते हैं और उसे शुद्ध सत्य नज़र आने लगता है।

'अमृतानुभव' में अद्वैत की स्तुति की गई है। अद्वैत का अर्थ है – 'एक', जहाँ दूसरा कोई है ही नहीं। यही अंतिम सत्य है कि सभी परम चैतन्य (ब्रह्म सेल्फ) का ही रूप है। संपूर्ण सृष्टि में उसके सिवाय दूसरा कोई है ही नहीं। हमें जो कुछ भी अलग-अलग चीज़ें या जीव नज़र आते वह माया के कारण हैं। माया के भ्रम से ही जीव स्वयं को बाक़ी जीवों, वस्तुओं से अलग करके देखता है, वह खुद के लिए 'मैं' और दूसरों को 'तू' कहता है।

उदाहरण के लिए अंधेरे में कभी-कभी इंसान खूँटी पर टँगे कोट को भूत समझकर डरने लगता है। जब वह लाइट जलाता है तब उसे सच्चाई का पता चलता है। उसका अज्ञान दूर होता है कि जिसे वह भूत समझकर डर रहा था, वह तो उसका ही अपना कोट है तब वह अपनी बेवकूफी पर हँसता है। माया यही भ्रम है, जो कोट को भूत प्रतीत कराती है। अर्थात इंसान संसार को वास्तविक और चैतन्य से अलग करके देखता है, इसी को सच मानकर जीवन जीता है।

परंतु गुरु की कृपा से जब इंसान के अंदर ज्ञान की लाइट जलती है तो उसका भ्रम दूर हो जाता है। उसे अपनी (सेल्फ) और संसार की स्थिति स्पष्ट होती है और वह अपने अज्ञान पर हँसता है। संत ज्ञानेश्वर, कबीर, गुरुनानक आदि जैसे स्वबोध में स्थापित महात्माओं ने संसार को यही अनुभव अलग-अलग तरह से समझाने की कोशिश की है। आइए, अमृतानुभव ग्रंथ से ऐसी ही कुछ ओवियों को समझते हैं, जो खोजी को परमसत्य का बोध कराती हैं।

शुक्लपक्षींच्या सोळा । दिवसा वाढती कळा ।
परि चंद्र मात्र सगळा । चंद्रीं जेवीं ।।

भावार्थ – शुक्ल पक्ष की पहली कला से लेकर अमावस्या तक चाँद की सोलह कलाएँ होती हैं। हर कला में चाँद का आकार और चमक भिन्न-भिन्न नज़र आता है। मगर देखा जाए तो चाँद अपने स्वरूप में ज्यूँ का त्यूँ रहता है, वह न घटता है, न बढ़ता है। जैसा है वैसा ही रहता है। यह तो कुदरत ही है जो हमें उसके अलग-अलग रूप और आकार दिखाती है।

तात्पर्य : यही स्थिति जगत में सेल्फ की है। वह बस है और अपने आपमें पूर्ण है। यह तो प्रकृति या माया ही है जो उसे अलग-अलग तरह से व्यक्त करती है और हमें संसार में इतनी सारी विभिन्न वस्तुएँ और जीव देखने को मिलते हैं।

थेंबीं पडतां उदक । थेंबीं धरूं ये लेख ।
परि पडिला ठायीं उदक । वांचूनि आहे?।।

भावार्थ – बारिश में पानी बूँद-बूँद बनकर धरती पर गिरता है। गिरते हुए वे अलग-अलग बूँदे लगती हैं मगर गिरने के बाद सब पानी ही हो जाता है। सभी बूँदे पानी में विलीन हो जाती हैं। यानी बूँदे पानी से बनती हैं, पानी ही होती हैं और बाद में पानी में ही मिल जाती हैं मगर फिर भी पानी नहीं, बूँदे ही कहलाती हैं।

बूँद और पानी का यह संबंध जीव और ब्रह्म (सेल्फ) का भी है। संसार में दिख रही अनंत जड़ और चेतन जीव सेल्फ से बने हैं, वे सेल्फ ही हैं और सेल्फ में ही विलीन हो जाते हैं। अर्थात सेल्फ सेल्फ से ही जीव और सृष्टि के रूप में प्रकट होता है और सेल्फ में ही विलीन हो जाता है।

तैसें असताचिया व्यावृत्ती । सत्म्हणों आलें श्रुति ।
जडाचिया समाप्ती । चिद्रूप ऐसें ।।

भावार्थ – असत्य (भ्रम, मिथ्या, माया) की पहचान होने के लिए ही सत्य शब्द बना है। जो जड़ (चेतना के बिना) है, उसकी विपरीत अवस्था बताने के लिए ही चेतन या चैतन्य शब्द बना है। (कहने का तात्पर्य है कि सत्य-असत्य, माया और ब्रह्म, जड़ और चेतन सिर्फ शब्दों के ही खेल हैं। सेल्फ की अलग-अलग अवस्था को अलग-अलग संबोधन दिए गए हैं किंतु वास्तव में जो भी है, सब एक ही है।

हा ठावोवरी गुरुरायें । नांदविलों उवायें ।
जे आम्ही न समाये । आम्हांमाजीं ।।

भावार्थ – अभी तक हम भक्त बनकर गुरु निवृत्तिनाथ में ही लीन होकर रहे मगर अब गुरु ने हमें अपना अनुभव (स्वबोध) कराकर इतना व्यापक बना दिया है, इतना आनंदित बना दिया है कि हम स्वयं (सेल्फ) में ही नहीं समा पा रहे हैं अर्थात हम पूरा चैतन्य रूप ही बन गए हैं।

आमुची करवे गोठी । ते जालीचि नाहीं वाक्सृष्टी ।
आमुतें देखे दिठी । ते दिठीचि नव्हे ।।

आमुतें करूनि विखो । भोगूं शके पारखो ।
तैं आमुतें न देखों । आम्हीपण ।।

भावार्थ – संत ज्ञानेश्वर आत्मानुभव से स्थापित होकर कह रहे हैं कि 'न तो ज़बान में इतनी क्षमता है कि वह हमारी (सेल्फ की) बात कर सके, न ही वह आँख बनी है जो हमें देख सके। अपने स्वरूप से अलग होकर हम उसे न ही जान सकते हैं, न ही देख और सुन सकते हैं। खुद (सेल्फ) से अलग होकर खुद का अनुभव नहीं किया जा सकता।' अर्थात सेल्फ को तभी अनुभव किया जा सकता

है जब अनुभव करनेवाला व्यक्ति (अहंकार) विलीन हो जाए तब सेल्फ ही सेल्फ का अनुभव करता है।

आतां आमोद सुनास जालें । श्रुतीसि श्रवण रिघाले ।
आरिसे उठले । लोचनेसी ।।

जिव्हा लोधली रसें । कमळ सूर्यपणें विकाशे ।
चकोरचि जैसे । चंद्रमा झाले ।।

फुलेंचि जालीं भ्रमर । तरुणीची झाली नर ।
जालें आपुलें शेजार । निद्राळुचि ।।

दिठीवियाचा रवा । नागरु इया ठेवा ।
घडिला कां कोरिवां । परी जैसा ।।

तैसे भोग्य आणि भोक्ता । दिसे आणि देखता ।
हें सरलें अद्वैता । अफुटामाजीं ।।

भावार्थ – संत ज्ञानेश्वर ब्रह्म और माया के संबंध को बखान करते हुए कहते हैं कि 'नाक स्वयं सुगंध बन गई। कान खुद ही सुनाई दे रही ध्वनि बन गए, आँखें खुद ही दृष्टि और दृश्य बन गए। ज़बान स्वाद बन गई। सूर्य प्रकाश बन गया। चंद्रमा चकोर बन गया। फूल खुद ही अपना भौंरा बन गया, स्त्री ही पुरुष बन गई, सोनेवाला ही बिस्तर बन गया।' इस तरह से भोगनेवाला ही भोगा, जाननेवाला विषय बन गया। ऐसे ही देखनेवाला (मैं) और जिसे देखा जा रहा है (दृश्य, तू) इन दो (द्वैत) ने सेल्फ में एक को ही पा लिया।

कहने का तात्पर्य यह है कि ईश्वर ने संसार बनाया नहीं बल्कि वह खुद ही संसार बना। पूरी सृष्टि में उपस्थित हरेक तत्त्व वही है, उसका उपभोग करनेवाला भी स्वयं वही है। वही अपने आनंद के लिए एक से अनेक हुआ है।

अध्याय 21

अप्रकट-प्रकट

अमृतानुभव – 2

संत ज्ञानेश्वर ने अमृतानुभव के पहले अध्याय में परमचैतन्य (सेल्फ) के निराकार (अप्रकट) और साकार (प्रकट) रहस्यों को समझाने का प्रयास किया है। चैतन्य की इन दो अवस्थाओं को उन्होंने शिव और उसकी शक्ति शिवा के रूप (ऐनालॉजी) में समझाया है।

शिव परमचैतन्य (सेल्फ) का एक प्रचलित नाम है। शिव अपने मूल तत्त्व में शून्य, निराकार, सर्वव्यापक, अनादि, अनंत, निःशब्द, अद्वैत (जहाँ कोई दूसरा नहीं है) एवं अव्यक्त है। शिव की इस अवस्था को 'सेल्फ इन रेस्ट' यानी शिव की आराम अवस्था या समाधि अवस्था भी कहा जा सकता है। यह तब की अवस्था है जब शिव ने स्वयं को शक्ति (प्रकृति, माया) के द्वारा व्यक्त नहीं किया था।

जब शिव क्रियाशील (सेल्फ इन ऐक्शन) हुए तब उन्होंने प्रकृति अथवा महामाया की रचना की। शिव की प्रकृति महामाया, शक्ति, पार्वती, काली, लीला, नटराज नृत्य आदि नामों से जानी जाती है। जिस समय शिव ने शक्ति उत्पन्न कर सृष्टि रची, वही समय शिवरात्रि कहलाया। शिव का नृत्य (माया, शिव की प्रकट अवस्था) आज भी निरंतर चल रहा है। जिस दिन यह नृत्य समाप्त होगा तब पूरी सृष्टि वापस मूल शिव में ही विलीन हो जाएगी।

धार्मिक ग्रंथों में परमचैतन्य शिव को दो भागों में विभाजित कर, उन्हें शिव और शक्ति का नाम दिया है और दोनों को अलग-अलग दिखाकर उनकी अनेक कथाएँ बनी। वास्तव में ये सभी वर्गीकरण या रूप विभिन्न ऐनालॉजी हैं, जो सेल्फ की अलग-अलग अवस्था और गुण को बताते हैं। सेल्फ यानी शिव अखण्ड है, जिसे न विभाजित किया जा सकता है, न बढ़ाया या घटाया जा सकता है।

आइए, संसार में शिव (अप्रकट चैतन्य) और शक्ति (प्रकट चैतन्य) की स्थिति को संत ज्ञानेश्वर की दृष्टि से समझने की कोशिश करते हैं।

ऐसी इयें निरुपाधिकें । जगाचीं जियें जनकें ।
तियें वंदिलीं मियां मूळिकें । देवोदेवी ।।

जो प्रियुचि प्राणेश्वरी । उलथे आवडीचे सरोभरीं ।
चारुस्थळीं येकाहारी । एकांगाची ।।

भावार्थ – शिव और शक्ति दो ऐसे मूल देव-देवी हैं, जिनमें पति ही पत्नी है और पत्नी ही पति है (वे दो प्रतीत होते हुए, दो अलग-अलग नामों से जाने जाते हुए भी मूलतः एक ही हैं)। उनका वह एकरूप ही उनका सुंदर मिलन स्थान है। वे दोनों लयबद्ध होकर, प्रेम और ताल के साथ एक ही पंक्ति में रहते हुए अपना स्वरूप बदलते रहते हैं। ऐसे हर उपाधि से मुक्त (जिन पर कोई भी लेबल न लगाया जा सके), मूल देव शिव और देवी शक्ति की मैं वंदना करता हूँ।

संत ज्ञानेश्वर के कहने का तात्पर्य यही है कि सेल्फ ही है और उसके अलावा कोई दूसरा नहीं। उसकी छिपी अवस्था शिव और कुदरत के रूप में प्रकट अवस्था शक्ति कहलाती है। सेल्फ का यह एक से दो और दो से पुनः एक होने का खेल बड़े ही सुनियोजित तरीक़े से लगातार चल रहा है।

जयां येक सत्तेचें बैसणें । दोघां येका प्रकाशाचें लेणें ।
जें अनादि येकपणें । नांदती दोघें ।।

भेदु लाजौनि आवडी । येकरसीं देत बुडी ।
जो भोगणया ठाव काढी । द्वैताचा जेथें ।।

भावार्थ – शिव और शक्ति दोनों एक ही सिंहासन पर विराजमान हैं। दोनों एक ही दिव्य प्रकाश के आभूषण से सजे हुए हैं। दोनों अनादि काल से एक थे और एक ही हैं। जब भेद वहाँ खुद दोनों में भेद खोजने गया तो शर्मिंदा हो गया और उनके एक रस में ही विलीन हो गया। उनके पास (स्वअनुभव पर) जाने पर वहाँ द्वैतभाव (दो होने का भ्रम) ज़रा भी नहीं बचा।

कहने का तात्पर्य यह है कि चेतना की उच्चतम अवस्था में खोजी को यह अनुभव से पता चलता है कि संसार, कुदरत और उसे बनानेवाला ईश्वर (शिव) कोई दो अलग तत्त्व नहीं है। एक ही तत्त्व है। ईश्वर स्वयं शक्ति या प्रकृति के रूप में प्रकट हुआ है। दोनों में कोई भेद नहीं है मगर इस सत्य को न तो साधारण आँखों से देखा जा सकता है, न ही बुद्धि से समझा जा सकता है। इसे पूरी पात्रता पाने के बाद ही केवल अनुभव से जाना जा सकता है।

जेणे देवें संपूर्ण देवी। जियेंविण कांहीना तो गोसावी।
किं बहुना एकोपजीवी। एक एकांची।। ।।

भावार्थ – शिव (चैतन्य) के कारण ही शक्ति (प्रकृति, माया) का अस्तित्त्व है और शक्ति के बिना शिव भी कुछ नहीं है। दोनों मिलकर एकरूप हैं और एक ही जीवन जी रहे हैं।

(ईश्वर अकेले अपना अनुभव नहीं कर सकता इसीलिए उसने यह सृष्टि बनाई। वह अनेक रूप में प्रकट हुआ। उसी सृष्टि के माध्यम से वह अपना और अपने गुणों का अनुभव करता है। इसीलिए कहा गया कि शिव और शक्ति एक–दूसरे के बिना कुछ नहीं)

जो हा ठावो मंदरूपें । उवायिलेपणेंचि हारपे ।
तो झाला जियेचेनि पडिपे । विश्वरूप ।।

भावार्थ – शिव अपने मूल रूप में इतना मंद, निष्क्रिय और सूक्ष्म है कि वह पूरी सृष्टि के रूप में विस्तार पाकर भी छिपा रहता है। वह शक्ति (माया) की सहायता से पूरा विश्वरूप हो जाता है।

राति आणि दिवो । पातलीं सूर्याचा ठावो ।
तैसीं आपुला साचि वावो । दोघेंही जियें ।।

भावार्थ – जिस तरह से सूरज के पास रात और दिन दोनों ही नहीं बचते क्योंकि वहाँ प्रकाश हमेशा स्थायी रूप से रहता है, इसी प्रकार मूल तत्त्व ब्रह्म (सेल्फ) के पास उसके शिव (अप्रकट अवस्था) और शक्ति (प्रकट अवस्था) दोनों रूप विलीन हो जाते हैं।

अध्याय 22

गुरु वंदना
अमृतानुभव – 3

अमृतानुभव के दूसरे अध्याय में संत ज्ञानेश्वर ने खोजियों को सद्गुरु की महिमा बताई। उन्होंने कहा है कि मायारूपी जल में डूबने के बाद भी मनुष्य ज्ञानी सद्गुरु की सहायता से तैर सकता है और उसे पार कर सकता है। इस अध्याय में उन्होंने अपने गुरु निवृत्तिनाथ का वंदन कर उनकी कृपा का बखान किया है। साथ ही यह भी स्पष्ट किया है कि वास्तव में गुरु और शिष्य दो (द्वैत) नहीं बल्कि एक (अद्वैत) ही हैं, जो गुरु और शिष्य दोनों की भूमिका निभाते हैं। आइए, उनमें से कुछ ओवियों का भावार्थ समझते हैं।

> अविद्येचे आडवे । भुंजीत जीवपणाचे भवे ।
> तया चैतन्याचे धांवे । कारुण्यें जो कीं ।।

भावार्थ– माया और अज्ञान के घोर जंगल में इंसान दिशाहीन सा भटककर घूम रहा है (और वह यह सच्चाई जानता भी नहीं है)। सिर्फ गुरु ही हैं जो प्रेम और करुणा के कारण इंसान का जड़पन दूर कर उसे चैतन्य की पहचान देने के लिए भागे आते हैं।

(बिना सत्य (ज्ञान) के इंसान की चेतना का स्तर एक जड़ वस्तु के जैसा ही होता है अतः उसे जड़ या पत्थर के समान ही समझना चाहिए। गुरु जो स्वयं ज्ञान से प्रकाशित हो चुके हैं, जिन्हें किसी भी कारण से किसी के पीछे भागने की ज़रूरत

नहीं है क्योंकि वे पहले से ही परम आनंद में हैं। फिर भी सिर्फ प्रेम और करुणा के कारण वे इंसान को जगाने की कोशिश करते हैं ताकि वह भी अपने सच्चे स्वरूप (चैतन्य) को पहचान सके।)

जो भेटलियाचि सवे । पुरति उपायांचे धांवे ।
प्रवृत्ति-गंगा स्थिरावे । सागरीं जिये ।।

भावार्थ – इंसान जिंदगीभर अलग-अलग चीज़ें पाने के लिए उपाय करता रहता है, योजना बनाता रहता है, जुगाड़ करता रहता है... पर गुरु वह मंज़िल है, जिसके मिलने से ये सारे आयोजन खुद-ब-खुद बंद हो जाते हैं। क्योंकि उसकी प्रवृत्ति रूपी गंगा, गुरु रूपी सागर में आकर स्थिर हो जाती है।

(इंसान की प्रवृत्ति (स्वभाव, गुण) उसे दिन-रात अलग-अलग चीज़ों के पीछे दौड़ाती रहती है पर गुरु से मिलकर उसे पता चलता है कि वह कर्ता नहीं है। साथ ही जो हो रहा है वह स्वचलित, स्वघटित है, सब होने (हैपनिंग) का पार्ट है। इस कारण वह किसी भी बात से चिपकता नहीं है। उसे न ही कुछ खोने का डर होता है और न ही कुछ पाने की लालच। वह पूरे आनंद और उत्साह के साथ गुरु आज्ञा में रहते हुए अपने कर्तव्य पूरे कर आगे बढ़ता जाता है। इस तरह वह धीरे-धीरे अपने आंतरिक गुरु (स्रोत, सेल्फ) में स्थिर हो जाता है। अर्थात उसे स्वअनुभव प्राप्त होता है।)

एकपण नव्हे सुसास । म्हणोन गुरु-शिष्यांचें करोनि मिस ।
पाहणेंचि आपली वास । पाहतसे ।।

भावार्थ – गुरु को अपना एक ही रूप अच्छा नहीं लगता इसलिए वे गुरु और शिष्य बनकर दो रूपों में प्रकट होते हैं और एक दूसरे में अपना दर्शन करते हैं।

(इस ओवी से संत ज्ञानेश्वर की आत्मसाक्षात्कार की अवस्था का सहज ही पता चलता है। वे अपने गुरु निवृत्तिनाथ और स्वयं में उसी एक मूल तत्व (परम चैतन्य, आंतरिक गुरु) को देखते हैं। वास्तव में उनको वह दृष्टि प्राप्त हो चुकी है, जिससे संपूर्ण सृष्टि वही एक मूल तत्व नज़र आती है। उनके अनुसार सेल्फ ही अपना अनुभव करने के लिए गुरु-शिष्य का खेल रच रहा है।)

नाहीं जे जळीं बुडिले । तै घनवटें जेणें तरिजे ।
जेणें तरलियाहि नुरिजे । कवणिये ठाईं ।।

भावार्थ – जो नहीं है, उस पानी (मायारूपी सागर) में शिष्य डूब रहा है। ऐसे में गुरु आते हैं और उसे तैरानेवाली वस्तु (जैसे नाव या लकड़ी) बनकर पार लगा देते हैं।

पार होने पर दोनों दो नहीं रहते, एक हो जाते हैं।

(माया वास्तव में नहीं है, यह एक भ्रम है मगर सत्य का ज्ञान हुए बिना असली प्रतीत होती है। इसलिए संत ज्ञानेश्वर ने कहा कि जो मायारूपी पानी है ही नहीं, उसमें शिष्य डूब रहा है। गुरु अपनी शिक्षाओं और कृपाओं से शिष्य को माया और ईश्वर की सच्चाई का बोध कराते हैं, उसे स्वयं की पहचान देते हैं। अपनी पहचान (सेल्फ) जानते ही शिष्य का अलग 'मैं' होने का भाव खत्म हो जाता है। वह जान जाता है कि गुरु भी वही एक तत्व है और वह स्वयं भी।)

राती नुरेचि सूर्या। नातरी लवण पाणिया।
नुरे जेवी चेइलिया। नींद जैसी।।

कापुराचे थळीव । नुरेचि आगीची बरव ।
नुरेचि रूप नांव । तैसें यया ।।

भावार्थ – जिस प्रकार सूरज के उगने पर रात नहीं बचती, पानी में डालने पर नमक नहीं बचता (वह घुल जाता है), जागने पर नींद नहीं बचती, जिस प्रकार कपूर के अलग-अलग नाम, रूपोंवाले आभूषणों को आग के पास ले जाने पर वे शेष नहीं बचते, विलीन हो जाते हैं, ऐसे ही सद्गुरु के पास आने पर शिष्य नहीं बचता।

(यहाँ शिष्य के न बचने का अर्थ है उसका 'मैं' भाव, गुरु से अलग होने का अहंकार नष्ट हो जाता है। उसमें 'मैं अलग, गुरु अलग' का भेद समाप्त हो जाता है। उसे दोनों एक (सेल्फ) ही नज़र आने लगते हैं।)

शिवशिवा सद्गुरु । तुजला गूढा काय करूं? ।
येकाहि निर्धारा धरूं । देतासि कां? ।।

भावार्थ – हे शिव और शिवारूपी (निराकार चैतन्य और साकार प्रकृति के स्वरूप) सत्गुरु मैं तुम्हारे गूढ़ स्वरूप के बारे में क्या निश्चित करूँ? आपके बारे में कोई एक बात निश्चित नहीं हो सकती।

(संत ज्ञानेश्वर अपने गुरु निवृत्तिनाथ का बाहरी साकार स्वरूप भी देख रहे हैं और उनके वास्तविक निराकार स्वरूप (चैतन्य) को भी अनुभव से पहचानते हैं इसलिए वे कहते हैं कि 'तुम्हारे स्वरूप का किसी एक तरह से वर्णन नहीं किया जा सकता।')

गुणा तेलाचिया सोयरिका । निर्वाहिली दीपकळिका ।
ते का होईल पुळिका । कापुराचिया ।।

तया दोहों परस्परें । होय ना जंव मेळहैरें ।
तंव दोहींचेंही सरे । सरिसेंचि ।।

तेविं देखेना कायी ययातें । तंव गेलें वंद्य वंदितें ।
चेइलिया कांतें । स्वप्नींचें जेवीं ।।

भावार्थ – संत ज्ञानेश्वर गुरु को तेल के दिए से बनी स्थायी ज्योती और शिष्य को कपूर की क्षणिक ज्योति बताते हुए कहते हैं कि 'तेल के दिए की ज्योति की कपूर की ज्योति से तुलना नहीं हो सकती है।' दिए की ज्योति दूसरी ज्योति के समीप जाने से नष्ट नहीं होती बल्कि वह दूसरे बुझे दिए को भी प्रज्ज्वलित कर देती है। मगर कपूर ज्योति के पास आते ही उड़कर विलीन हो जाता है, उसका कुछ भी अवशेष नहीं बचता।

इसी तरह गुरु के वास्तविक स्वरूप के दर्शन होते ही मेरे भीतर का द्वैत भाव (गुरु और खुद को अलग-अलग देखनेवाला भेद-भाव) सपने की भाँति टूट गया। गुरु का वंदन करनेवाला मैं और वंदन होनेवाले गुरु दोनों समाप्त होकर मूलरूप में एक ही हो गए। यह ठीक ऐसा ही हुआ जैसे सपने में नज़र आनेवाले दो लोग आँख खुलते ही ग़ायब हो गए।

कां सुवर्ण आणि लेणें । वसतें येकें सुवर्णें ।
वसतें चंद्र चांदणें । चंद्रींचि जेवीं ।।

म्हणौनि शिष्य आणि गुरुनाथु । या दोहों शब्दांचा अर्थु ।
श्रीगुरुचि परी होतु । दोहों ठायीं ।।

भावार्थ – जैसे सोना और सोने से बने गहने वास्तव में सोना ही हैं, जबकि दोनों के लिए अलग-अलग संबोधन है। चाँद और चाँदनी दोनों का एक ही प्रकाश है मगर संबोधन अलग अलग है। ऐसे ही शिष्य ज्ञानदेव और गुरु निवृत्तिनाथ, ये दो शब्द तो अलग-अलग सुनाई देते हैं मगर इनका अर्थ एक ही है। गुरु (चैतन्य) ही दोनों शरीरों में गुरु और शिष्य के रूप में रहते हैं अर्थात गुरु और शिष्य मूल रूप से एक ही हैं।

निवृत्ति जया नांव । निवृत्ति जया बरव ।
जया निवृत्तीची राणीव । निवृत्तिचि ।।

वांचोनि प्रवृत्तिविरोधें । कां निवृत्तीचेंनि बोधें ।
आणिजे तैसा वादें । निवृत्ति नव्हे ।।

भावार्थ – जिसका नाम निवृत्ति है वही सबसे उच्च है, वही निवृत्ति राजा है, वही राज्य है, वही हर तरफ़ है और वही स्वभाव से निवृत्त (हर चीज़ से अछूता) है।

अपनी सहज प्रवृत्ति का विरोध किए बगैर निवृत्ति (सेल्फ) का बोध प्राप्त किया जा सकता है। किसी भी तरह के वाद-विवाद, शास्त्रार्थ आदि में उलझने से, सिर्फ ज्ञान की कोरी बातें करने से निवृत्ति का बोध नहीं किया जा सकता।

(यहाँ संत ज्ञानेशवर निवृत्तिनाथ को शरीर मानकर बात नहीं कर रहे हैं। वे उसी परम चैतन्य को निवृत्ति नाम दे रहे हैं, जो निवृत्तिनाथ के शरीर में भी है और उसके बाहर भी। उनका कहना है कि 'उस मूल तत्व को धर्मग्रंथों पर वाद-विवाद करके, अपने सहज मानव स्वभाव का हठपूर्वक विरोध करके (कठिन साधनाओं द्वारा) नहीं जाना जा सकता। उसे ज्ञान और भक्ति द्वारा ही अनुभव किया जा सकता है।)

अध्याय 23

चाँगदेव पासष्ठी
सेल्फ़ की सेल्फ़ से मुलाक़ात

खण्ड 1 के अध्याय- 13 में आपने चाँगदेव की कथा पढ़ी। चाँगदेव महान सिद्ध योगी थे, जिन्होंने संत ज्ञानेश्वर की कीर्ति सुनी और उन्हें एक कोरा कागज़ पत्र के रूप में भिजवाया। संत ज्ञानेश्वर ने उसी कोरे कागज़ पर 65 ओवियों में उच्चतम आध्यात्मिक ज्ञान पिरोया और उस पत्र को उन्हें वापस भिजवा दिया। इस पत्र को 'चाँगदेव पासष्ठी' कहते हैं। इसमें उन्होंने चाँगदेव को उनके वास्तविक स्वरूप (सेल्फ़) का बोध कराया है।

इस पत्र को पढ़ते ही चाँगदेव को संत ज्ञानेश्वर की उच्च आध्यात्मिक अवस्था का अनुमान हुआ और वे उनसे मिलने आए। इस मुलाक़ात का परिणाम यह हुआ कि स्वयं हज़ारों शिष्यों के गुरु परमयोगी चाँगदेव, संत ज्ञानेश्वर के समर्पित शिष्य, भक्त और सेवक बन गए।

इस अध्याय में इसी दुर्लभ पत्र 'चाँगदेव पासष्ठी' की कुछ ओवियों को उनके भावार्थ सहित संकलित किया गया है। तो आइए, इन ओवियों और उनमें छिपे ज्ञान का आनंद लें।

स्वस्ति श्री वटेशु । जो लपोनि जगदाभासु ।
दावी मग ग्रासु । प्रगटला करी ।।

भावार्थ – हे! वटेशु (चाँगदेव) आपका कल्याण हो। ईश्वर खुद छिपा रहता है और हमें संसार का आभास सच बनाकर दिखाता है। जब वह खुद सामने आता है तो संसार का यह झूठा आभास खुद ही समाप्त हो जाता है। (इस ओवी में संत ज्ञानेश्वर चाँगदेव को 'वटेशु' कहकर संबोधित कर रहे हैं, जिसका अर्थ है – 'शिव'। यानी वे चाँगदेव को भेद की नज़र से नहीं देख रहे हैं। उन्हें चाँगदेव में भी उसी एक शिव (सेल्फ़) के दर्शन हो रहे हैं, जो सर्वव्यापी है। इसीलिए संत ज्ञानेश्वर उन्हें समझा रहे हैं कि जो नज़र हर किसी में उसी एक शिव यानी सेल्फ़ का दर्शन कर लेती है, उसे जगत् में कुछ और दिखाई ही नहीं देता, उसके लिए संसार ग़ायब हो जाता है। उस नज़र से देखा जाए तो ज्ञानदेव और चाँगदेव में कोई अंतर ही नहीं है।)

म्हणोनि अविद्यानिमित्तें । दृश्य द्रष्टत्व वर्ते ।
तें मी नेणें आइते । ऐसेंचि असे ।।

भावार्थ – हे चाँगदेव! आपको अविद्या (अज्ञान) के कारण, देखनेवाला (दृष्टा) और दिखाई दे रहा (दृश्य) अलग-अलग तत्त्व नज़र आते हैं। किंतु मेरे साथ ऐसा नहीं है। मेरे पास ऐसा अलग-अलग देखनेवाला (द्वैत भाव) नहीं है। (चाँगदेव अज्ञान के कारण खुद को अलग और संत ज्ञानेश्वर को अलग मानकर व्यवहार कर रहे हैं। इसी बात को संत ज्ञानेश्वर ने उन्हें स्पष्ट किया है कि वे उनमें और स्वयं में कोई भेद नहीं देखते हैं।)

जेंवी नाममात्र लुगडें । येर्हवीं सुतचि तें उघडें ।
कां माती मृद्भांडें । जयापरी ।।

तेंवी द्रष्टा दृश्य दशे । अतीत द्रईण्मात्र जें असे ।
तेंचि द्रष्टादृश्यमिसें । केवळ होय ।।

भावार्थ – जैसे सूत के धागे से बना एक कपड़ा साड़ी कहलता है। (बाक़ी तरह के कपड़ों के भी अलग-अलग नाम होते हैं जैसे धोती, कुर्ता, रूमाल आदि) पर मूलरूप से वह सूत ही होता है। मिट्टी का बरतन मूल रूप से मिट्टी ही होता है। ऐसे ही देखनेवाले (मैं) और दिखाई दे रहे (तू, कोई दूसरा) दोनों मूलरूप से एक ही सेल्फ़ हैं।

यालागीं मौनेंचि बोलिजे । कांहीं नहोनि सर्व होईजे ।
नव्हतां लाहिजे । कांहीच नाहीं ।। 33

भावार्थ – उस (सेल्फ़) को शब्दों में नहीं बल्कि मौन से ही समझाया जा सकता है। वह कुछ नहीं होते हुए भी सब कुछ है। (सेल्फ़ को सिर्फ अनुभव से ही समझा

जा सकता है। जहाँ अनुभव करनेवाला, जिसका अनुभव किया जा रहा है और स्वयं अनुभव तीनों एक हो जाएँ, ऐसी अवस्था ही वास्तव में मौन है। ऐसे मौन में कुछ नहीं होते हुए भी सब कुछ है।)

तया पुत्र तूं वटेश्वराचा । रवा जैसा कापुराचा ।
चांगया मज तुज आपणयाचा । बोल ऐके ।।

भावार्थ – हे चाँगदेव मेरी बात सुनो! तुम वटेश्वर (शिव, सेल्फ़) के ही पुत्र हो अर्थात उसी का रूप हो। जैसे कपूर का कण भी कपूर ही होता है, वैसे ही तुम और मैं उसी सेल्फ़ के रूप हैं। हम दो नहीं, एक (सेल्फ़) ही हैं।

ज्ञानदेव म्हणे । तुज माझा बोल ऐकणें ।
ते तळहाता तळीं मिठी देणें । जयापरि ।।

बोलेंचि बोल ऐकिजे । स्वादेंचि स्वाद चाखिजे ।
कां उजिवडे देखिजे । उजिडा जेंवि ।।

भावार्थ – हे चाँगदेव, मेरे बताए हुए ज्ञान की बातों को ऐसी ग्रहणशीलता से लो जैसे हथेली, हथेली से मिले, शब्द ही शब्द सुने, स्वाद, स्वाद को चखे, रोशनी, रोशनी को देखे...। अर्थात सेल्फ़ पर ही स्थापित होकर, मेरे-तेरे का भेद मिटाकर, खुद ज्ञानस्वरूप बनकर ही ज्ञान ग्रहण करो।

सोनिया वरकल सोनें जैसा । कां मुख मुखा हो आरिसा ।
मज तुज संवाद तैसा । चक्रपाणि।।

भावार्थ – हे चक्रपाणि चाँगदेव, जैसे सोने का वर्क बनकर सोना ही सोने को ढकता है, आइने में चेहरा ही चेहरे को देखता है, ऐसे ही अपनी और मेरी स्थिति समझकर मेरे वचनों को सुनो। (कहने का तात्पर्य यह है कि तुम (सुननेवाला) और मैं (कहनेवाला) दो नहीं बल्कि एक ही हैं, इसी भाव से ज्ञान लो, तुममें और मुझमें कोई अंतर नहीं है।)

सखया तुझेनि उद्धेशें । भेटावया जीव उल्हासे ।
कीं सिद्धभेटी विसकुरे । ऐशिया बिहे ।।

भेवों पाहे तुझें दर्शन । तंव रूपा येनों पाहे मन ।
तेथें दर्शना होय अवजतन । ऐसें गमों लागे ।।

भावार्थ – हे मित्र चाँगदेव! आपसे मिलने के लिए मेरा मन उत्साहित है, वहीं दूसरी ओर हिटकिचाहट या कुछ भय भी है। मैं आपको (आपके वास्तविक स्वरूप सेल्फ़

को) देखना चाहता हूँ पर कहीं दर्शन करते हुए मेरा मन भी बीच में न आए, ऐसा भय लगता है। (इन ओवी में बहुत महत्त्वपूर्ण बात कही गई है। भेंट के समय संत ज्ञानेश्वर चाँगदेव को अद्वैत भाव से देखना चाहते हैं। अर्थात उनमें चाँगदेव व्यक्ति नहीं बल्कि सर्वव्यापी सेल्फ़ के ही दर्शन करना चाहते हैं। मगर वे शंका जता रहे हैं कि कहीं उनका मन बीच में आकर द्वैत भाव से न देखना शुरू कर दे कि चाँगदेव अलग व्यक्ति है और ज्ञानदेव अलग है। ऐसा होने पर वे चाँगदेव के वास्तविक स्वरूप को नहीं देख पाएँगे। क्योंकि जहाँ मन उपस्थित होता है, वहाँ स्वअनुभव नहीं रह पाता, अद्वैत भाव नहीं रह पाता। ऐसी दृष्टि होने के लिए ज़रूरी है कि 'तेरा-मेरा... तुम-मैं...' करनेवाला मन ग़ायब हो जाए।)

लवण पाणियाचा थावो । माजि रिघोनि गेलें पाहो ।
तंव तेंचि नाहीं मा काय घेवो । माप जळा ।।

तैसें तुज आत्मयातें पाही । देखो गेलिया मीचि नाहीं ।
तेथें तून्कैचा काई । कल्पावया जोगा ।।

भावार्थ – जैसे यदि नमक का पुतला सोचने लगे कि मैं पानी की गहराई नापूँगा और पानी में उतर जाए। मगर पानी में जाते ही वह घुल जाता है, उसका अस्तित्त्व ही खत्म हो जाता है। नमक भला पानी की गहराई कैसे नाप सकता है? ऐसे ही जब कोई व्यक्ति बनकर (मैं अलग हूँ, सेल्फ़ अलग है और मैं उसे जानूँगा, इस भाव से) उस परम चैतन्य (सेल्फ़) को खोजने गया तो वह खुद ही ग़ायब हो गया। वहाँ (एकतत्त्व में, सेल्फ़ में) 'तुम, मुझसे अलग हस्ती हो', यह बस एक कोरी कल्पना है।

डोळ्याचे भूमिके । डोळा चित्र होय कौतुकें ।
आणि तेणेंचि तो देखे । न डंडळितां ।।

तैसी उपजतां गोष्टी । न फुटतां दृष्टि ।
मीतूंवीण भेटी । माझी तुझी ।।

भावार्थ – जैसे आँख हमारे सामने अलग-अलग दृश्य पैदा करती है मगर उन सभी दृश्यों को देखते हुए आँख (यहाँ आँख सेल्फ़ को कहा गया है।) वही एक रहती है। उसमें कुछ बदलाव नहीं होता, ऐसे ही तुम्हारी और मेरी मुलाक़ात की बात है। यदि हमारी दृष्टि अज्ञान के कारण न बिगड़े तो इस मुलाक़ात में कोई 'मैं' या 'तू' हैं ही नहीं। यानी यह किसी चाँगदेव और ज्ञानदेव की मुलाक़ात नहीं है, यहाँ सेल्फ़ ही सेल्फ़ से मिल रहा है।

आतां मी तूं या उपाधी । ग्रासूनि भेटी नुसधी ।
ते भोगिली अनुवादीं । घोळघोळू ।।

भावार्थ – हमारी मुलाक़ात जो 'मैं' और 'तुम' की मुलाक़ात लगती है, इन दोनों के पार है। मैंने इन दोनों संबोधनों को नष्ट कर दिया है और अद्वैत[1] दृष्टि से मैंने इस मुलाक़ात का मंथन और वर्णन करके इसी दृष्टि से इसका आनंद लिया है।

इयेचें करुनि व्याज । तूं आपणयातें बुझ ।
दीप दीपपणें पाहे निज । आपुलें जैसें ।।

भावार्थ – जैसे दीपक खुद अपने ही प्रकाश से प्रकाशित होता है, वैसे ही मैंने जो भी इस पत्र में लिखा है, उसे समझकर तुम अपनी वास्तविक पहचान (सेल्फ़) को जानो और खुद भी वही एकतत्त्व बनो।

---

[1] जहाँ 'मैं', 'तू', सब वही 'एक' है, दूसरा कोई है ही नहीं।

अध्याय 24

भक्तिरस से भीगे अभंग

गुरु और नाम सिमरन

'ज्ञानेश्वरी' और 'अमृतानुभव' जैसे ग्रंथों के अतिरिक्त संत ज्ञानेश्वर ने अनेक अभंगों और भजनों की भी रचना की है। इस अध्याय में ज्ञान, गुरुभक्ति और हरिभक्ति पर आधारित कुछ अभंगों को उनके अर्थ के साथ संकलित किया गया है।

आइए, इनके साथ आप भी भक्तिरस में भीगने के लिए तैयार हो जाइए।

एक नाम सिमरन की महिमा

एक तत्व नाम दृढ धरी मना हरी सी करुणा येईल तुझी।।
ते नाम सोपे रे रामकृष्ण गोविंद वाचेशी सद्गद जपा आधी।।

नामापरते तत्व नाही रे अन्यथा वाया आणिक पंथा जाशी झणीं।।
ज्ञानदेव नाम जपमाळ अंतरी धरोनि श्रीहरी जपे सदा ।।

भावार्थ – संत ज्ञानेश्वर हमें समझा रहे हैं कि एक तत्त्व नाम को अपने मन में दृढ़ता से धारण कर लो, भाव से नाम लेने पर हरि को निश्चय ही तुम्हारे ऊपर करुणा आएगी। उनका नाम बहुत सरल है- राम, कृष्ण, गोविंद...। इस नाम का पूरे भाव के साथ गदगद (भावविभोर) होकर जप करो क्योंकि नाम से भिन्न कोई तत्त्व नहीं है। व्यर्थ ही अन्य मार्गों पर क्यों भागते फिर रहे हो...। ज्ञानदेव ने भी अपने भीतर मौन (चैतन्य) की जपमाला ली हुई है, जिसके साथ उसके भीतर हरि का जाप

निरंतरता से चल रहा है।

संत ज्ञानेश्वर ने इस अभंग को आम लोगों की आध्यात्मिक प्रगति को ध्यान में रखकर लिखा है क्योंकि वे जानते थे एक सामान्य बुद्धिवाला इंसान योग, ज्ञान और निराकार तत्त्व की बड़ी-बड़ी बातों में उलझ सकता है। पर यदि वह मूल चैतन्य तत्त्व (सेल्फ) को एक आकार में स्वीकार कर ले और उसे एक नाम (हरि) से जोड़कर पूरे भाव के साथ याद करे, उसकी भक्ति करे (सगुण उपासना, नाम सिमरन) तो वह भी उसी परम अनुभव को पा सकता है, जिसे एक योगी, ज्ञानी, ध्यानी पाता है। क्योंकि भावपूर्ण भक्ति से अहंकार सहज ही समर्पित होता है और ऐसा होने पर ही हृदय में अनुभव प्रकाशित होता है। संत ज्ञानेश्वर हमें समझा रहे हैं कि दूसरों की देखा-देखी भिन्न-भिन्न मार्गों की ओर आकर्षित होने की ज़रूरत नहीं है क्योंकि सभी मार्गों की मंज़िल (मोक्ष) एक ही है, जिसे सबसे सुलभ 'नाम सिमरन मार्ग' से भी पाया जा सकता है।

गुरु असंभव को भी संभव करे

दैव करी तरी काय न होई। दगडाचिये नई तरिजेल।।
सूर्यकिरणावरी मुंगियाच्या हारी। अग्निचे पाठरी पीक होय।।
फुटतील पाय चालतील भिंती। मेरु मशक येती समतुका।।
ज्ञानदेव म्हणे अघटित घडे। गुरुकृपे जोडे परब्रह्म।।

भावार्थ – देव के लिए क्या संभव नहीं है... नदी पर पत्थर तैर सकता है। सूर्य की किरणों पर चींटियाँ चल सकती हैं, आग के पठारों पर फसल उग सकती है, दीवारों के भी पैर निकल सकते हैं और वह चल सकती है, विशाल पर्वत और छोटा सा मच्छर दोनों बराबर हो सकते हैं...। ज्ञानदेव कहते हैं कि 'देवकृपा से सृष्टि में कुछ भी असंभव घट सकता है पर गुरु की कृपा से परब्रह्म मिल सकते हैं।'

इस अभंग से यह स्पष्ट होता है कि संत ज्ञानेश्वर की नज़र में गुरु का क्या स्थान है और उन्हें गुरुकृपा की कितनी पहचान है। साथ ही वे इंसान के परम लक्ष्य परब्रह्म (स्वअनुभव) के लिए भी कितने जाग्रत हैं इसीलिए उन्होंने सृष्टि में घटनेवाली असंभव से असंभव घटना के ऊपर गुरुकृपा से मिलनेवाली स्वअनुभव की घटना को रखकर उसके महत्त्व को जताया है। वे कहते हैं, 'गुरु वह असंभव कार्य करवा सकते हैं, जो देवता भी नहीं कर सकते।'

नाम – सिमरन मार्ग सबसे सरल है

भावेवीण भक्ति भक्तिवीण मुक्ति बळेवीण शक्ति बोलू नये ।।
कैसेनि दैवत प्रसन्न त्वरित उगा राहे निवांत शिणसी वायां ।।

सायासे करीसी प्रपंच दिनदिशी हरीसी न भजसी कोण्या गुणे ।।
ज्ञानदेव म्हणे हरिजप करणे तुटेल धरणे प्रपंचाचे ।।

भावार्थ – भाव के बिना भक्ति, भक्ति के बिना मुक्ति, बल के बिना शक्ति हो ही नहीं सकती है। यह (हरि) ऐसा देवता है जो सरलता से त्वरित प्रसन्न होता है अतः इसको मनाने के लिए व्यर्थ के चक्करों में मत पड़ो बस चुप (मौन) होकर भक्ति करो। इतना सरल मार्ग उपलब्ध होने पर भी उसे पाने के लिए क्यों दिन-रात व्यर्थ के श्रम करते हो और कष्ट उठाते हो, सीधे-सीधे भाव से भरकर हरि का भजन क्यों नहीं करते...। ज्ञानदेव कहते हैं कि 'हरिजप करने से तुम सारे प्रपंचों से सहज ही छूट जाओगे।

इस अभंग में वास्तव में संत ज्ञानेश्वर उन लोगों को शिक्षा दे रहे हैं, जो अध्यात्म के नाम पर कठिन साधनाएँ, कठोर तप करते हैं, ईश्वर प्राप्ति के लिए शरीर को तपाते, सुखाते हैं या फिर बड़े-बड़े शास्त्रों, कठिन विधियों, कर्मकाण्डों में उलझे हुए हैं मगर भक्ति भाव से दूर हैं। वे कठोर और दंभी ज्ञानी तो बन गए हैं मगर उनमें प्रेमपूर्ण समर्पित भक्ति का अभाव है। ऐसे साधकों को ज्ञानेश्वर बता रहे हैं कि 'ईश्वर भावपूर्ण भक्ति से सहज ही प्राप्त हो जाता है और तुम वही सहज मार्ग छोड़कर बाक़ी सब प्रपंच कर रहे हो और स्वयं को बड़ा साधक समझ रहे हो...। भाव के बिना भक्ति और भक्ति के बिना मुक्ति (स्वअनुभव प्राप्ति) संभव नहीं है। इसलिए ऐसे प्रपंच छोड़ो और हरिभक्ति के सीधे रास्ते पर आ जाओ, इसी से तुम्हारा कल्याण होगा।

यहाँ समझनेवाली बात यह है कि संत ज्ञानेश्वर स्वयं एक परम सिद्ध हठ योगी थे, फिर भी वे नाम सिमरन की सराहना कर रहे हैं। क्योंकि वे जानते थे कि दूसरे मार्गों पर लोगों को सही गुरु न मिलने पर उनका कितना बड़ा नुकसान हो सकता है। वे असली आध्यात्मिक लक्ष्य (स्वअनुभव प्राप्ति) से दूर जाकर सिद्धियों में उलझ सकते हैं, पाखंडी और अहंकारी बन सकते हैं – जैसे चाँगदेव के साथ हुआ था। जबकि भक्ति मार्ग में ऐसी संभावना नहीं है।

अध्याय 25

स्वअनुभव के साक्षी अभंग

अपनी मूल पहचान

संत ज्ञानेश्वर के कुछ अंभगों से उनके स्वअनुभव की अवस्था की महक आती है। इसको पढ़ने-सुनने पर उनकी स्रोत पर स्थापित परम आनंदित अवस्था का सहज ही आभास हो जाता है। इसी अवस्था का ज्ञान वे दूसरे साधकों को अपने अभंगों के माध्यम से करा रहे हैं और उन्हें भी इसे पाने के लिए प्रेरित कर रहे हैं। आइए, ऐसे ही दो अभंगों का आनंद उठाते हैं।

साधुबोध झाला नुरोनियां ठेला। ठायींच मुराला अनुभवे।।
कापुराची वाती उजळली ज्योती। ठायीच समाप्ती झाली जैसी।।

मोक्षरेखे आला भाग्य विनटला। साधूचा अंकिला हरिभक्त।।
ज्ञानदेवा गोडी संगती सज्जनी। हरिदिसे जनींवनी आत्मतत्वी।।

भावार्थ – साधु (स्रोत पर स्थापित) का बोध मिला तो कुछ भी शेष नहीं बचा। फिर भी वह उसी स्थान पर उपस्थित है और अनुभव से भीगा हुआ है। जैसे कपूर की बाती जलकर प्रकाश करती है और उसी स्थान पर विलीन हो जाती है। (मैं) मोक्ष की रेखा तक आ कर सौभाग्य से भर गया। साधुओं ने भी पहचान लिया कि यह (मैं) कोई सच्चा हरिभक्त ही है। ज्ञानदेव को सज्जनों की संगती ही मीठी लगती है। उसे (मुझे) हर जन, जीव, वन (पेड़-पौधों) सभी में वही आत्मतत्त्व चैतन्य दिखाई देता है।

कोणाचे हे घर हा देह कोणाचा। आत्माराम त्याचा तोचि जाणे।।
मी-तू क्या है, यह विचार-विवेक शोधणे। गोविंदा माधवा याच देही।।

देही ध्याता ध्यान त्रिपुटी वेगला। सहस्त्र दली उगवला सूर्य जैसा।।
ज्ञानदेव म्हणे नयनाची ज्योती। या नांवे रूपे ती तुम्ही जाणा।।

भावार्थ – वास्तव में यह किसका घर है, किसकी देह है... इस सत्य को वही जानता है जिसकी आत्म राम (सेल्फ, स्रोत) है। 'मैं कौन है, तू (दूसरे) कौन है, इस सत्य का विवेकपूर्ण मनन करके पता लगाओ। गोविन्द (सेल्फ) कहीं और नहीं, बल्कि इसी देह में है। वह देह, ध्याता और ध्यान की त्रिपुटी से अलग तत्त्व है। वह ऐसे है जैसे हज़ारों कमल दल के बीच में सूर्य जगमगा रहा हो। ज्ञानदेव कहते हैं- 'नयनों की ज्योति (ज्योति स्वरूप ईश्वर) इसी रूप में तुम्हारे भीतर है, उसे तुम स्वयं ही अनुभव से जानो।

इन दोनों अभंगों में संत ज्ञानेश्वर उनके शरीर में प्रकाशित स्वअनुभव का वर्णन कर रहे हैं। वे कहते हैं - 'स्वअनुभव होने के बाद उस व्यक्ति का कुछ भी नामो-निशान नहीं रहा जो अहंकार और माया के वश स्वयं को स्रोत या सेल्फ से अलग समझता है। अपनी मूल पहचान (मैं शरीर नहीं बल्कि सेल्फ हूँ) पाने के बाद 'मैं' कहनेवाले व्यक्ति का आवरण हट गया है और जो मूल तत्त्व सेल्फ है, बस वही सेल्फ अपने स्थान पर शेष है जो उस शरीर से अनुभव ले रहा है और अभिव्यक्ति कर रहा है।

संत ज्ञानेश्वर बता रहे हैं कि ऐसी अवस्था पाने के बाद जड़, चेतन, जीव, जतुं, वनस्पति, प्रकृति... सभी में उसी एक सेल्फ के दर्शन होते हैं। किसी भी चीज़ का कोई अलग या व्यक्तिगत अस्तित्त्व नहीं रह जाता है। तुम अनुभव से जान सकते हो कि तुम और पूरी सृष्टि उसी का रूप है। जो है, बस वही है, दूसरा कोई है ही नहीं। वही हमारे शरीर के भीतर भी है और बाहर भी। जैसे रसगुल्ले में रस अंदर भी है और बाहर भी...। उसी सेल्फ को विकेकपूर्ण मनन, ध्यान, भक्ति द्वारा हमें अपने ही भीतर खोजने का प्रयास करना चाहिए।

यह पुस्तक पढ़ने के बाद आप अपने अभिप्राय (विचार सेवा) इस पते पर भेज सकते हैं :
Tejgyan Global Foundation, Pimpri Colony Post office, P.O. Box 25,
Pune - 411 017. Maharashtra (India).

सरश्री अल्प परिचय

स्वीकार मुद्रा

सरश्री की आध्यात्मिक खोज का सफर उनके बचपन से प्रारंभ हो गया था। इस खोज के दौरान उन्होंने अनेक प्रकार की पुस्तकों का अध्ययन किया। अपने आध्यात्मिक अनुसंधान के दौरान उन्होंने लगभग सभी ध्यान पद्धतियों का भी अभ्यास किया। उनकी इसी खोज ने उन्हें कई वैचारिक और शैक्षणिक संस्थानों की ओर बढ़ाया। जीवन का रहस्य समझने के लिए उन्होंने **एक लंबी अवधि तक मनन करते हुए अपनी खोज जारी रखी, जिसके अंत में उन्हें आत्मबोध प्राप्त हुआ।** आत्मसाक्षात्कार के बाद उन्होंने जाना कि **अध्यात्म का हर मार्ग जिस कड़ी से जुड़ा है वह है- समझ (अंडरस्टैण्डिंग)।** उसके बाद उन्होंने अपने तत्कालीन अध्यापन कार्य को विराम लगाते हुए, लगभग दो दशकों से भी अधिक समय अपना समस्त जीवन मानवजाति के कल्याण और उसके आध्यात्मिक विकास हेतु अर्पण किया है।

सरश्री कहते हैं, 'सत्य के सभी मार्गों की शुरुआत अलग-अलग प्रकार से होती है लेकिन सभी के अंत में एक ही समझ प्राप्त होती है। **'समझ' ही सब कुछ है और यह 'समझ' अपने आपमें पूर्ण है।** आध्यात्मिक ज्ञान प्राप्ति के लिए इस 'समझ' का श्रवण ही पर्याप्त है।' इसी समझ को उजागर करने के लिए उन्होंने आज तक **तीन हज़ार से अधिक आध्यात्मिक विषयों पर प्रवचन दिए हैं,** जिनके द्वारा वे अध्यात्म की गहरी संकल्पनाएँ सीधे और व्यावहारिक रूप में समझाते हैं। समाज के हर स्तर का इंसान सरश्री द्वारा बताई जा रही समझ का लाभ ले सकता है।

यह समझ हरेक को अपने अनुभव से प्राप्त हो इसलिए सरश्री ने **'महाआसमानी**

परम ज्ञान शिविर' और उसके लिए आवश्यक कार्यप्रणाली (सिस्टम) की रचना की है, **जिसका लाभ लाखों खोजी ले रहे हैं।** यह व्यवस्था आय.एस.ओ. (ISO 9001:2015) प्रमाणित है, जिसने अनेक लोगों को सत्य की राह पर चलने की प्रेरणा दी है। इसी समझ के प्रचार और प्रसार के लिए उन्होंने 'तेजज्ञान फाउण्डेशन' नामक आध्यात्मिक संस्था की नींव रखी है। इस संस्था का मुख्य उद्देश्य है- **'हॅपी थॉट्स द्वारा उच्चतम विकसित समाज का निर्माण'।**

विश्व का हर इंसान आज सरश्री के मार्गदर्शन का लाभ ले सकता है, जिसके लिए किसी भी धर्म, जाति, उपजाति, वर्ण, पंथ, रंग या लिंग का बंधन नहीं है। विश्व के हर कोने में बसे लोग आज तेजज्ञान की इस अनूठी ज्ञान प्रणाली (System for Wisdom) का लाभ ले रहे हैं। इस व्यवस्था के एक हिस्से के रूप में **लाखों लोग रोज़ सुबह और रात को ९ बजकर ९ मिनट पर विश्व शांति के लिए प्रार्थना करते हैं।**

सरश्री को **बेस्टसेलर पुस्तक 'विचार नियम' श्रृंखला के रचनाकार** के रूप में भी जाना जाता है, जिसकी **१ करोड़ से ज़्यादा प्रतियाँ केवल ५ सालों में** वितरित हो चुकी हैं। इसके अलावा उन्होंने विविध विषयों पर **१०० से अधिक पुस्तकों का लेखन** किया है, जिनमें से 'विचार नियम', 'स्वसंवाद का जादू', 'स्वयं का सामना', 'स्वीकार का जादू', 'निःशब्द संवाद का जादू', 'संपूर्ण ध्यान' आदि पुस्तकें बेस्टसेलर बन चुकी हैं। ये पुस्तकें दस से अधिक भाषाओं में अनुवादित की जा चुकी हैं और प्रमुख प्रकाशकों द्वारा प्रकाशित की गई हैं, जैसे पेंगुइन बुक्स, जैको बुक्स, मंजुल पब्लिशिंग हाऊस, प्रभात प्रकाशन, राजपाल ऍण्ड सन्स, पेंटागॉन प्रेस, सकाळ प्रकाशन इत्यादि।

तेजज्ञान फाउण्डेशन– परिचय

तेजज्ञान फाउण्डेशन आत्मविकास से आत्मसाक्षात्कार प्राप्त करने का एक रास्ता है। इसके लिए सरश्री द्वारा एक अनूठी बोध पद्धति (System for Wisdom) का सृजन हुआ है। इस पद्धति को अन्तर्राष्ट्रीय मानक ISO 9001:2015 के आवश्यकताओं एवं निर्देशों के अनुरूप ढालकर सरल, व्यावहारिक एवं प्रभावी बनाया गया है।

इस संस्था की बोध पद्धति के विभिन्न पहलुओं (शिक्षण, निरीक्षण व गुणवत्ता) को स्वतंत्र गुणवत्ता परीक्षकों (Quality Auditors) द्वारा क्रमबद्ध तरीके से जाँचा गया। जिसके बाद इन पहलुओं को ISO 9001:2015 के अनुरूप पाकर, इस बोध पद्धति को प्रमाणित किया गया है।

फाउण्डेशन का लक्ष्य आपको नकारात्मक विचार से सकारात्मक विचार की ओर बढ़ाना है। सकारात्मक विचार से शुभ विचार यानी हॅपी थॉट्स (विधायक आनंदपूर्ण विचार) और शुभ विचार से निर्विचार की ओर बढ़ा जा सकता है। निर्विचार से ही आत्मसाक्षात्कार संभव है। शुभ विचार (Happy Thoughts) यानी यह विचार कि 'मैं हर विचार से मुक्त हो जाऊँ'। शुभ इच्छा यानी यह इच्छा कि 'मैं हर इच्छा से मुक्त हो जाऊँ'।

ज्ञान का अर्थ है सामान्य ज्ञान लेकिन तेजज्ञान यानी वह ज्ञान जो ज्ञान व अज्ञान के परे है। कई लोग सामान्य ज्ञान की जानकारी को ही ज्ञान समझ लेते हैं लेकिन असली ज्ञान और जानकारी में बहुत अंतर है। आज लोग सामान्य ज्ञान के जवाबों को ज़्यादा महत्त्व देते हैं। उदाहरण के तौर पर कर्म और भाग्य, योग और प्राणायाम, स्वर्ग और नर्क इत्यादि। आज के युग में सामान्य ज्ञान प्रदान करनेवाले लोग और शिक्षक कई मिल जाएँगे मगर इस ज्ञान को पाकर जीवन में कोई बड़ा परिवर्तन नहीं होता। यह ज्ञान या तो केवल बुद्धि विलास है या फिर अध्यात्म के नाम पर बुद्धि का व्यायाम है।

सभी समस्याओं का समाधान है– तेजज्ञान। भय से मुक्ति, चिंतारहित व क्रोध से आज़ाद जीवन है– तेजज्ञान। शारीरिक, मानसिक, सामाजिक, आर्थिक और आध्यात्मिक उन्नति के लिए है– तेजज्ञान। तेजज्ञान आपके अंदर है, आएँ और इसे

पाएँ।

यदि आप ऐसा ज्ञान चाहते हैं, जो सामान्य ज्ञान के परे हो, जो हर समस्या का समाधान हो, जो सभी मान्यताओं से आपको मुक्त करे, जो आपको ईश्वर का साक्षात्कार कराए, जो आपको सत्य पर स्थापित करे तो समय आ गया है तेजज्ञान को जानने और शब्दोंवाले सामान्य ज्ञान से उठकर तेजज्ञान का अनुभव करने का।

अब तक अध्यात्म के अनेक मार्ग बताए गए हैं। जैसे जप, तप, मंत्र, तंत्र, कर्म, भाग्य, ध्यान, ज्ञान, योग और भक्ति आदि। इन मार्गों के अंत में जो समझ, जो बोध प्राप्त होता है, वह एक ही है। सत्य के हर खोजी को अंत में एक ही समझ मिलती है और इस समझ को सुनकर भी प्राप्त किया जा सकता है। उसी समझ को सुनना यानी तेजज्ञान प्राप्त करना है। तेजज्ञान के श्रवण से सत्य का साक्षात्कार होता है, ईश्वर का अनुभव होता है। यही तेजज्ञान सरश्री महाआसमानी परम ज्ञान शिविर में प्रदान करते हैं।

महाआसमानी परम ज्ञान शिविर परिचय और लाभ (निवासी)

क्या आपको उच्चतम आनंद पाने की इच्छा है? ऐसा आनंद, जो किसी कारण पर निर्भर नहीं है, जिसमें समय के साथ केवल बढ़ोतरी ही होती है। क्या आप इसी जीवन में प्रेम, विश्वास, शांति, समृद्धि और परमसंतुष्टि पाना चाहते हैं? क्या आप शारीरिक, मानसिक, सामाजिक, आर्थिक और आध्यात्मिक इन सभी स्तरों पर सफलता हासिल करना चाहते हैं? क्या आप 'मैं कौन हूँ' इस सवाल का जवाब अनुभव से जानना चाहते हैं।

यदि आपके अंदर इन सवालों के जवाब जानने की और 'अंतिम सत्य' प्राप्त करने की प्यास जगी है तो तेजज्ञान फाउण्डेशन द्वारा आयोजित 'महाआसमानी परम ज्ञान शिविर' में आपका स्वागत है। यह शिविर पूर्णतः सरश्री की शिक्षाओं पर आधारित है। सरश्री आज के युग के आध्यात्मिक गुरु और 'तेजज्ञान फाउण्डेशन' के संस्थापक हैं, जो अत्यंत सरलता से आज की लोकभाषा में आध्यात्मिक समझ प्रदान करते हैं।

महाआसमानी परम ज्ञान शिविर का उद्देश्य :

इस शिविर का उद्देश्य है, 'विश्व का हर इंसान 'मैं कौन हूँ' इस सवाल का जवाब जानकर सर्वोच्च आनंद में स्थापित हो जाए।' उसे ऐसा ज्ञान मिले, जिससे वह हर पल वर्तमान में जीने की कला प्राप्त करे। भूतकाल का बोझ और भविष्य की चिंता इन दोनों से वह मुक्त हो जाए। हर इंसान के जीवन में स्थायी खुशी, सही समझ और समस्याओं को विलीन करने की कला आ जाए। मनुष्य जीवन का उद्देश्य पूर्ण हो।

'मैं कौन हूँ? मैं यहाँ क्यों हूँ? मोक्ष का अर्थ क्या है? क्या इसी जन्म में मोक्ष प्राप्ति संभव है?' यदि ये सवाल आपके अंदर हैं तो महाआसमानी परम ज्ञान शिविर इसका जवाब है।

महाआसमानी परम ज्ञान शिविर के मुख्य लाभ :

इस शिविर के लाभ तो अनगिनत हैं मगर कुछ मुख्य लाभ इस प्रकार हैं-

* जीवन में दमदार लक्ष्य प्राप्त होता है।
* 'मैं कौन हूँ' यह अनुभव से जानना (सेल्फ रियलाइजेशन) होता है।
* मन के सभी विकार विलीन होते हैं।
* भय, चिंता, क्रोध, बोरडम, मोह, तनाव जैसी कई नकारात्मक बातों से मुक्ति मिलती है।
* प्रेम, आनंद, मौन, समृद्धि, संतुष्टि, विश्वास जैसे कई दिव्य गुणों से युक्ति होती है।
* सीधा, सरल और शक्तिशाली जीवन प्राप्त होता है।
* हर समस्या का समाधान प्राप्त करने की कला मिलती है।
* 'हर पल वर्तमान में जीना' यह आपका स्वभाव बन जाता है।
* आपके अंदर छिपी सभी संभावनाएँ खुल जाती हैं।
* इसी जीवन में मोक्ष (मुक्ति) प्राप्त होता है।

महाआसमानी परम ज्ञान शिविर में भाग कैसे लें?

इस शिविर में भाग लेने के लिए आपको कुछ खास माँगें पूरी करनी होती हैं। जैसे-

१) आपकी उम्र कम से कम अठारह साल या उससे ऊपर होनी चाहिए।

२) आपको सत्य स्थापना शिविर (फाउण्डेशन ट्रुथ रिट्रीट) में भाग लेना होगा, जहाँ आप सीखेंगे- वर्तमान के हर पल को कैसे जीया जाए और निर्विचार दशा में कैसे प्रवेश पाएँ।

३) आपको कुछ प्राथमिक प्रवचनों में उपस्थित होना है, जहाँ आप बुनियादी समझ आत्मसात कर, महाआसमानी परम ज्ञान शिविर के लिए तैयार होते हैं।

यह शिविर एक या दो महीने के अंतराल में आयोजित किया जाता है, जिसका लाभ हज़ारों खोजी उठाते हैं। इस शिविर की तैयारी आप दो तरीके से कर सकते हैं। पहला तरीका- मनन आश्रम (पूना) में पाँच दिवसीय निवासी शिविर में भाग लेकर, दूसरा तरीका- तेजज्ञान फाउण्डेशन के नजदीकी सेंटर पर सत्य श्रवण द्वारा। जैसे- पुणे, मुंबई, दिल्ली, सांगली, सातारा, जलगाँव, अहमदाबाद, कोल्हापुर, नासिक, अहमदनगर, औरंगाबाद, सूरत, बरोडा, नागपुर, भोपाल, रायपुर, चेन्नई, वर्धा, अमरावती, चंद्रपुर, यवतमाल, रत्नागिरी, लातूर, बीड, नांदेड, परभणी, पनवेल, ठाणे, सोलापुर, पंढरपुर, अकोला, बुलढाणा, धुले, भुसावल, बैंगलोर, बेलगाम, धारवाड, भुवनेश्वर, कोलकत्ता, राँची, लखनऊ, कानपुर, चंदीगढ़, जयपुर, पणजी, म्हापसा, इंदौर, इटारसी, हरदा, विदिशा, बुरहानपुर।

इनके अतिरिक्त आप महाआसमानी की तैयारी फाउण्डेशन में उपलब्ध सरश्री द्वारा रचित पुस्तकें, या यू ट्यूब के संदेश सुनकर भी कर सकते हैं। मगर याद रहे ये पुस्तकें, यू ट्यूब के प्रवचन शिविर का परिचय मात्र है, तेजज्ञान नहीं। आप महाआसमानी परम ज्ञान शिविर में भाग लेकर ही तेजज्ञान का आनंद ले सकते हैं। आगामी महाआसमानी परम ज्ञान शिविर में अपना स्थान आरक्षित करने के लिए संपर्क करें : 09921008060/75, 9011013208

महाआसमानी परम ज्ञान शिविर स्थान :

यह शिविर पुणे में स्थित मनन आश्रम पर आयोजित किया जाता है। इस शिविर के लिए भोजन और रहने की व्यवस्था की जाती है। यदि आपको कोई शारीरिक बीमारी है और आप नियमित रूप से दवाई ले रहे हैं तो कृपया अपनी दवाइयाँ साथ में लेकर आएँ। वातावरण अनुसार गरम कपड़े, स्वेटर, ब्लैंकेट आदि भी लाएँ।

'मनन आश्रम' पुणे शहर के बाहरी क्षेत्र में पहाड़ों और निसर्ग के असीम सौंदर्य के बीच बसा हुआ है। इस आश्रम में पुरुषों और महिलाओं के लिए अलग-अलग, कुल मिलाकर 700 से 800 लोगों के रहने की व्यवस्था है। यह आश्रम पुणे शहर से 17 किलो मीटर की दूरी पर है। हवाई अड्डा, हाइवे और रेल्वे से पुणे आसानी से आ-जा सकते हैं।

मनन आश्रम : मनन आश्रम, पुणे, सर्वे नं. ४३, सनस नगर, नांदोशी गाँव, किरकट वाडी फाटा, तहसील - हवेली, जिला : पुणे - ४११०२४. फोन : 09921008060

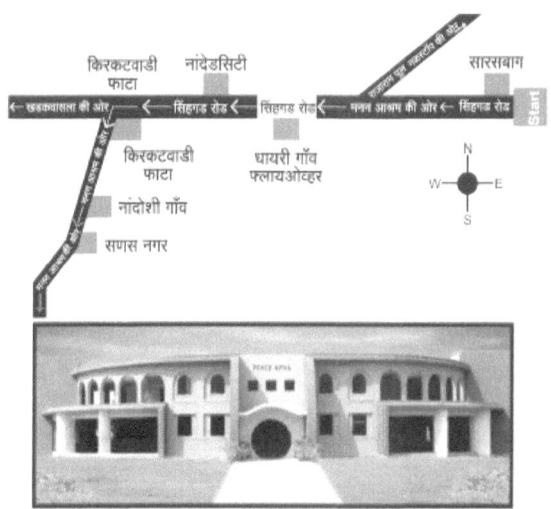

अब एक क्लिक पर ही शिविर का रजिस्ट्रेशन !

तेजज्ञान फाउण्डेशन की इन शिविरों के लिए
अब आप ऑनलाईन रजिस्ट्रेशन भी कर सकते हैं-

* महाआसमानी परम ज्ञान शिविर परिचय और लाभ (पाँच दिवसीय निवासी शिविर)
* मैजिक ऑफ अवेकनिंग (केवल अंग्रेजी भाषा जाननेवालों के लिए तीन दिवसीय निवासी शिविर)
* मिनी महाआसमानी (निवासी) शिविर, युवाओं के लिए

सरश्री द्वारा रचित संतों की जीवनी

द मीरा

Total Pages - 184

Price - 125/-

जीज़स

Total Pages - 188

Price - 100/-

संत तुकाराम महाराज

Total Pages - 196

Price - 100/-

Also available in Marathi

संत ज्ञानेश्वर

Total Pages - 192

Price - 100/-

संत एकनाथ

Total Pages - 194

Price - 100/-

सदगुरु नानक

Total Pages - 186

Price - 100/-

रामकृष्ण परमहंस

Total Pages - 176

Price - 100/-

संत कबीर आत्ममंथन

Total Pages - 216

Price - 125/-

भगवान महावीर

Total Pages - 184

Price - 125/-

भगवान बुद्ध

Total Pages - 172

Price - 125/-

आप कौन सी पुस्तकें पढ़ें

सभी के लिए

- संपूर्ण लक्ष्य • प्रार्थना बीज
- विचार नियम - पावर ऑफ हॅपी थॉट्स
- विकास नियम - आत्मविकास द्वारा संतुष्टि पाने का राज़
- इमोशन्स पर जीत
- सुनहरा नियम - रिश्तों में नई सुगंध
- दुःख में खुश क्यों और कैसे रहें
- विश्वास नियम - सर्वोच्च शक्ति के सात नियम
- स्वीकार का जादू
- स्वसंवाद का जादू
- स्वयं का सामना
- टीम वर्क - संघ की शक्ति
- खुशी का रहस्य
- वार्तालाप का जादू - कम्युनिकेशन के बेहतरीन तरीके
- समय नियोजन के नियम
- आत्मविश्वास सफलता का द्वार
- नींव नाइन्टी - नैतिक मूल्यों की संपत्ति
- तनाव से मुक्ति
- धीरज का जादू
- रहस्य नियम - प्रेम, आनंद, ध्यान, समृद्धि और परमेश्वर प्राप्ति का मार्ग

वरिष्ठ नागरिकों के लिए

- ३ स्वास्थ्य वरदान
- स्वास्थ्य त्रिकोण • पृथ्वी लक्ष्य
- मृत्यु उपरांत जीवन
- जीवन की नई कहानी मृत्यु के बाद

सत्य के खोजियों के लिए

- ध्यान नियम - ध्यान योग नाइन्टी
- ईश्वर ही है तुम कौन हो यह पता करो, पक्का करो
- ईश्वर से मुलाकात - तुम्हें जो लगे अच्छा, वही मेरी इच्छा
- मृत्यु का महासत्य - मृत्युंजय
- कर्मात्मा और कर्म का सिद्धांत
- प्रार्थना बीज
- निःशब्द संवाद का जादू
- पहेली रामायण
- आध्यात्मिक उपनिषद्
- शिष्य उपनिषद्
- वर्तमान का जादू
- गुरु मुख से उपासना - गुरु करें तो क्यों करें वरना न करें
- संपूर्ण ध्यान - २२२ सवाल
- बड़ों के लिए गर्भसंस्कार
- निराकार : कुल-मूल लक्ष्य
- सत् चित्त आनंद

व्यापारियों / कर्मचारियों के लिए

- विचार नियम - पॉवर ऑफ हॅपी थॉट्स
- हर तरह की नौकरी में खुश कैसे रहें
- टीम वर्क - संघ की शक्ति
- ध्यान और धन
- प्रार्थना बीज
- पैसा रास्ता है मंजिल नहीं
- तनाव से मुक्ति
- संपूर्ण सफलता का लक्ष्य

आप कौन सी पुस्तकें पढ़ें

विद्यार्थियों के लिए

- विचार नियम फॉर यूथ
- वार्तालाप का जादू - कम्युनिकेशन के बेहतरीन तरीके
- विकास नियम - आत्मविकास द्वारा संतुष्टि पाने का राज़
- नींव नाइन्टी - बेस्ट कैसे बनें
- संपूर्ण लक्ष्य - संपूर्ण विकास कैसे करें
- वचनबद्ध निर्णय और जिम्मेदारी
- आत्मविश्वास सफलता का द्वार
- संपूर्ण सफलता का लक्ष्य
- सन ऑफ बुद्धा फॉर यूथ
- रामायण फॉर टीन्स

महिलाओं के लिए

- आत्मनिर्भर कैसे बनें
- स्वसंवाद का जादू
- बड़ों के लिए गर्भसंस्कार
- स्वास्थ्य त्रिकोण
- इमोशन्स पर जीत

अभिभावकों (Parents) के लिए

- बच्चों का संपूर्ण विकास कैसे करें
- सुनहरा नियम - रिश्तों में नई सुगंध
- रिश्तों में नई रोशनी
- वार्तालाप का जादू - कम्युनिकेशन के बेहतरीन तरीके

स्वास्थ्य के लिए

- स्वास्थ्य त्रिकोण
- ३ स्वास्थ्य वरदान
- B.F.T. बॅच फ्लॉवर थेरेपी
- स्वास्थ्य के लिए विचार नियम

महापुरुषों की जीवनी

- भक्ति का हिमालय - The मीरा
- सद्गुरु नानक - साधना रहस्य और जीवन चरित्र
- भगवान बुद्ध
- भगवान महावीर - मन पर विजय प्राप्त करने का मार्ग
- दो महान अवतार - श्रीराम और श्रीकृष्ण
- रामायण - वनवास रहस्य
- बाहुबली हनुमान
- जीज़स - आत्मबलिदान का मसीहा
- स्वामी विवेकानंद
- रामकृष्ण परमहंस
- संत तुकाराम
- संत ज्ञानेश्वर
- झीनी झीनी रे बीनी पृथ्वी चदरिया - आओ मिलें संत कबीर से

तेजज्ञान फाउण्डेशन – मुख्य शाखाएँ

पुणे (रजिस्टर्ड ऑफिस) – विक्रांत कॉम्प्लेक्स, तपोवन मंदिर के नज़दीक, पिंपरी, पुणे-४११ ०१७. फोन : 020-27411240, 27412576

मनन आश्रम – सर्वे नं. ४३, सनस नगर, नांदोशी गाँव, किरकटवाडी फाटा, तहसील- हवेली, जिला- पुणे - ४११ ०२४. फोन : 09921008060

– तेजज्ञान इंटरनेट रेडियो –

२४ घंटे और ३६५ दिन सरश्री के प्रवचन और भजनों का लाभ लें, तेजज्ञान इंटरनेट रेडियो द्वारा। देखें लिंक
http://www.tejgyan.org/internetradio.aspx

✼ हर रविवार सुबह १०.०५ से १०.१५ रेडियो विविध भारती, एफ. एम. पुणे पर 'तेजविकास मंत्र'

नोट : उपरोक्त कार्यक्रमों के समय बदल सकते हैं इसलिए समय पुष्टि करें।

---

www.youtube.com/tejgyan
पर भी सरश्री के प्रवचनों का लाभ ले सकते हैं।
For online shoping visit us - www.tejgyan.org,
www.gethappythoughts.org

पुस्तकें प्राप्त करने के लिए नीचे दिए गए पते पर मनीऑर्डर द्वारा पुस्तक का मूल्य भेज सकते हैं। पुस्तकें रजिस्टर्ड, कुरियर अथवा वी.पी.पी. द्वारा भेजी जाती हैं। पुस्तकों के लिए नीचे दिए गए पते पर संपर्क करें।

✼ WOW Publishings Pvt. Ltd. रजिस्टर्ड ऑफिस-E-4, वैभव नगर, तपोवन मंदिर के नज़दीक, पिंपरी, पुणे- 411017

✼ पोस्ट बॉक्स नं. 36, पिंपरी कॉलोनी पोस्ट ऑफिस, पिंपरी, पुणे - 411017
फोन नं.: 09011013210 / 9623457873
आप ऑन-लाइन शॉपिंग द्वारा भी पुस्तकों का ऑर्डर दे सकते हैं।
लॉग इन करें - www.gethappythoughts.org
500 रुपयों से अधिक पुस्तकें मँगवाने पर 10% की छूट और फ्री शिपिंग।

e-books - ●The Source ●Complete Meditation ●Ultimate Purpose of Success ●Enlightenment ●Inner Magic ●Celebrating Relationships ●Essence of Devotion ●Master of Siddhartha ●Self Encounter, and many more.
Also available in Hindi at GooglePlay Books and Amazon

Free apps - U R Meditation & Tejgyan Internet Radio on all platforms like Android, iPhone, iPad and Amazon

e-magazines - 'Yogya Aarogya' & 'Drushtilakshya' emagazines available on www.magzter.com

e-mail - mail@tejgyan.com

website - www.tejgyan.org, www.gethappythoughts.org

- विश्व शांति प्रार्थना -

पृथ्वी पर सफेद रोशनी (दिव्य शक्ति) आ रही है।
पृथ्वी से सुनहरी रोशनी (चेतना) उभर रही है।
विश्व से सारी नकारात्मकता दूर हो रही है।
सभी प्रेम, आनंद और शांति के लिए खुल रहे हैं, खिल रहे हैं।
विश्व के सभी लीडर्स आउट ऑफ बॉक्स सोच रहे हैं...
विश्व के सभी लीडर्स शांतिदूत बन रहे हैं
विश्व के सभी लीडर्स की इच्छा ईश्वर की इच्छा बन रही है! धन्यवाद

यह 'सामूहिक अव्यक्तिगत प्रार्थना' तेजज्ञान फाउण्डेशन के सदस्य पिछले कई सालों से निरंतरता से कर रहे हैं। खुश लोग यह प्रार्थना कर सकते हैं और बीमार, दु:खी लोग उस वक्त एक जगह बैठकर इस प्रार्थना को ग्रहण कर स्वास्थ्य लाभ पा सकते हैं।

यदि इस वक्त आप परेशान या बीमार हैं तो रोज ९:०९ सुबह या रात को केवल ग्रहणशील होकर इस भाव से बैठें कि 'स्वास्थ्य और शांति की सफेद रोशनी जो इस वक्त कई प्रार्थना में बैठे लोगों द्वारा नीचे पृथ्वी पर उतर रही है, वह मुझमें भी अपना कार्य कर रही है। मैं स्वस्थ और शांत हो रहा हूँ।' कुछ देर इस भाव में रहकर आप सबको धन्यवाद देकर उठें।

www.ingramcontent.com/pod-product-compliance
Lightning Source LLC
LaVergne TN
LVHW041842070526
838199LV00045BA/1397
9789387696785